Annelie Küthe
Wenn Träume wahr werden

Prolog

„Wenn Träume wahr werden". So lautete der Titel einer Kurzgeschichte, die ich im Jahre 2005 verfasste. Sie beinhaltete die Aufarbeitung einer Liebesbeziehung, mit der ich mich bis dahin innerlich immer wieder auseinandersetzen sollte. Ich hatte nämlich lange Zeit vorher, im Jahre 1985, geglaubt, dem Mann meiner Träume begegnet zu sein. Es war bei mir Liebe auf den ersten Blick. Bereits vier Wochen später verließ ich mit meinem kleinen Sohn in einer Nacht- und Nebelaktion mein damaliges Umfeld und folgte meinem Traum. Nach wenigen glanzvollen Monaten, die mit wenigen glanzvollen Momenten ausgefüllt waren, landete ich mit schmerzhaft verzerrtem Ego auf dem Boden der Realität. Mein Traumprinz hatte sich innerhalb eines Jahres zu einem Albtraumprinz gewandelt. In meiner zwanzig Seiten umfassenden Shortstory ging ich mit diesem Mann sehr hart zu Gericht und empfand mit jedem Wort, das ich schrieb, tiefste Genugtuung. Danach sperrte ich meine Seelenpein in eine Schublade und vergaß das Manuskript, das mir eines Tages zufällig wieder in die Hände fiel. Ich las es und mir passte mein damaliger Schreibstil nicht mehr, aber der Inhalt gefiel mir. Daher entschloss ich mich, den Text zu überarbeiten. Plötzlich aber verselbstständigte sich dieses Projekt. Nach anderthalb Jahren hielt ich ein Werk von fast tausend Seiten in der Hand. Zwischendurch kamen mir Zweifel an der Geschichte, die sich aus meinem Kopf, meiner Fantasie direkt auf das Papier zu projizieren schien, die zwischendurch zu zwei größeren Schaffenspausen führten. Diese Wochen, in denen ich nicht wusste, wohin die schriftstellerische Reise gehen würde, gaben mir später die Möglichkeit, aus dem umfangreichen Buch drei Bände entstehen zu lassen, in dem ich das große Ganze an diesen Stellen trennte.

Annelie Küthe

Wenn Träume wahr werden

Schwarze Momente

Bibliografische Information der Deutschen Nationalbibliothek:
Die Deutsche Nationalbibliothek verzeichnet diese Publikation in der Deutschen Nationalbibliografie; detaillierte bibliografische Daten sind im Internet über http://dnb.dnb.de abrufbar.

© 2016 Annelie Küthe

Herstellung und Verlag: BoD – Books on Demand, Norderstedt

*ISBN: 978-3-7412-**9893-6***

Inhaltsverzeichnis

Miranda
- Sonnenlachen..........7
- Himmelsblau..........20
- Voll Liebesglück..........26
- Liebesblick oder Die Macht der Liebe..........45

Oliver
- Verloren..........57

Linette
- Lebensglück / Lebenspech..........59

Oliver
- Schutzlos..........69
- Besessen..........78

Leon
- Freundschaft..........86

Oliver
- Fies..........92
- Grausamkeiten..........105
- Verblendet / Blender..........114

Frank
- Liebesherz..........120
- Menschenwunder..........126
- Liebesgeflüster..........140
- Liebe ist jetzt und alles..........142
- Sehnsucht..........149

Der Albtraum beginnt
- Ferne / Nähe..........155
- Verdammnis..........163

Kaspar Leimas
- Albtraum..........185

Miranda
- Angst..........190
- Tristesse..........210
- Grenzstein..........225

Miranda

Sonnenlachen

In ihrem Herzen lachte einst die Sonne,
so lange, bis der Abend kam.
Die Dunkelheit umschloss sie voller Wonne
und führte sie dem Grauen in den Arm.

In ihrem Dasein lebte einst das Glück,
so lange, bis die Träne lief.
Die Finsternis trug sie ganz weit zurück,
die Schrecken reisten an, gerade, wenn sie schlief.

So ist das helle Sonnenlachen
nur noch in der Erinnerung da.
Dort kann es Feuersbrunst entfachen,
die nur ein Traum für sie gebar.

Es war bereits zweiundzwanzig Jahre her, seit sie eine der schlimmsten Phasen ihres Lebens durchwanderte. Durchwandern hörte sich gut an. Traf aber den realen Zustand nicht. Denn eigentlich jagte sie in ihrer Dimension dahin, unfähig einer vernünftigen Tat oder einer Handlung, die sie konstruktiv weiterbrachte. Unglückliche Jahre lagen hinter ihr, die sie nur überstand, weil sie einen dreijährigen Sohn, namens Johannes an ihrer Seite wusste, der diesen Weg mit ihr gemeinsam ging. Er vertraute ihr und schaute mit großen Augen bewundernd zu ihr auf. Es war zu keiner Zeit sicher, würden sie miteinander stark werden oder untergehen.

Sie, das war Miranda. Komischer Name, gewiss, aber es war der einzige Name, neben ihrem Nachnamen, den sie hatte. Also gewöhnte sie sich im Laufe ihres Lebens an ihn, lernte sogar irgendwann, ihn zu mögen. Denn er war selten und er begegnete ihr persönlich kein zweites Mal, außer vielleicht im Fernsehen. Ihr war es inzwischen wichtig, sich von der Masse abzuheben und dazu eignete er sich ausgezeichnet.

Untergang oder Auferstehung? Miranda fragte sich noch heute mehr als einmal, welche Macht sie wohl dazu angetrieben hatte, Dinge zu tun, die normalerweise ihr vernunftgesteuertes Gehirn nie zugelassen hätte. Es war, als existierte sie in einer Art Trancezustand, gar nicht sie selbst, angetrieben von etwas, das nicht zu erfassen, höchstens so zu benennen war: Sie hatte sich verliebt! Aus dieser Verliebtheit heraus entstand eine Geschichte, die niemand so erwartet hätte. Sie am allerwenigsten! Doch was erwartete man schon vom Leben? Täglich musste man sich überraschenden Momenten stellen und so sollte es auch sein!

Mirandas Beziehung zu Oliver, ihrem Partner, lag in den letzten Zügen. Ein Zusammenschluss zweier Personen, ehemals auf einer großartigen Freundschaft gegründet.

Einst war der Name „Oliver" für sie fest verknüpft mit den zwei Worten „große Liebe". Wann das war, wusste sie noch genau. Er gefiel ihr wahnsinnig gut, weil er so cool und entspannt daher kam und nichts und niemandem Respekt zollte. Kurz gesagt, er war frei. In ihr erweckte er den Eindruck eines Menschen, der in den Tag hineinlebte, ausgeglichen und ohne Sorgen. In seinem Wesen liebenswert, charmant und sympathisch, aber auch draufgängerisch hinterfragte er selten mögliche Folgen seines Handelns. Vollkommen unangepasst eben. In dieser Hinsicht das genaue Gegenstück zu Miranda Reith, bekannt auch als „die Pflichtbewusste."

Wann und warum der schmerzhafte Sterbeprozess ihrer Beziehung einsetzte, wurde erst im Rückblick auf die Vergangenheit deutlich. Etwas Böses nagte erfolgreich an ihrem partnerschaftlichen Gefüge. Viele Tränen hatte sie vergossen, weil „ihr Mann", dem sie vertraute wie keinem anderen, plötzlich untreu wurde. Schlimmer noch, weil er sie schlug, als sei sie ein ungehorsames Kind, obwohl sie alles daransetzte, eine gehorsame erwachsene Frau zu sein. Aber mit einem gleichberechtigten Gegenpol konnte Oliver mit einem Male nichts mehr anfangen.

In ihrem bisherigen Umfeld hatte sie gelernt, Auseinandersetzungen auf faire Weise zu klären. Nun musste sie erfahren, welch gewaltbereites Potential in Oliver steckte, wenn er darauf aus war, seine Meinung ohne große Diskussionen durchzusetzen. Ihre von Haus aus erlernten und gelebten Werte, die sie selbstbewusst und selbstsicher durch ihre bisherige Existenz schreiten ließen, zählten plötzlich nichts mehr. Mirandas Art, Gespräche zu führen und ihre Standpunkte zu vertreten, fand Oliver mit jedem Tag unpassender, mit der Zeit einfach unerträglich. Zumal er sich in diesen Augenblicken nicht als Alleinherrscher fühlen konnte. Also sorgte er dafür, allein zu herrschen. Er tyrannisierte sie mit harten, verletzenden

Worten, weit entfernt von einem Disput zwischen Erwachsenen. Und mit ebenso harter Hand wollte er fortan über ihr Leben bestimmen, jenseits von ausgeglichener, liebevoller Partnerschaft und Freundschaft.

Miranda, damals ein behütet aufgewachsenes, liebes, fleißiges, gut organisiertes, junges Ding von 18 Jahren, war auf ihre Art auch nicht unbedingt angepasst. Denn die Kräfte, die sie freizusetzen vermochte, gehörten zu der Zeit schon zu den aussterbenden Eigenschaften. Aber Miranda ließ diese Tatsache vollkommen kalt. Sie war so, wie sie war und fand es richtig. Bis zu diesem Zeitpunkt hatte sie sich auch kämpferisch ihre Jungfräulichkeit bewahrt. Seit etlichen Jahren wurde durch die Hippiebewegung die freie Liebe propagiert und von den meisten hingebungsvoll ausgekostet. Miranda kam so zurecht, glaubte, auf den Mann ihres Lebens warten zu müssen und ließ sich keine Sekunde beirren. Für Außenstehende altmodisch lebte sie diesen Aspekt bewusst konservativ. Egal! Viele potentielle Anwärter bissen sich an ihrer Hartnäckigkeit die Zähne aus.

Eines schönen Tages verpasste sie mittags den Bus. Das war ihr noch nie passiert! Nach langer Wartezeit von beinahe 45 Minuten konnte sie endlich in den nächsten einsteigen. Und da saß er. Er! Aus dem Nichts, direkt ins Herz! Ohne darüber nachzudenken, setzte sie sich in seine Nähe. Er wurde ihr niemals vorgestellt. Unauffällig beobachtete sie ihn und nahm jede seiner Worte und Bewegungen in sich auf. So manchen Omnibus ließ sie fahren, wenn sie wusste, er würde wohl in dem nächsten sitzen, denn in kürzester Zeit kannte sie seinen Stundenplan auswendig. Erleichternd kam hinzu, dass Oliver die gleiche Klasse wie ihr Bruder Daniel besuchte, nachdem er in der Untersecunda sitzengeblieben war. Miranda interessierte sich mit einem Male wachsam und aufmerksam dafür, wann und wie lange ihr Bruder zur Schule ging. Für ihre

Verspätungen zum Mittagessen suchte sie sich stets brauchbare, taugliche Entschuldigungen aus. Bald aber hatten sich ihre stets besorgten Eltern an ihre neuen Ankunftszeiten gewöhnt, zu denen sie zum Essen erschien und fragten nicht mehr.

Dieser immer fröhlich und unverdrossen wirkende Bursche Oliver, der zu allem Überfluss auch noch blendend aussah mit seinen braunen Augen und dem blonden kurzen Haar, seiner durchtrainierten Figur und seinem schon damals nicht gerade schüchternen Verhalten, hatte es ihr angetan. Im Gegensatz zu ihm war Miranda eher die abwartende Beobachterin, statt die draufgängerische, lautstarke und vorpreschende Täterin. Und gerade wegen ihres ruhigen, ausgeglichenen Charakters fand sie ihn atemberaubend und aufregend. Die Tatsache, dass er bereits seit einem Jahr eine feste Freundin hatte, wie sie eines Tages zufällig von Daniel erfuhr, brachte in ihr ein nicht zu überwindendes Gefühl der Sehnsucht hervor. Kurz darauf sah sie ihn mit seiner Liebsten Hand in Hand an ihrem Grundstück vorübergehen. Die beiden wirkten sehr verliebt.

Miranda weinte sich durch drei Nächte. Wie sie die Schultage überstand, wusste sie nicht zu sagen. Dann hakte sie die ganze Angelegenheit entschlossen ab. Diszipliniert, ihrer Art entsprechend, schraubte sie bewusst ihre Gefühle zurück. Sie stieg wieder in ihren regulären Bus ein und wartete nicht mehr auf Oliver. Gnadenlos und unsanft auf dem Boden der Tatsachen gelandet, schüttelte sie die Traurigkeit ab, führte ihr Leben wie bisher und erlaubte sich keinerlei Hoffnungen mehr. Denn Olivers Freundin Waltraud, die Angebetete ihres Angebeteten sah nicht nur sehr hübsch aus, sie kam auch aus reichem Hause und schien wirklich nett zu sein. Miranda war clever genug, ihre Chancen bei ihrem Traummann realistisch einzuschätzen. Also, gleich null! Dabei hatte sie sich so sehr gewünscht, ein Mann wie er würde sie aus ihrer kleinen, heilen, aber auch behüteten Welt herausführen und sie einweisen in ein Land voller Abenteuer.

Miranda stand ein Jahr vor ihrem Abitur, als sie sich während der Sommerferien mit ihrem festen Freund Philipp verkrachte. Sie befanden sich gerade auf der Heimfahrt von einem Ausflug, als sich Philipp über eine flapsig hervorgebrachte Bemerkung ihrerseits schrecklich aufregte. Ehrlich gesagt erinnerte sie sich hinterher gar nicht mehr, welcher Stein des Anstoßes die heftige Auseinandersetzung begründete. Jedenfalls warf sie der junge Mann, ohne viel Federlesen zu machen, auf der nächsten Autobahnraststätte wütend aus dem Wagen.

Da stand sie nun, mit gerade noch 5 DM in der Handtasche und keineswegs gewillt, per Anhalter zu fahren. Völlig schockiert zermarterte sie sich das Gehirn, was nun zu tun sei. Ihre Eltern konnte sie nicht anrufen, da diese nichts von ihrem kleinen Trip wussten. Angeblich war sie mit einer Freundin unterwegs. Notlügen waren ab und zu notwendig, wenn sie der übertrieben schützenden Atmosphäre ihres Elternhauses für Stunden entfliehen wollte, um Spaß mit ihren Freunden zu haben. Zu allem Überfluss zogen am Horizont dunkle Wolken auf, die nichts Gutes verhießen.

Ein komischer Typ, mit stechenden tief braunen Augen, ganz in Schwarz gekleidet, beobachtete sie die ganze Zeit. Was wollte der wohl von ihr? In ihrer Magengegend breitete sich ein mulmiges Gefühl aus. *Daniel*, dachte sie, *natürlich, ich rufe Daniel an*. Vor Erleichterung bildeten sich Tränen in ihren Augen. Nicht weit entfernt entdeckte sie eine Telefonzelle, als plötzlich mit laut quietschenden Reifen ein Auto neben ihr anhielt. Erschrocken wich sie zurück. Oliver beugte sich aus dem Seitenfenster: „Hey, kennen wir uns nicht aus dem Schulbus? Was machst du hier so allein?"

Rasch und nicht ohne rot zu werden, erklärte sie ihm ihre

missliche Lage und er lud sie ein, sie nach Hause zu bringen. Nie hätte sie geglaubt, dass er sie im Bus jemals bemerkt haben könnte. Aber nun war er hier und er half ihr. Was für ein wundervoller Zufall.

Von nun an waren sie ein Paar. All ihre Wünsche und Träume schienen Wirklichkeit zu werden. Der Prinz, den sie sich in ihrer Fantasie erarbeitet hatte, stand leibhaftig vor ihr. Aus der Ferne hatte sie ihn bereits verehrt, nun durfte sie all ihre Gefühle bereitwillig in ihn investieren. In der folgenden Zeit unterstützte sie jede erdenkliche Selbstdarstellung seinerseits, während er mit enormer Angabe und Arroganz jegliche Gelegenheiten nutzte, sich selbst auf ein Podest zu hieven. Gleichzeitig erniedrigte er die liebe, naive Miranda, die voller Bewunderung zu ihm aufblickte, die rosarote Brille vor den fast blinden Augen. Sein Selbstwertgefühl war ohnegleichen.

Er nutzte jede Möglichkeit, sie unterschwellig zu beherrschen. Heimlich und schleichend versprühte er das Gift, das aus einer selbstständigen, sich ihrer selbst bewussten Frau, eine Marionette werden ließ. Unbemerkt für sie, aber anfangs auch für ihr Umfeld. Im gleichen Maße, wie Miranda seine scheinbar famosen Qualitäten potenzierte, so sehr schmälerte er die ihren. Als sie spürte, mit ihr und ihrer Beziehung zueinander stimme etwas nicht, war es bereits zu spät.

Sämtliche Ersparnisse Mirandas waren in das Anmieten und Renovieren einer gemeinsamen Wohnung geflossen, zweihundert Kilometer vom sicheren Hafen „Elternhaus" entfernt. „Es ist einfacher so," hatte Oliver zu ihr gesagt. „Wenn du bei mir bist, lasse ich mich nicht so leicht von meinem Studium ablenken. Du musst mich coachen, verstehst du? Auf meinen Vater und meine Stiefmutter kann ich mich nicht mehr verlassen." Das Wort „finanziell" fiel in diesem Zusammenhang nicht, obwohl es genau darauf hinauslief. Sie hatte glücklich lächelnd genickt. Er brauchte sie so sehr. Ihr Wesen wurde von der Liebe und Wärme ihrer Familie geprägt und auch weiterhin gespeist. Diese Eigenschaften konnte sie nun voller Hingabe in ihn und seine Zukunft einfließen lassen.

Ihre Sparbücher, die den Beginn ihrer gemeinsamen Zukunft bilden mussten, hatte er zuvor von ihr eingefordert, um eine Kaution für die Mietwohnung zu bezahlen und sie mit einigen Möbeln auszustatten. Derweil beendete Miranda ihr Arbeitsverhältnis fristgerecht, bevor sie das Vaterhaus verließ. Sie übergab Oliver all ihre weltlichen Güter, die er auf seine Weise verwaltete und stand am Schluss völlig mittellos da. Das einst erhoffte Abenteuer führte sie, die Verlässliche, tief in eine totale Abhängigkeit hinein, obwohl sie diejenige war, die das Geld erarbeitete. Sie war ihm auf Gedeih und Verderb ausgeliefert, nachdem er sie um alles gebracht hatte, was sie materiell zu bieten hatte. Zu dieser Zeit allerdings glaubte Miranda noch, die gewisse Zeichen nicht deuten wollte, ihr Zusammenleben verliefe nach einem guten Plan.

Sie schuftete hart, um sie beide durchzubringen. Früher hatte Oliver gerne mal ein paar Bierchen mit seinen Kumpels gezischt. Eingebunden in einen gemeinsamen Alltag fand sie nun heraus, dass er trinken musste, um sein fröhliches, ausgelassenes Wesen an den Tag legen zu können. So weit her war es offensichtlich mit seinem Naturell als Sunnyboy nicht. Sie machten Schulden, denn die Rücklagen waren aufgebraucht. Bald war er nicht mehr mit dem einfachen Essen zufrieden, das sie nach einem schweren Arbeitstag für sie beide kochte. Einmal die Woche genehmigte er sich in eleganten Restaurants deliziöse Mahlzeiten, die er allerdings lieber mit Freunden einnahm.

Währenddessen ging sie abends, nach ihrer regulären Tätigkeit, noch in eine Studentenkneipe, um zu kellnern. Sie setzte ihre ganze Arbeitskraft ein, um zu verhindern, dass der Schuldenberg noch höher wurde, aus Angst, ihn eines Tages nicht mehr abtragen zu können. Oliver machte sich um all diese Angelegenheiten keinerlei Gedanken. Er aß, rauchte Kette, trank inzwischen regelmäßig, kaufte sich teure Kleidung und leistete sich ein Auto. Sie fuhr Bus. Gönnerhaft nannte er sie „mein Dickerchen", obwohl sie bei einer Größe von einsfünfundsechzig nicht einmal fünfzig Kilo wog. In seinem Bekanntenkreis war er mit seinen diskriminierenden Sprüchen der Held. Miranda aber plötzlich eine nicht ernstzunehmende Lachnummer.

Immer mehr Fröhlichkeitstropfen sog Oliver genussvoll in sich hinein. Immer häufiger und heftiger stritten sie. Denn „Dornröschen" Miranda war mit einem Schlag aufgewacht. Sie sah die Frau vor sich, die sie einst werden wollte und blickte verzweifelt auf ihre Träume, die nach und nach wie Seifenblasen zerplatzten. Aber sie entdeckte auch die hässlichen Spuren des ausschweifenden, wüsten Lebens im Gesicht ihres Partners. Zu allem Überfluss verlor er schon früher als andere seine Haare. Fast konnte man meinen, Oliver, der gerade mal drei Jahre älter als Miranda war, wäre ihr Vater, nicht aber ihr Freund. Er trieb keinen Sport mehr, sondern setzte stattdessen lieber einen Wohlstandsbauch an.

Sein Lotterleben führte zunehmend dazu, sein Studium nicht wie geplant, in der Regelstudienzeit beenden zu können. An manchen Tagen fehlte ihm die Kraft, die Uni aufzusuchen. Übellaunig und verkatert hockte er dann zu Hause, wenn Miranda zur Arbeit ging. Kam sie total erschöpft und abgekämpft von ihrem Zweitjob heim, begann der Streit. Missmutig warf er ihr vor, sie sei an seiner Misere schuld, weil er sie sich schön trinken müsse, da er auf Dauer ihre Hackfresse nicht mehr ertragen könne.

Ausgehen wollte sie schon lange nicht mehr mit ihm, denn er hatte kolossalen, beinahe infantilen Spaß daran, sie in aller Öffentlichkeit zu demütigen. „Dir hat man wohl ins Gehirn geschissen und vergessen umzurühren!", war sein

Lieblingsspruch, wenn sie sich in einer Runde von Freunden und Bekannten zu Wort meldete. Unterhielt sich ein netter, umgänglicher junger Mann mit ihr, flippte Oliver total aus. Nicht selten prügelte er einfach drauflos. Mittlerweile zeigten alle einen ungeheuren Respekt vor Olli und seiner grenzenlosen, verrohten Unbeherrschtheit und Hemmungslosigkeit. Miranda ekelte sich inzwischen vor seinem Verhalten und zog sich immer mehr in ihre eigene Welt zurück.

Sie vermisste ihre Eltern und ihren Bruder schmerzlich, neben all den vielen Menschen, die ihr früher stets nahe waren und sie liebten. Trotz massivem Heimweh meldete sie sich kaum mehr zu Hause. Sie schämte sich. Die Werte, die ihr Leben einst ausmachten, hatte sie für dieses Monster aufgegeben. Auch die schönste Sache der Welt zwischen Mann und Frau war für sie unerträglich geworden. Dieser entsetzlich riechende Atem, eine Mischung aus Alkohol und Zigaretten, der schale Gestank seiner Kleider, in denen er meistens abends einschlief, viel zu betrunken, um sich noch auszukleiden, riefen eine ungeahnte Abscheu in ihr hervor. Näherte er sich ihr, um seiner Manneskraft die Ehre zu erweisen und ihr auf seine unnachahmliche Art, seine Liebe zu zeigen, trank sie manchmal selbst vorher ein paar Schlucke Wein. Auf diese Weise roch sie seine Fahne nicht. Wollte sie ihm nicht zu Willen sein, so nahm er sich mit Gewalt, was sein Körper verlangte.

Aus Mirandas Ritter der Leidenschaft wurde im Laufe der Jahre ein glatzköpfiger Gewohnheitstrinker, dem sie sich weiterhin klaglos anpasste, wollte sie nicht untergehen. In diesen Jahren war sie unfähig, anders zu denken. Zu kraftlos, einen Absprung aus der Krise zu finden, ließ sie sich weiterhin von Oliver schikanieren und verletzen. Auf die Idee, reumütig nach Hause zu ihrer lieben Familie zurückzukehren, kam sie wohl hin und wieder. Zur Umsetzung dieses Gedankens fehlte ihr der Mut. Die

Scham tat ihr Übriges. Denn ihre Eltern hatten sie damals gebeten, als sie ihre Auszugspläne bekanntgab, sich diesen Schritt noch einmal genau zu überlegen. Sie aber hatte abgewinkt. Das Abenteuer lockte sie, auch wenn sie in keinster Weise sicher war, diesem gewachsen zu sein. Zum jetzigen Zeitpunkt erkannte sie zwar ihre Probleme, fühlte sich aber außerstande zu handeln.

Wenn Olli mit seinen Kumpanen auf Kneipentour ging, traf sie sich mit Bekannten, die es mit den Beziehungen zu ihren Partnern nicht so genau nahmen. Das ein oder andere One Night Stand hätte für Miranda dabei herausspringen können. Ihre Freundinnen bedrängten sie, es einmal damit zu versuchen, um ihr angegriffenes Ego aufzupolieren. Aber solche krummen Touren lagen ihr nicht. Sie würde damit in ihrer Seele nur das Gegenteil erreichen und sich noch schlechter fühlen. Also ließ sie die Finger davon. Dass Oliver untreu war, wusste sie schon länger und nachdem der erste Schmerz darüber vorbei war, fühlte sie sich abgestumpft, ermattet und leer.

Nach einem hässlichen Besäufnis kam Oliver beladen mit jeder Menge Aggressionsenergie nach Hause und verlangte, sie solle sich jetzt und sofort zu ihm legen. Er stank wie ein ungereinigter Pumakäfig und sie wich angewidert vor ihm zurück. Er stürzte sich auf sie, beschimpfte sie als Dreckstück, zerriss ihr Kleid und holte sich auf brutalste Art und Weise, wonach ihm gelüstete. Aus dieser dunklen Situation heraus, erhellte plötzlich ein unerwarteter Lichtstrahl ihre eingeschränkte, dunkle Welt.

Miranda wurde schwanger. Hoffnung auf ein besseres, erfüllteres Leben keimte auf. Oliver feierte diese Neuigkeit auf seine Art. Tagelang trank er mit Bekannten und mit den Weibern, deren Liebesdienste er hin und wieder in Anspruch nahm. Mit stolzgeschwellter Brust brüstete er sich mit seiner ungeheuren Männlichkeit, die diese Schwangerschaft erst möglich gemacht hatte.

„Hoffentlich versaut es die Alte nicht. Die ist zu nichts in der Lage, hat ja auch ihr Abi erst im zweiten Anlauf geschafft, die dumme Kuh!", pflegte er lallend zum Besten zu geben.

Immer seltener besuchte er die Universität und flog kopfüber durch sein erstes Staatsexamen. Das war Miranda in dieser Zeit völlig egal. In ihr wuchs Leben und dafür kämpfte sie wie eine Löwin. Sie trank keinen Tropfen Alkohol mehr, ernährte sich gesund und arbeitete, was das Zeug hielt, um sich Teile einer Babyausstattung leisten zu können. Eine Freundin half ihr sehr, indem sie ihr das Kinderbettchen und Kleidung ihres Erstgeborenen überließ.

Seit sie das Kind erwartete, ließ Oliver ihren Körper in Ruhe. Lieber widmete er sich seinen Liebschaften, denn mit einer Kugel, wie er sie jetzt herabwürdigend nannte, konnte er den sogenannten Akt nicht mehr vollziehen. Sein Gesicht performte realistisch das Wort „Ekel". Sie war unendlich dankbar dafür.

Als die Zeit kam, wurde Miranda von einem gesunden Jungen entbunden. Nie hatte sie ein hübscheres Kind gesehen. Wenn sie dem kleinen Wesen in die Augen schaute, lief ihr Herz über vor Liebe und sie glaubte, nun alles schaffen zu können, nichts auf der Welt könnte sie je wieder aus der Bahn werfen. Zu diesem Zeitpunkt dachte sie das wirklich.

Am Abend der Entbindung vergnügte sich Oliver mit Hebamme Roswitha, die Miranda während des gesamten Geburtsvorganges begleitet hatte. Mit dieser Maßnahme meinte er dem Himmel seine Dankbarkeit zu zeigen, einen gesunden Sohn zu haben, denn ein Büchsenmacher, wie Väter genannt wurden, die Töchter gezeugt hatten, war er ja Gott sei Dank nicht. Die Geburt hatte viele Stunden gedauert und da kamen sich Vater und Geburtshelferin schon mal näher. Von dieser sexuellen Eskapade erfuhr Miranda kurze Zeit später und nahm dies zum Anlass, sich ein eigenes Schlafzimmer einzurichten, das sie abschließen konnte. Dieser Mann steckte sein Würstchen in jedes Senftöpfchen, also sollte er sich dort verbrennen. Sie wollte nicht mehr verfügbar sein.

Die Jahre vergingen. Oliver erreichte endlich einen von zwei Abschlüssen und verdiente etwas Geld in einem aufstrebenden, jungen Unternehmen. Sie arbeitete einige Stunden in der Woche, wobei der zweijährige Johannes bei einer guten Freundin untergebracht wurde, die ihn vergötterte. Die Beziehung zu ihrem Traummann glich nach wie vor einer einzigen Katastrophe. Miranda war stets darauf bedacht, dem Kleinen ihre wachsende Unruhe und die Sorgen, die Unzufriedenheit und den Hass nicht zu zeigen, der immer öfter in ihr hochkochte. Eher heute als morgen wollte sie Oliver verlassen, aber sie wusste nicht wie. Es fühlte sich feige an, an der Seite dieses brutalen Mannes auszuharren. Ihre eigene Wertschätzung lag tief im inneren Keller verscharrt und es führte für sie kein Weg in diesen Abgrund hinein, um ihre Würde wieder auszugraben. Panische Angst erfasste sie bei dem Gedanken, sich in der Tiefe auf ewig zu verlieren. Sie fand einfach keinen Zugang mehr zu sich selbst.

Dann passierte etwas ganz Wundervolles.

Himmelsblau

Des Himmels blau ist aufgewacht
und schaut uns an nach langer Nacht
Es zeigt der Erde sonnenklar,
wie schön sie ist und wunderbar.

Und dieses Bild ins Herz eindringt,
worin die Seele ganz versinkt.
Ein Hauch von Liebe hier entsteht,
die das Innere zum Himmel hebt.

Eines schönen Tages nahm Oliver sie und Johannes zu einer Familie mit, die zu einer Grillparty eingeladen hatte. Peter, der Hausherr, war ein junger Kollege von ihm. Da das Treffen schon auf den Nachmittag angesetzt war, erklärte Miranda sich bereit, Oliver zusammen mit ihrem Sohn zu begleiten. Um diese Uhrzeit fürchtete sie keinen alkoholischen Exzess von Seiten ihres Partners. Also willigte sie ein.

Es war ein herrlicher Tag. Die Sonne schien von einem strahlend blauen Himmel herunter. Ein Sommertag wie aus dem Bilderbuch. Miranda litt mittlerweile, wen wunderte es, unter depressiven Schüben, die sie nur zu gut zu verdecken wusste, denn sie wollte ihrem kleinen Jungen das Leben nicht schwer machen. Aber ihre vordem lachenden Augen nahmen im Laufe der Zeit einen matten, glanzlosen Ausdruck an. Sie war immer eine sehr gepflegte Frau gewesen und das behielt sie auch bei, dennoch spürte sie selber, einen großen Teil ihrer positiven Ausstrahlung verloren zu haben. Die Jahre mit Oliver verdammten sie!

Doch heute, an diesem prachtvollen Tag, empfand sie so etwas wie Freude in sich. Sie freute sich, weil sie unter Menschen kam und hoffte inständig, Oliver würde nicht austicken. Die Zeichen standen gut, einen vergnüglichen Nachmittag erleben zu dürfen. Außerdem würde Leon da sein, ein alter Freund von ihr, den sie seit Jahren kannte. Er war ihr erster guter Kamerad, den sie sich nach Verlassen ihres Elternhauses erarbeitet hatte und er unterstützte sie häufig in ihrem verkrampften Verhältnis zu ihrem Lebenspartner. Er konnte ihr nicht viel helfen, aber er hörte ihr zu, wenn es mal wieder besonders schlimm zugegangen war. Dieser Freund war ihr voller Liebe ans Herz gewachsen und sie war glücklich, ihn dort auf der Gartenparty anzutreffen. Sie wusste um seine positiven Eigenschaften und vertraute ihm.

Olivers Auto hielt in der Nähe des Hauses der Gastgeber.

Von außen ein wahres Traumhaus. Es handelte sich um ein alleinstehendes Gebäude, umgeben von einem großen Garten. Miranda war von Natur aus nicht neidisch, aber es versetzte ihr einen Stich zu sehen, wie geschmackvoll andere Menschen ihre heimische Umgebung kreieren konnten. Da Oliver viel Geld für seine Hobbys ausgab, lebten sie immer noch in ihrer sogenannten Studentenbude. Die zeigte sich prallgefüllt mit alten Möbeln, zerschlissenen Sesseln und dem Schlafsofa, das sie zu Anfang gemeinsam benutzt hatten, bis Miranda sich entschlossen hatte, im Nebenraum zu schlafen. Auch die Dekoration ließ zu wünschen übrig. Oliver hatte überhaupt keinen Geschmack und schleppte hin und wieder irgendwelche Schnäppchen von Flohmärkten an, die sie in den Keller verbannte, wenn er es nicht bemerkte.

An der Tür begrüßte Leon Miranda und Johannes mit liebevollem Blick. Diese registrierte einen Anflug von Verärgerung an Olivers Gesichtsausdruck, aufgrund der Herzlichkeit, mit der Leon seine Partnerin umarmte. Aber gegen Leon kam er nicht an. Er musste die Vertrautheit zwischen ihnen akzeptieren. Seit Beginn ihrer Freundschaft hatte sich dieser nicht von dem Machogehabe Olivers abschrecken lassen und Miranda glaubte, Olli fürchte sich sogar ein bisschen vor dem Freund. Das konnte ihr nur recht sein.

Die Gastgeber entpuppten sich als wundervolle Menschen. Sabine, die Hausfrau, sah sehr hübsch aus in ihrem weißen Sommerkleid und mit ihren dunklen Haaren. Sie trug ein dezentes, aber wirkungsvolles Make up und sprach freiweg und aufgeschlossen auf Miranda und deren Sohn ein. Miranda schloss sie eigentlich sofort in ihr Herz und betete, Oliver würde sie nicht, wie so oft, vor versammelter Mannschaft vorführen. Denn dann, so wusste sie, könnte ein weiteres Treffen mit Sabine gefährdet sein. Mit Erschrecken stellte sie fest, dass Gastgeber Peter schon zur Begrüßung Sekt kredenzte, was ihr Lebensgefährte voller Bewunderung und lautem: „Leber duck dich, es kommt ein Wasserfall" zur Kenntnis nahm und den Inhalt seines Glases mit einem Schluck hinunterstürzte. Alles lachte vergnügt. So ein drolliger und amüsanter Bursche.

Schon zeitig war Miranda klar, Leon würde sie nach Hause bringen müssen, dieser Wasserfall hatte begonnen zu fließen und raste unaufhaltsam hinab ins Tal. *„Oh bitte"*, flehte Miranda innerlich, *„Lass ihn nicht so viel saufen, dass er wieder ausflippt!"*

Sabine und Peter Schreiber hatten eine Tochter ungefähr in Johannes Alter. Die beiden dreijährigen Kinder spielten im Garten miteinander und verstanden sich auf Anhieb prächtig. Johannes verhielt sich immer sehr offen anderen Menschen gegenüber. Selten schüchtern oder verlegen kam er mit allen prima aus. Er lachte gerne und viel, eine Eigenschaft, die er sicherlich von seinem Vater geerbt hatte, als dessen Ansätze noch liebevoller und umgänglicher Natur gewesen waren.

Sindra krabbelte gerade in ein Kinderhaus aus Holz hinein, welches in der hinteren Ecke des Gartens aufgebaut war. Das Häuschen hatte einen hellgrünen Anstrich, das Dach leuchtete weiß getüncht. Jede Wand wies ein nach oben hin schmaler werdendes Fenster auf, aus denen Puppen lustig in die blühende Natur schauten. Die Tür war weit geöffnet und ermöglichte einen Blick ins Innere. Rote und weiße Fliesen bedeckten im Schachbrettmuster den Fußboden. An den hell gestrichenen Wänden hingen farbenfrohe Bilder und eine Kommode stand im Hintergrund, auf der Sindra, ganz Dame, ihre Handtasche abgelegt hatte. Tisch und Stühle hatten sie vor das Holzhaus getragen, vor dem eine kleine Steinterrasse gepflastert worden war. In der stickigen Wärme des Innenraumes konnten sie wegen der hohen Außentemperaturen schlecht spielen. Sindra kam mit einer Kaffeekanne gerade wieder aus dem Inneren hervor. Draußen wartete bereits das gedeckte Tischchen. Ihren ganz eigenen Kaffeeklatsch ließen sich die Kinder mit Kakao und Kuchen auf Puppengeschirr aus Porzellan richtig schmecken.

Die Mütter konnten sich in aller Ruhe unterhalten, denn die beiden Kleinen waren gut versorgt und plapperten zufrieden vor sich hin. Sabine zeigte Miranda den atemberaubenden Garten. Drei Obstbäume, um deren Stamm herum sie viele bunte Blumen gepflanzt hatte, standen auf einer tiefgrünen Wiese, deren Grasflächen von sich ausbreitenden Moosplatten unterbrochen wurden. Exakt angelegten und gepflegten englischen Rasen konnte Miranda nicht leiden, deshalb freute sie sich an dem natürlich angelegten Gelände. Über eine Terrasse gelangten sie wieder zurück ins Haus, in dem Sabine sie anschließend herumführte. Sie nahm die junge Frau mit in ihr Schlafzimmer und öffnete ihren Kleiderschrank, um voller Stolz, doch ohne einen Hauch von Angabe, ihre Garderobe vorzuführen, die sie größtenteils selbst genäht hatte. Miranda war hingerissen.

„Das ist ja großartig. Wie machst du das bloß? All die schönen Sachen. Hast du einen Nähkursus besucht?"

„Ich habe an der Volkshochschule das Nähen gelernt", antwortete Sabine. „Wenn du willst, bringe ich dir ein paar Kniffe bei."

„Das wäre prima! Du, und ich weise dich in die hohe Kunst des Strickens ein, wenn du das noch nicht kannst, okay?", freute sich Miranda. Plötzlich lagen sich die beiden Frauen in den Armen und drückten einander, als wären sie schon ewig befreundet. Wie bei Sindra und Johannes sprang auch bei ihnen der Funke der Sympathie direkt über. Erstaunlich!

Die Räume, die Miranda zu Gesicht bekam, waren alle elegant eingerichtet ohne protzig zu wirken. Helle Wandfarben im Wohn- und Schlafbereich und lustige Bilder im Kinderzimmer sorgten für Klarheit und Ausgewogenheit innerhalb des Hauses. Wieder dachte Miranda wehmütig an ihre winzige Dreizimmerwohnung, in der die Wände vom Nikotin unzähliger Zigaretten ein kräftiges Dunkelgelb angenommen hatten. Sie bewunderte diese Familie, die es wohl verstand, sich ein so schönes Heim zu schaffen. Miranda genoss es aufrichtig, hier den Tag bei Sabine und Peter in deren gepflegter Atmosphäre verbringen zu können.

In der Zwischenzeit trafen weitere Gäste ein. Oliver nahm dankbar an jeder neuen Begrüßungssektrunde teil. Miranda sah bereits die ersten Anzeichen leichter Aussetzer bei ihm und schrie innerlich um Hilfe. Doch wider Erwarten benahm er sich wie ein Lämmchen. Noch!? Sie ließ den Blick über die Neuankömmlinge schweifen. Vielleicht kannte sie ja noch jemanden, aber ihr blickten nur fremde Gesichter entgegen. Freundlich, vielleicht ein wenig schüchtern ging sie durch die Runde der eintreffenden Gäste und stellte sich vor. Sabine verteilte hier ein Küsschen, da einen herzlichen, warmen Händedruck, trat dann auf Miranda zu und hakte sich bei ihr ein: „Darf ich dir einen besonders lieben Menschen ans Herz legen?", fragte sie lächelnd. „Hey, Frank, wo steckst du denn?", rief sie.

Und dann stand er plötzlich da. Er füllte die Tür zur Veranda vollständig aus. Nicht weil er so bullig gebaut war, sondern seine überwältigende Ausstrahlung vermittelte diesen Eindruck. Miranda starrte gebannt in das Gesicht des Mannes, unfähig sich zu bewegen, geschweige denn zur Begrüßung ein paar Worte zu sagen. Sie konnte ihre Augen nicht von seinem Gesicht abwenden. Frank war der attraktivste, anziehendste Mann, dem sie je begegnet war. Er trug sein dunkles, lockiges Haar etwas länger, als damals üblich. Eine Note, die ihr sehr zusagte. Seine braungrünen Augen schimmerten glänzend im Sonnenlicht und lächelten sie beinahe zärtlich an.

Voll Liebesglück

Weite Felder voller Rosen leuchten stark im Abendrot,
wenn die Sehnsucht sich im Herzen ausdehnt,
die Liebe sucht und das Glück.

Am Horizont strahlen die Farben und spiegeln sich wider,
das Innere aber sehnt und hofft voller Dramatik
auf die Leidenschaft dieser Welt.

Dann begegnen sich die Wunder zweier Seelen
im grauen Dunst des Alltags und sehen sich.
Die Sehnsucht schläft ein, die Leidenschaft erwacht.

Miranda liebte ihn von dieser ersten Sekunde an. Sie schwärmte nicht einen Augenblick für ihn, so wie sie lange Oliver angehimmelt hatte, sondern sie liebte ihn sofort und bedingungslos. Ihr Herz schlug ihr bis zum Hals und in ihrem Magen tanzten tausende Schmetterlinge einen Reigen, den sie nie zuvor so intensiv gespürt hatte.

Erschrocken nahm Sabine Mirandas Hand: „Stimmt etwas nicht, meine Liebe? Du bist ja ganz blass! Kennst du schon meinen Bruder Frank? Wenn ja, so hoffe ich, er hat sich dir gegenüber immer anständig benommen."

Sie lachte, schaute Frank an und verstummte. Auch er stand wie zur Salzsäule erstarrt und blickte mit seinen wunderschönen Augen in Mirandas Gesicht. Sabine führte ihre neue Freundin zu ihrem Bruder hinüber: „Euch kann man wohl ganz prima alleine lassen, so wie es aussieht!", lächelte sie und legte Mirandas Hand auf den Arm von Frank.

In dem Moment, wo sich ihrer beider Haut berührte, kam Miranda wieder zu sich. Dieser Kontakt wirkte sich wie ein mittelschwerer Stromschlag aus, der rasend schnell ihren gesamten Körper durchjagte. Dem belanglosen, fröhlichen Geplauder stellte sich eine eigenartige, seltsame Stille gegenüber. Wie sie entsetzt feststellte, guckten die Anwesenden verdutzt auf ihrer beider Mienenspiel. Hastig, um sich den neugierigen Blicken zu entziehen, nahm sie Frank bei der Hand und führte ihn in den hinteren Teil des Gartens, in dem die Kinder einträchtig miteinander spielten. Verdammt, hoffentlich hatte Oliver nichts bemerkt. Dann konnte sie sich spätestens heute Abend zu Hause auf etwas gefasst machen. Vielleicht aber sogar schon hier.

Miranda drehte sich um und erkannte, die Besucher hatten sich wieder ihren Themen zugewandt. Oliver redete mit zunehmend lallender Stimme auf Leon ein, ein weiteres gefülltes Sektglas am Start. Dieser guckte kurz hoch, als er Mirandas Blick fühlte, und lächelte sie an. „Alles in

Ordnung!", hieß das für sie. Vor Erleichterung wären ihr beinahe die Tränen gekommen. Bloß nichts riskieren, was zu öffentlichen Demütigungen führen konnte.

Gleichzeitig machte ihr Herz Bocksprünge. Sie stand neben Frank, unfähig den Mund zu öffnen und zu sprechen. Niemals zuvor, außer bei der Geburt ihres Kindes, hatte sie solch erfüllendes Glück erlebt. Die Situation war eine vollkommen andere, jedoch diese wirren, kopflosen, fast chaotischen Emotionen beflügelten sie in gleicher Weise. Vom ersten Augenblick an wusste sie, dieser Mann liebte sie genau so, wie sie ihn liebte.

„Ich heiße Frank, wie du ja schon von meiner Schwester gehört hast." Endlich sagte er etwas und die männlich melodische Stimme haute sie um.

„Ich bin Miranda", brachte sie krächzend hervor und hätte sich am liebsten auf die Zunge gebissen.

„Was für ein wunderschöner, seltener Name. Ich habe ihn niemals zuvor gehört."

„Ja, ich weiß, ich selbst auch nicht", lachte sie auf, sich ein wenig entspannend. „Als Kind war ich gar nicht besonders glücklich darüber, weil mich auch viele in der Schule hänselten, aber heute bin ich sehr stolz, einen Namen zu tragen, der nicht an jeder Hauswand steht."

„Na ja, da habe ich es mit „Frank" nicht so gut getroffen. Aber ich will nicht meckern. Es gibt Schlimmeres."

Noch eine Weile unterhielten sie sich über dies und das. Ganz unverfängliche Dinge kamen aus ihren Mündern. Sie sahen einander dabei nicht an, aus Furcht, sie könnten sich nicht beherrschen und würden sich in die Arme fallen. Immer behielt Miranda Oliver im Auge. Sie ertrug den Gedanken nicht, gleich mit dem Alkohol ausdünstenden Mann nach Hause fahren zu müssen.

Mit einem Male spürte Miranda einen stechenden, glühenden Schmerz in ihrem Rücken. Zwei feurige Funken schienen sich in ihren Nacken hineingefressen zu haben.

Bestürzt drehte sie sich um, um die Quelle dieses Gefühls ausfindig zu machen. Auf Anhieb konnte sie nichts entdecken, was diesen Reiz ausgelöst haben könnte. Also wandte sie sich wieder ihrem Gegenüber zu. *Was mag das gewesen sein?*, fragte sie sich. Doch niemand schien etwas Ungewöhnliches bemerkt zu haben. Der Partybetrieb lief fröhlich und ungehindert weiter.

Leichter, weißer Rauch zog über die Feiernden dahin, angefüllt mit dem leckeren Duft zubereiteten Grillguts. Feine und grobe Bratwürstchen, magere Schnitzel und fettes, knuspriges Bauchfleisch brutzelten an der einen Ecke des Schwenkgrills, den Peter beaufsichtigte. An der anderen Seite kümmerte sich Sabine um Lachsstücke und Garnelen. Miranda wurde ganz warm ums Herz. Einige Stunden würden ihr noch mit diesem netten Menschen vergönnt sein, bevor sie wieder in die Kälte ihrer Beziehung heimkehren musste. Gott sei Dank lebte Johannes bei ihr.

Leon kümmerte sich aufopfernd um Oliver, der mehr und mehr aus sich herausging, je mehr Sekt er in sich hineinschüttete. Miranda beobachtete, wie Peter ihn einige Male beim Auffüllen der Gläser ausließ. Er schien inzwischen eine Antenne für den mittlerweile leicht gereizten, erregten Tonfall Olivers zu entwickeln. Sabine und Miranda, die sich für den Moment von Frank trennte und ihn direkt vermisste, spazierten Arm in Arm, wie zwei Freundinnen, die einander schon viele Jahre vertrauten, in den abgelegenen Teil des Gartens, um die Kinder zum Essen zu holen. Sindra und Johannes schaukelten wild auf einer breiten, doppelsitzigen Schaukel, die sie jetzt nach Sabines Aufruf langsam austrudeln ließen.

„Wie gefällt dir Frank?", fragte Sabine mit der Miene eines Unschuldslammes. Von einer Sekunde zur nächsten wurde Miranda krebsrot im Gesicht: „Ääähh, ganz gut soweit", stapelte sie so tief wie möglich. „Warum fragst du?"

„Ach, nur so. Das sah eben etwas merkwürdig aus, als ihr zwei euch das erste Mal begegnet seid. Weißt du, Peter hat mir ein wenig von Oliver erzählt und ich habe ehrlich gesagt eine andere Frau als dich erwartet. Eher ein Biest, so eine Zicke, verstehst du? Verzeih mir meine Offenheit, aber ich nehme selten ein Blatt vor den Mund. So wie mir Peter deinen Partner beschrieben hat, muss der auch so was ähnliches wie ein männliches Biest sein. Das Leben mit so jemandem dürfte sich nicht immer leicht gestalten, oder? Und ich muss mich nochmals entschuldigen, für das, was ich jetzt sage: Aber Alkohol trinkt er auch nicht zum ersten Mal, stimmt doch?"

„Ich weiß gar nicht, was ich sagen soll. Weißt du, Oliver war früher mein absoluter Traummann, meine große Liebe, dachte ich zumindest. Er war immer locker drauf und so witzig. Unsere Beziehung erschien mir eigentlich recht harmonisch. Und plötzlich hat er sich total verändert. Er wurde zunehmend nervöser und schrie mich oft an. Er hat abends immer schon ganz schön gebechert, aber nach und nach begann er auch tagsüber zu trinken. Aus dem Mann, den ich einst bewunderte, ist inzwischen ein erbitterter Feind geworden. Und ich habe mich nur geduckt, statt aufzubegehren. Jetzt hänge ich an ihm fest, finanziell abhängig und emotional schwach. Was mich an ihn bindet, hat längst nichts mehr mit Liebe und Freundschaft zu tun."

Sie stutzte einen Moment, als müsse sie sich sammeln. Plötzlich flüsterte sie: „Ich habe richtig Angst vor ihm! Schreckliche Angst!" Dann sagte sie mit fester Stimme: „Ich will ebenso aufrichtig zu dir sein. Dein Bruder hat gerade etwas in mir ausgelöst, was ich seit Jahren nicht mehr gefühlt habe. Ich bin vom Blitz getroffen worden, als ich ihn gerade sah."

Tränen schimmerten in ihren Augen, die sie rasch wegblinzelte: „Nun lass uns schnell die Kinder abfüttern. Ich möchte nicht mehr allzu lange mit Oliver hier bleiben, denn je mehr er trinkt, umso aggressiver wird er werden. Es wäre furchtbar für mich, wenn du dich nicht mehr mit mir verabreden würdest und mich ausgrenzt, weil er sich nicht benehmen kann. Und es wäre nicht das erste Mal, dass mir das passiert."

Da nahm Sabine Miranda in die Arme: „Du bist nicht für sein schlechtes, abscheuliches Benehmen verantwortlich. Peter und Leon werden sich zu gegebener Zeit um ihn kümmern. Ich mag dich. Habe dich genauso schnell in mein Herz geschlossen, wie du meinen Bruder und mein Bruder offensichtlich dich. Wir wollen das Essen mit unseren Kindern und Freunden genießen. Setz dich nur neben Frank, habe Spaß und bleibe, so lange du willst. Wenn Oliver blau ist, kann Leon ihn nach Hause bringen und du fährst später mit ihm, wenn er heim will!"

Lachend jagten sie hinter den Kindern her, die hakenschlagend versuchten, ihnen auszubüchsen, fingen sie atemlos ein und kehrten an den geschmackvoll gedeckten Tisch zurück.

Miranda saß zwischen Oliver und Frank. Sie blickte auf Franks Hände hinunter, die sich hingebungsvoll mit einem knuspriges Stück Lachs beschäftigten und wünschte sich, der Fisch zu sein. Sie tranken leckeren Wein zum Essen. Bald spürte Miranda eine angenehme Leichtigkeit in ihrem Innersten und das Verlangen, Frank näher zu sein als erlaubt, wuchs in leicht verruchte Dimensionen. Ihr Sohn saß ihr gegenüber, neben sich Sindra, die ihm ab und zu ein Küsschen schenkte. Johannes strahlte seine Mutter selig an.

Ein herrlicher, großartiger Tag! Doch wie lebte man weiter, wenn nach diesem Abend, nach dieser Nacht, unwiderruflich ein neuer Morgen anbrach? Trotz der Leichtigkeit, die der Wein ihrem Wesen gestattete, wusste sie, sie konnte Oliver nicht verlassen! Der Macho würde sein Spielzeug niemals kampflos aufgeben. Hatte sie denn die Kraft für irrationale Kämpfe überhaupt noch?

Wie zu erwarten war, langte Oliver einmal zu viel beim Alkohol zu. Torkelnd stand er plötzlich auf, um, wie er sagte, „eine Stange Wasser in die Ecke zu stellen." An Miranda gewandt, lallte er: „Wie wäre es, wenn wir mal langsam nach Hause fahren würden. Ich habe Bock auf dich. Warum weiß ich auch nicht. So wie du immer aussiehst, du alte Pissnelke! Man muss ja heute nehmen, was man kriegen kann!" Beifallheischend blickte er in die Runde. Es herrschte betretenes Schweigen.

Miranda sank in sich zusammen. Da war es wieder, dieses Gefühl, nichts könne sich jemals verändern. Da war sie wieder, diese Macht- und Kraftlosigkeit, die es ihr nicht erlaubte, frei und unabhängig zu sein. Die sie gefangen hielt in diesem entwürdigenden Gefängnis aus Brutalität und Hass. Fassungslos suchte sie den Himmel nach einem Riss im Universum ab, durch den sie nach Aufsteigen auf immer und ewig verschwinden konnte.

Gleichzeitig mit dieser peinlichen Demütigung spürte sie unvermittelt wieder dieses merkwürdige Brennen zwischen ihren Schultern und wandte sich erneut um. Halb hinter einem Baum verborgen stand ein Mann. Er war ganz in Schwarz gekleidet und trug trotz der sommerlichen Wärme eine schwarze Kapuze auf seinem Kopf. Er fixierte sie unentwegt mit glänzenden, rot funkelnden Augen. Warum versteckte er sich, statt mit ihr und den anderen Gästen ganz normal am Tisch zu sitzen und zu essen? Er wirkte geradezu furchteinflößend auf sie, trotzdem konnte sie nicht weggucken. Miranda hatte noch nie ein ebenmäßigeres Gesicht gesehen als dieses. Doch so gutaussehend dieser Fremde auch war, so hintertrieben kam er ihr vor. Hinter dieser ansprechenden äußeren Fassade brodelte ein grausamer Charakter, das fühlte sie in jeder Faser ihres angegriffenen Nervenkostüms. Eine wage Erinnerung an den Anfang ihrer Beziehung mit Oliver machte sich in ihrem Gedächtnis auf den Weg, um hinter der nächsten

Biegung wieder zu verschwinden. Je intensiver der Mann sie anstarrte, desto ungebremster lief Oliver zur Hochform auf.

„Guck nicht so dämlich wie eine Kuh! Mach endlich dein Maul auf und sag was, wenn ich mit dir rede!", grölte er Miranda alkohollastig entgegen. Sie reagierte nicht! Die Schmach, die er ihr rücksichtslos vor all diesen netten Menschen zumutete, stellte eine unvorstellbare, furchtbare Herabwürdigung dar, der sie sich in diesem Augenblick nicht gewachsen fühlte.

„He Tussi, wach auf! Ich rede mit dir!"

In diesem Moment nahm Frank ihre Hand fest in die seine und streichelte sie beruhigend. Das hatte Oliver gesehen.

„He, du Wicht, fass bloß meine Frau nicht an. Wenn du einen verstecken willst, such dir selber eine, die verfügbar ist."

Wütend sprang Leon auf: „Oliver, das reicht jetzt! Es wird Zeit für dich nach Hause zu gehen. Ich fahre dich heim. Geh schnell noch aufs Klo und dann Abmarsch!" „Von dir lass ich mir noch lange nichts sagen!", brüllte Oliver. „Oh doch", grummelte Peter. Gemeinsam mit Leon schafften sie den betrunkenen Mann vom Grundstück, ohne ihm den angesprochenen Toilettengang noch zu gewähren und zerrten ihn den Gartenweg entlang, von wo aus er laut nach Miranda schrie: „Komm her, du alte Schlampe! Warte, wenn du nach Hause kommst, ich prügle dich windelweich!" Oliver versuchte sich an einer Birke festzuhalten, die im Eingangsbereich gepflanzt war, aber Peter riss ihn mitleidlos fort, hin zu Leons Auto.

Mist, weit und breit kein Mauseloch, in das sich Miranda hätte hineinwinden können. Sie trank ihren Wein mit einem Zug aus, nahm liebevoll ihren Johannes bei der Hand, der sie traurig und ängstlich anschaute. Es wurde Zeit für sie, davonzukriechen und auf die Männer aufzuschließen, doch da hielt sie jemand zurück.

„Cool!" Sabine lachte sie an: „Das war ja leicht. Wenn das alles ist, was er auf Lager hat. Gott sei Dank, den sind wir los! Jetzt können wir zum gemütlichen Teil des Abends übergehen. Leon kommt sicher sofort wieder, nachdem er unseren Helden geparkt hat." Sie schaute Miranda fragend an: „Was meinst du, würde Johannes heute Nacht bei uns schlafen? Sindra hat ein großes Kinderzimmer. Wir legen noch eine Matratze hinein, eine neue Zahnbürste und einen Schlafsack haben wir auch für ihn. Du kannst dich entspannen und auch hier pennen, wenn du willst. Peter kann morgen mit Oliver darüber sprechen. Nun, was denkst du?"

„Ich weiß nicht so richtig. Oliver wird damit nicht einverstanden sein."

„Oliver ist total voll. Er hat damit das Recht verwirkt, an deinen Entscheidungen teilzuhaben. Aber du bist bei klarem Verstand und kannst eigenständig wählen: Diesen restlichen Abend und die Nacht fröhlich und ausgelassen mit neugewonnenen Freunden zu verbringen oder lieber mit einem nach Alkohol stinkenden Randalierer die Wohnung zu teilen."

„Wenn du das so ausdrückst, fällt mir der Entschluss leicht", grinste Miranda. „Okay, wir bleiben!"

Johannes und Sindra führten einen kindgerechten Veitstanz vor, der alle Umstehenden zum Lachen brachte. Das Eis war gebrochen, der Vorfall verdrängt und die Gartenparty konnte unverdrossen in die nächste Etappe starten.

Sabine begleitete sie lächelnd die Treppe hinauf in Sindras Kinderzimmer. „Dort hinter der Tür ist unsere Rumpelkammer. Die Matratze liegt da drin. In dem Schrank nebenan befindet sich auch der Schlafsack. Ich bringe die Kinder ins Badezimmer und helfe beim Zähneputzen und Ausziehen. Mirabelle will ihnen gleich noch etwas vorlesen. Dann können wir wieder runtergehen und noch ein Glas Wein trinken."

Gesagt, getan. Bei dem Gedanken an Frank innerlich zitternd, der draußen sicherlich auf sie warten würde, baute Miranda ihrem Sohn ein kuscheliges Bett, während Sabine die abendlichen Hygienemaßnahmen beaufsichtigte. Sindra und Johannes gaben ihren Müttern ein schnelles Küsschen. Peter warf auch noch einen Blick auf die beiden Kleinen, dann schloss Mirabelle, die Schwester von Peter und Patentante von Sindra, mit energischem Blick die Kinderzimmertür und begann mit leiser Stimme ein Märchen vorzulesen.

Miranda wurde von einem strahlenden Frank in Empfang genommen. Sie strahlte zurück. In diesem Augenblick wurde sie erneut von der Wucht ihrer Gefühle überrascht. Die immer lauter werdenden Stimmen der anderen Gäste, die Musik, die eindringlicher zum Tanzen auffordern sollte, hörten die beiden nicht. Sie schafften sich gerade ihren eigenen Kosmos. Frank sah sie an und flüsterte: „Sollen wir einen Moment spazieren gehen? Bald wird es dunkel und heute ist Vollmond, eine herrliche Nacht steht uns bevor." Miranda nickte zustimmend. Den merkwürdigen, kuriosen Fremden hatte sie völlig vergessen. So nahmen sie sich bei den Händen und marschierten in den lauen Abend hinein.

Kaum waren sie dem Blickfeld der Anwesenden entschwunden, riss Frank Miranda in seine Arme, zog sie dicht an sich heran und küsste sie. Miranda glaubte, den Boden unter den Füßen zu verlieren. Sie schwankte eine Zehntelsekunde, dann aber erwiderte sie den Kuss mit einer Intensität, die sie nie zuvor erlebt hatte.

Sie schmiegten sich aneinander. Sie wollten sich nicht mehr verlieren. Die Zeit stand still. Es gab nur sie beide und nichts auf der Welt war jetzt in diesem Moment von Bedeutung. Nur sie und er. Selbst an Johannes dachte sie nicht. Ihn trug sie in ihrem Herzen und wusste ihn sicher aufgehoben.

Zwischen unzähligen Küssen schlenderten sie die Straße entlang, die am Ende in einen Waldweg mündete. Hier war es bereits düster, aber Frank schien sich bestens auszukennen. Miranda, die im Dunkeln nicht besonders gut sehen konnte, klammerte sich an ihm fest. Er genoss es. Es war ein milder und lauer Sommerabend und obwohl die Sonne bereits hinter dem dichten Blattwerk der Bäume verschwunden war, zeigten sich die Temperaturen noch angenehm warm.

„Miranda, ich muss dir was sagen!", flüsterte Frank und grub dabei seinen Mund in ihr dichtes Haar direkt neben ihrem Ohr. Sein Atem kitzelte sie und dieser feine Wind weckte in ihr ein Gefühl, als breiteten sich in ihrem Körper Stromstöße aus, die ihren gesamten Organismus wellenartig durchliefen. Sie versuchte tief und ruhig zu atmen, um nicht ganz die Kontrolle zu verlieren und neigte dann leicht ihren Kopf in seine Richtung, um ihn erneut zum Sprechen zu ermuntern.

„Ich liebe dich! Mehr kann ich dir im Augenblick nicht sagen. Ich, eh, ich bin völlig durch den Wind! Sie drehte sich zu ihm hin und nun küsste sie ihn, zärtlich und innig zugleich: „Ich liebe dich auch! Und ich bin auch vollkommen durcheinander. Frank, nun aber sollten wir zu Sabine zurück. Ich muss mich um Johannes kümmern. Es ist alles viel zu schön um wahr zu sein." Er nickte verständnisvoll, doch auch ein wenig wehmütig. Noch einmal küssten sie sich leidenschaftlich, dann kehrten sie um und schlenderten zu Peters Haus zurück.

Hier war die Party inzwischen in vollem Gange. Die Gäste lachten, sangen und tanzten ausgelassen. Bis auf die Autofahrer hatten alle dem Alkohol gerne zugesprochen, aber keiner benahm sich so ausfallend wie Oliver. Ganz im Gegenteil. Die tolle Stimmung drang in Mirandas Herz hinein und sie fühlte sich unendlich glücklich. Strahlend blickte sie Frank an, der ihr Lachen erwiderte und sie zum Tanzen aufforderte. Dem leistete sie bereitwillig Folge. Tanzen konnte sie ganz passabel. Es machte ihr ungeheuer viel Spaß, sich zur Musik zu bewegen. Eine Vorliebe, welche Oliver nicht mit ihr teilte. In der Ferne sah sie Leon mit Mirabelle über den Rasen schweben. Auch ihm schien es prima zu gehen. Also hatte er Oliver offensichtlich problemlos zu Hause abgeliefert und ins Bett bekommen.

Sie schmiegte sich ein wenig inniger an Frank, als ein Schmusesong aus dem Äther auf die Tanzenden herabrieselte. Ihre Lippen brannten vor Sehnsucht nach seinen Küssen. Jedoch wäre es ungeschickt, hier vor so vielen Menschen, die zum Teil auch Arbeitskollegen von Oliver und Peter waren, zu intensiv zur Sache zu kommen. Also rissen sie sich zusammen und zügelten ihre wahren Empfindungen.

Johannes und Sindra schliefen tief und fest, als Frank und Miranda später leise in das Kinderzimmer spähten. Die Kinder hatten im Garten ausgelassen gespielt und waren vorhin völlig erschöpft und abgekämpft eingeschlummert, noch ehe das Märchen „Von einem, der auszog, das Fürchten zu lernen" ausgelesen war, wie Mirabelle Miranda fröhlich grinsend erzählt hatte. Bis auf den Ausraster von Oliver war dieser Sommertag beinahe märchenhaft und über alle Maßen friedlich verlaufen. Miranda wünschte sich, dieser Abend würde niemals zu Ende gehen. Aber so tickte die wirkliche Welt nicht. Alles ging zu Ende und anderes begann irgendwann neu.

Mitternacht war längst vorüber, als die Gäste sich langsam auf den Heimweg machten. Sabine sprühte vor guter Laune. Diese Fete war ein voller Erfolg gewesen. Den Zwischenfall mit Oliver hatten alle bald abgehakt, dank der Tatsache, dass auch Peter und Sabine dem Vorfall nicht allzu viel Aufmerksamkeit beigemessen hatten.

„Lasst uns alles schnell ins Haus tragen", bat Sabine, „dann können wir noch einen Absacker trinken, bevor wir ins Bett gehen. Ihr könnt alle hier schlafen. Im Gartenhaus ist es sauber und aufgeräumt, da können es sich die Männer bequem machen, Miranda und Mirabelle, ihr könnt hier im Wohnzimmer auf den Couchen übernachten. Und morgen frühstücken wir schön gemütlich zusammen. Was haltet ihr davon?"

Sabine hatte blitzartig alles organisiert und schaute fragend in die Runde. Gesagt, getan. Die Männer nahmen sich den Grill und die Tische vor. Die Frauen trugen Tabletts mit Gläsern, Tellern und Besteck in die Küche. Die Spülmaschine wurde befüllt und der Rest mit der Hand gespült. Gegen drei Uhr früh war alles erledigt, die provisorischen Betten waren gemacht und jeder hielt noch ein letztes Gläschen Wein in der Hand. Miranda musste herzhaft gähnen. Müde war sie, aber auch traurig, denn nun war der unerwartet schöne Abend vorbei.

Peter und Sabine verschwanden in ihrem Schlafzimmer, nachdem sie nochmals nach den beiden Rackern geschaut hatten. Leon blickte Miranda tief in die Augen. Er war krebsrot im Gesicht und wirkte verlegen: „Hättest du was dagegen, wenn ich mich mit Mirabelle in das Gartenhaus zurückziehen würde?" Miranda lächelte: „Leon, du Frauenversteher! Wer hätte das gedacht." Auch Mirabelle lächelte ein wenig dümmlich vor sich hin, was ihr Gesicht ungeheuer anziehend machte.

„Natürlich kannst du mit Mira im Gartenhaus verschwinden. Ich bin doch nicht deine Gouvernante. Nur was wird dann aus uns beiden?", fragte sie mit einem Seitenblick auf Frank.

„Ich nehme dich mit ins Hotel." Nun wurde auch sein Gesicht von einem Hauch von Rosa überzogen. „Was ich jetzt mit dir vorhabe, möchte ich wirklich nicht im Wohnzimmer meiner Schwester auf einer Couch machen, während jeden Moment irgendjemand auf der Suche nach einem Glas Wasser die Treppe herunterkommen könnte. Also komm, Liebling. Es ist nicht weit. Vielleicht zehn Minuten zu Fuß."

„Liebling" hatte er sie genannt. Miranda war einerseits von unendlicher Wärme erfüllt. Andrerseits rasten in ihrem Körper Neuronen die Nervenbahnen entlang, die auf ihrer Haut kühle Schauer hinterließen. Sie dachte an Johannes und antwortete nicht. Doch als Leon versprach, Miranda am nächsten Morgen um elf Uhr im „Bellevue" abzuholen und sie nach dem Frühstück bei den Schreibers zu Oliver zu bringen, fügte sie sich in das Unvermeidliche. Sie konnte ihr Glück kaum fassen. „Ich bleibe dann noch ein bisschen bei euch, bis ich mir sicher sein kann, dass Oliver dich in Ruhe lässt, okay?", versprach ihr Leon zum Abschied.

Von der Richtigkeit ihres Handelns überzeugt und sicher, gar nicht anders agieren zu können, huschten Frank und Miranda aus dem Haus und liefen fast den ganzen Weg hinüber zum Hotel. Der Mond stand jetzt hoch am Himmel und erhellte die hübschen Einfamilienhäuser, an denen sie vorbeikamen. Saubere und gepflegte Vorgärten waren in mystischen Mondschein getaucht. Sie schauten einander verliebt an. Wie romantisch, wie perfekt alles war. Eine warme, mondhelle Sommernacht, die Hand eines Menschen haltend, den endlich zu treffen man sich immer gewünscht hatte. Miranda fühlte sich wie in Trance und...

... blieb dann abrupt stehen. Da war es wieder, dieses Gefühl, beobachtet zu werden. Rasch drehte sie sich um. Die gesamte Straße war in einem Abstand von vielleicht zwanzig Metern von Laternen gesäumt. Niemand war zu sehen, obwohl das Licht der Lampen alles großzügig ausleuchtete.

„Ist irgendetwas mit dir? Willst du doch nicht mit mir gehen?" Frank, der immer noch Mirandas Hand hielt, wäre beinahe hingefallen, so plötzlich hatte sie ihren Lauf gestoppt.

„Frank, sei bitte nicht albern. Natürlich will ich mit dir kommen. Aber ich habe schon mehrfach den Eindruck gehabt, jemand würde mich bespitzeln. Auch heute Nachmittag bei Sabine schien es mir, als würde mich jemand beobachten. Bei deiner Schwester im Garten lungerte so ein komischer Typ herum, der ganz in Schwarz gekleidet war. Er verbarg sich hinter einem Baum. Ich kenne ihn nicht und er ist mir auch nicht als Gast vorgestellt worden", versuchte Miranda den furchteinflößenden Mann zu beschreiben. Seine grausame Ausstrahlung hatte sie zutiefst berührt und verängstigt.

„Das kann nur Kaspar Leimas gewesen sein. Ein merkwürdiger Kauz, recht attraktiv zwar, aber auch bei mir verursachte er eine Gänsehaut am ganzen Körper, als ich ihm mal begegnet bin. Er ist ein Kollege von Peter. Aber ich glaube nicht, dass er heute eingeladen war, denn Sabine kann ihn überhaupt nicht leiden. Ich werde Peter bei Gelegenheit auf ihn ansprechen. Das ist nämlich mehr als eigenartig."

Während ihres Gesprächs schlenderten sie weiter die Straße entlang. Beruhigend und schützend legte Frank seinen Arm um Miranda, die diese Geste dankbar zur Kenntnis nahm. Bald hatten sie ihr Ziel erreicht. Sie betraten das Hotel. Miranda konnte es nicht lassen, schnell noch einen Blick über ihre Schulter zu werfen. Doch da war wirklich nichts, wie sie beruhigt feststellte. Womöglich plagte sie das schlechte Gewissen und zwang ihr diese mysteriöse Einbildung, diese Verfolgungsideen auf. Denn in Wahrheit war hinter ihr nur die mondbeschienene, lauschige Nacht. Sie gingen durch die elegante Eingangshalle auf die Rezeption zu. Hier ließ sich Frank von einem müde wirkenden jungen Mann seinen Schlüssel aushändigen, in den die Zimmernummer 33 eingraviert war. Rasch stiegen sie in den Aufzug ein. Noch bevor sich die Türen richtig geschlossen hatten, lagen sie sich bereits in den Armen und küssten einander immer wieder. Jede Sekunde dieser gemeinsamen Nacht sollte ausgekostet werden und jeder Moment genossen. Dabei war ihnen allerdings die aufrechte, dunkle Gestalt entgangen, die tatsächlich nach ihnen in die Halle trat, um sich am Empfang vorzustellen.

„Was kann ich für Sie tun, mein Herr?", fragte der Portier, der sich ein Gähnen verkneifen musste.

Ein weiterer Besucher? Ihm konnte es nur recht sein. Die Nachtstunden dümpelten in eintöniger Langeweile an ihm vorüber. Er nutzte die Zeit, um für sein Studium zu lernen, doch es fiel ihm bereits schwer, die Konzentration aufrecht zu halten. Bis fünf Uhr musste er noch Dienst schieben, dann konnte er endlich nach Hause gehen und ausruhen. Dankbar für eine weitere Unterbrechung, die ihn von seiner Müdigkeit ablenkte, schenkte er dem Ankömmling seine ganze Aufmerksamkeit. Er schaute den Mann an, der zu ungewöhnlich später Stunde vor seinem Tresen aus Mahagoniholz stand. Obwohl es sich um eine sehr gepflegte, elegante Persönlichkeit handelte, konnte der Student nur mit Mühe ein Schaudern unterdrücken, welches das makellose, vollkommene Gesicht des Fremden bei ihm auslöste. Er schüttelte kurz und möglichst unauffällig seinen Kopf. Irgendwie fühlte er sich schwindlig.

„Ich hätte gern für den Rest der Nacht ein Zimmer bei Ihnen, wenn das möglich wäre", lautete die Antwort. „Die Nummer 34 wäre mir dabei ganz recht. Es ist meine Glückszahl, müssen Sie wissen. Und lassen Sie mir eine Flasche Champagner hinauf bringen!"

„Wie sie wünschen, mein Herr. Wird alles sofort zu Ihrer Zufriedenheit erledigt." Der Hotelangestellte handelte wie unter Hypnose, forderte weder einen Personalausweis, noch eine Kreditkarte ein und war sich dessen überhaupt nicht bewusst.

Kaspar Leimas lächelte zufrieden in sich hinein,

während er wenige Augenblicke danach in den Aufzug stieg, der das Paar bereits in der dritten Etage abgeliefert hatte. Er konnte noch Mirandas schweres Parfüm riechen, das sich durchdringend in der Luft der Kabine ausbreitete. Es raubte ihm den Atem. Außerdem nahm seine Aura die aufwallende, brodelnde Leidenschaft deutlich wahr, die zwei Liebende hier im Fahrstuhl zurückgelassen hatten.

Ihn ekelten solche Emotionen kolossal an. Er legte seine Hand über die Nase, um so wenig wie möglich von diesem Gestank einatmen zu müssen und fächelte sich kräftig Luft zu. In der Enge des Innenraumes stellte sich diese Aktion als sinnlos heraus. Ein Luftaustausch fand hier nicht statt. Ekstatische, sexuelle Verzückung, die auf der wahren Liebe beruhte, erfüllte ihn mit Grauen und Ekel. Solche Gefühle mussten ausgemerzt werden. Sie sorgten dafür, die lodernde Flamme des Hasses zu schwächen, die in ihm stetig brannte. Schwäche konnte er sich nicht leisten. Sie diente seinen Plänen nicht. Der freundlich, grausame Ausdruck auf seinem Gesicht entglitt zu einer scheußlichen Fratze der Hölle, während er die knappe Entfernung zwischen den Etagen hinter den geschlossenen Aufzugtüren zurücklegte.

Noch ehe sich die Schiebetüren ganz geöffnet hatten, umspielte wieder jenes Lächeln seinen Mund, das ihn einerseits so anziehend, attraktiv und sympathisch, andererseits so abstoßend und abscheulich wirken ließ. Achtsam schlich er den Flur entlang, schloss behände sein Zimmer auf und verschwand im Inneren des düsteren Raumes. Fahles Mondlicht drang bleich durch die transparenten Vorhänge an den Fenstern, die es nicht schafften, die Helligkeit vollkommen aus dem Zimmer fernzuhalten. Aber sie gaben dem Mondschein auch keine Chance, sich komplett zu entfalten. Na gut, es war jedenfalls hell genug, um auf den Gebrauch von elektrischem Licht verzichten zu können. Zu viel davon konnte er heute ohnehin nicht vertragen. Liebend gern würde er jetzt seine Schlafbrille aufsetzen, um auch das kleinste Lichtfünkchen aus seinem Blickfeld auszusperren. Zuerst wartete jedoch noch Arbeit auf ihn. Die Früchte dieser Tätigkeit würden ihn tausendfach belohnen.

Er lehnte sich lauschend an die Wand zu dem Nachbarzimmer, in dem sich Miranda und Frank aufhielten. Aus den Tiefen seines schwarzen Jacketts zog er einen kleinen, unscheinbaren Apparat hervor, den er mit geschickten und routinierten Bewegungen an der Tapete befestigte. Sogleich waren die schmatzenden Laute von Küssen zu hören. Angewidert drehte er rasch an dem Regler und korrigierte so die Geräusche auf Zimmerlautstärke und darunter. Abermals betätigte er eine Taste und schon begann das Laufwerk mit minimaler Geräuschentwicklung seine Arbeit.

Zufrieden zog er sich zu seinem Bett zurück und setzte flink einen Kopfhörer auf, um auch dem geringsten Ton aus dem Nachbarraum zu entgehen. Dann legte er seine verdunkelnde Schlafbrille über die Augen und schlief augenblicklich ein, ohne sich seiner Straßenkleidung zu entledigen, geschweige denn das Bad aufzusuchen. Der Zimmerkellner, der kurze Zeit darauf mit dem Champagner vor der Tür stand und klopfte, musste unverrichteter Dinge wieder gehen.

Währenddessen wurde jedes noch so leise geflüsterte Wort auf ein Tonband aufgenommen. Jeder Laut, das Rascheln liebevollen Streichelns und leidenschaftliches Stöhnen wurde festgehalten. Kaspar aber manövrierte sich in eine andere Welt, in der Grausamkeit, Heuchelei und Wut ihre Existenz fanden. Selbst im Schlaf übte sein Mund das Lächeln, mit dem er die Welt der Menschen ebenso sehr faszinierte wie schockierte.

Die Liebe, die Miranda und Frank in den nächsten Stunden zuteil wurde, bis sie endlich erschöpft von all der Leidenschaft einschliefen, fühlte sich unendlich rein und

Glück spendend an. Sie war alles, brachte sie dem Himmel näher und brachte den Himmel zur Erde hernieder. Noch im Schlaf umklammerten sie einander. Nie würden sie sich loslassen. Niemals.

„Niemals!", flüsterte Miranda. Dann erwachte sie.

Liebesblick oder Die Macht der Liebe

Er sah sie an und alles fand sich in diesem Blick,
er zeugte von unendlicher Liebe und versprach ihr seltenes Glück.
Und unumwunden gestand sie sich ein,
sie wollte nur ihn, konnte niemals mehr ohne ihn sein.
So fanden sich glückselig ihre tastenden Hände,
ein Traum von Leidenschaft entfachte innere Brände.
Doch das zehrende Feuer in lodernden Herzen lag,
es verbrannte sie nicht, es machte sie stark.

Sie sahen sich an und alles lag in diesem Blick,
er zeugte von erfüllter Liebe und versprach ihnen großes Glück.

Miranda lag in Franks Armen, genauso wie sie miteinander eingeschlafen waren. Offensichtlich hatten sie sich beide die ganze restliche Nacht nicht bewegt. Vorsichtig und sanft, um ihn nicht aufzuwecken, löste sie sich von ihm und huschte ins Badezimmer herüber. Es war heller Morgen, fast schon zehn Uhr. Gegen elf wollte Leon sie und Frank, wie verabredet, zum Frühstück zu den Schreibers abholen.

Schnell nahm sie eine warme Dusche, frottierte sich ab und trocknete ihr Haar mit einem Reiseföhn, der sich in Franks offener Kulturtasche befand. Eine Einmalzahnbürste lag auf der Glasablage unter dem Spiegel, unbenutzt und noch in Plastikfolie verschweißt. Auf dem Rand des Waschbeckens entdeckte sie eine batteriebetriebene Zahnbürste, die Frank offenbar von zu Hause mitgebracht hatte. So packte sie die andere aus, auf deren Oberfläche getrocknete Zahnpasta klebte. Sie befeuchtete diese und putzte sich hingebungsvoll ihre Zähne. In ihrer Handtasche trug sie immer eine Grundausstattung Make up bei sich. Mit gekonnter Technik, die jahrelange Übung voraussetzte, tuschte sie sich geschwind die Wimpern, salbte ihr Gesicht mit einer leicht getönten Creme, legte Rouge und etwas Lippenstift auf und betrachtete sich dann im Spiegel. Was sie dort sah, gefiel ihr.

Ein Wunder war über Nacht geschehen. Ihre Augen strahlten mit fantastischem Glanz. Fast wie in den Jahren, bevor ihr Martyrium mit Oliver begonnen hatte, sie in ihn und er in sie verliebt gewesen war. Ein unangenehmer Druck in der Magengegend, der leichte Übelkeit in ihr auslöste, begleitete ihre Überlegungen. Sie fürchtete sich davor, in wenigen Stunden zu ihrem verkaterten Partner in die gemeinsame Wohnung zurückkehren zu müssen. Doch die Ereignisse des letzten Tages und der anschließenden Nacht konnte ihr keiner mehr nehmen. Sie würde in jedem Augenblick ihres zukünftigen Daseins davon zehren. Wie schnell sie sich auf Frank hatte einlassen können und er sich auf sie, das erschien ihr wie ein Mysterium. Solche spontanen Sexgeschichten existierten eigentlich nicht in den Genen, die für ihre Charakterbildung zuständig waren. Mit dieser Liebe begegnete Miranda etwas Wunderbares, etwas Heiliges. Ihre gequälte, geschundene Seele sog diese Empfindungen vehement in sich hinein, genoss die Gefühle voller Hingabe und Lust.

Frank riss sie liebevoll aus ihren Gedanken. Er stand hinter ihr, küsste zärtlich und verschmust ihren Nacken. Dann scheuchte er sie sachte aus dem Bad, um sich selbst für den Tag zurechtzumachen.

Sie blickte aus dem Fenster des Hotelzimmers, als er auch schon wieder bei ihr war und sie innig in seine Arme nahm. Sekunden später lagen sie wieder in ihrem zerwühlten Bett, in dem sie sich dann ein letztes Mal leidenschaftlich liebten. Als es an der Tür klopfte, hatten sie gerade ihr Outfit soweit gerichtet, dass sie unter Leute gehen konnten.

Leon stand albern grinsend in der Türfüllung. Dämlich, aber unendlich glücklich, wie Miranda feststellte. Auch er musste eine selige Nacht hinter sich haben. Aus tiefster Seele beneidete sie den Freund, der sich nicht wie sie in einer völlig verfahrenen Beziehung befand. Außerdem wohnte Mirabelle ganz in der Nähe. Frank jedoch lebte dreihundert Kilometer von ihrem Wohnort entfernt, musste viel arbeiten und etliche Auslandsreisen für seine Firma absolvieren. Wann sie ihn wiedersehen würde, wie sie es bewerkstelligen könnten, sich zu treffen, das alles wusste sie in diesem Augenblick nicht.

Innerhalb weniger Minuten hielt Leons schwarzer Porsche neben Sabines Haus. Miranda krabbelte aus dem Notsitz hervor. Zum Glück war sie sportlich und schlank, so dass sie diese Turnübung relativ leicht bewältigte, ohne sich vor den Augen der Männer lächerlich zu machen. Sie wollte gerade hinter Frank und Leon zur Haustüre gehen, als sie auf eine Bewegung ganz in ihrer Nähe aufmerksam wurde.

„Frank, Leon, seht ihr das auch? Dort drüben, steht da nicht ein Mann? Oder sehe ich schon Gespenster?" Das Herz klopfte ihr bis zum Halse.

Tatsächlich, halb hinter einem Baumstamm verborgen stand ein Mann. Hose, Schuhe, T-Shirt, alles schwarz, die Haare so dunkel, wie von Pech übergossen, lehnte er an der Rinde einer überdimensionalen Eiche. Sie konnte gerade noch seine wundervoll gleichmäßigen Gesichtszüge ausmachen und sein ewig grausames Lächeln erkennen. Im gleichen Moment verschwand er spurlos. Leon rannte sofort los, um noch einen Blick auf das Geschöpf zu erlangen, das Miranda so sehr erschreckte, jedoch ohne Erfolg.

„Komm her!", Frank drückte sie an sich. „Hab keine Angst! Wir sind ja hier."

Im nächsten Augenblick sah sich Miranda gezwungen, den Vorfall unverzüglich zu vergessen, denn die Haustür wurde heftigst aufgerissen. Ein schier wild gewordener Johannes stürzte sich auf seine Mutter, als wenn er sie tagelang nicht gesehen hätte und ließ sich von ihr herzen und küssen. „Ich habe dich vermisst!", vorwurfsvoll sah er sie an, so vorwurfsvoll wie eben ein dreijähriger, kleiner Junge nur blicken konnte. „Ich dich auch", beruhigte Miranda ihren Sohn und strahlte ihn an. „Jetzt bin ich ja da. Onkel Leon fährt uns bald heim. Mal schauen, was der Papa so treibt. Nun lass uns erst mal mit den anderen frühstücken!"

Als Miranda Olivers Namen erwähnte, wurde Frank bewusst, wie sehr sich die Miene des Jungen verfinsterte. Miranda schien dies nicht bemerkt zu haben und deshalb sagte er nichts. Er wollte seiner Liebsten das Herz nicht noch schwerer machen, als es sicherlich ohnehin schon war. Viel wusste er von ihr nicht, denn Sabine hatte sie den

Abend vorher ja auch erst kennengelernt und war ihm keine große Hilfe im Überbringen von Informationen. Allerdings sagte die Art und Weise wie Oliver seine Lebensgefährtin behandelt hatte, einiges über das Verhältnis der beiden aus. *Wenn er sich nicht schämt, seine Partnerin in der Öffentlichkeit derartig zu verunglimpfen, was mag sich in deren vier Wänden wohl abspielen?,* fragte sich Frank. Entrüstet, einen Menschen so misshandelt zu sehen, entbrannte sein Innerstes immer stärker in Liebe zu der hübschen Frau.

Die anderen Familienmitglieder und Freunde hatten sich bereits um den Tisch versammelt, auf dem leckere Speisen zu sehen waren. Seine Schwester war eine großartige Gastgeberin und er nahm sich vor, sich bald bei ihr, Peter und Sindra zu revanchieren. Vielleicht konnten sie ja Johannes und Miranda anlässlich einer Einladung seinerseits einfach mitbringen. Eine wunderschöne Idee. Da er alle so beschäftigt sah, ging er hinüber zu ihr, die sich in dem prachtvollen, beinahe märchenhaften Garten seiner Schwester verträumt umschaute.

„Gleich haben wir wahrscheinlich keine Gelegenheit mehr", äußerte er mit erstickter Stimme, aus der man eine tiefe Traurigkeit heraushörte. „Ich wollte dir nur sagen, wie sehr ich dich liebe. Hier, nimm meine Visitenkarte! Dort stehen die Firmen- und die Privatnummern drauf. Du kannst mich jederzeit erreichen. Außerdem werde ich dir durch Sabine meine jeweilige Adresse zukommen lassen, damit wir uns schreiben können, auch wenn ich mal auf Geschäftsreise bin. Ich werde mich so diskret wie möglich verhalten, damit Oliver keinen Verdacht schöpfen und unseren Kontakt nicht zurückverfolgen kann. Es war der schönste Tag und die schönste Nacht meines Lebens."

„Ich liebe dich auch, Frank." Miranda sah ihn verzweifelt und niedergeschlagen an. „Ich habe keine Ahnung, wie das alles weitergehen soll. Ich vermisse dich bereits, obwohl du noch gar nicht fort bist. Wie soll ich nur mit Oliver weiterhin auskommen? Die letzten Jahre lebte ich in ständiger Angst vor ihm. Jetzt fürchte ich mich davor, dass er uns und dir etwas antut, in seiner gekränkten Eitelkeit, wenn ich ihm eines Tages von dir erzähle. Ich habe mich so lange kaputtmachen lassen und fand nicht die Kraft, mich aus dieser Situation allein zu befreien. Ich bitte dich nur inständig: Lass mir Zeit, die Möglichkeiten, die ich habe, in Ruhe zu überdenken. Schließlich muss ich nicht allein für mich, sondern auch für Johannes entscheiden, wie die folgenden Schritte aussehen können. Du hast mich so glücklich gemacht. Das Wissen, dass es dich gibt, schenkt mir den nötigen Mut, mich bald von ihm zu trennen."

„Hallo, was ist denn mit euch los? Wollt ihr nicht auch kommen? Die Spiegeleier werden ja ganz kalt!", rief Peter zu den beiden hinüber. Nur ungern ließen Miranda und Frank voneinander ab, setzten sich wenig hungrig an den Tisch und begannen zu essen. Die Schmetterlinge, die nach wie vor wilde Kapriolen in ihren Bäuchen schlugen, unterdrückten ihren gesunden Appetit.

„Sag mal, Peter, hast du in letzter Zeit mal Kaspar Leimas getroffen? Mir war so, als hätte ich ihn gestern kurz bei euch im Garten gesehen", log Frank seinen Schwager an. Er wollte Miranda nicht in Verlegenheit bringen.

„Eigenartig, dass du das fragst", antwortete Peter erstaunt. „Vor ein paar Tagen traf ich ihn in der Firma, gerade als ich Oliver zu unserer Party einladen wollte. Er saß bei ihm im Büro, hatte seine Füße auf Olivers Schreibtisch gelegt und strahlte mich feixend an. Wenn Kaspar strahlt, läuft es mir eiskalt den Rücken runter. Ein komischer Kauz. Sabine empfindet das genauso wie ich. Na ja, jedenfalls sprach ich die Einladung Oliver gegenüber erst einmal nicht aus. Ich wollte nicht, dass Kaspar denkt, er kann sich dranhängen und mit hierher kommen. Ich habe Olli später über unsere Firmenleitung angerufen, um ihm und Miranda den Termin durchzugeben, aber er ging nicht ran. Also sprach ich die Aufforderung am nächsten Tag aus, als ich ihn endlich mal allein antraf. Komisch!", sagte er nachdenklich. „Ich hatte gestern auch einen winzigen Augenblick lang den Eindruck, Kaspar hätte sich irgendwo bei uns auf dem Grundstück herumgetrieben. Fand aber keine weiteren Anhaltspunkte für diese Annahme. Ich dachte schon, ich spinne. Merkwürdig!"

Peter sah sein Frau fragend an. Die aber schüttelte den Kopf: „Ich habe ihn nicht bemerkt. Sonst hätte ich bestimmt die Kinder nicht allein in der Spielecke toben lassen. Du weißt, sie ist nicht so gut von der Terrasse aus einzusehen. Vor Kaspar habe ich Manschetten. Ich kann nicht einmal genau erklären, warum. Dabei sieht er einfach fantastisch, blendend, ja geradezu sagenhaft aus. Nicht so nichtssagend, blass und unbedeutend, wie ihr zwei Durchschnittstypen hier." Sie lachte laut auf, als sie die verdatterten Gesichter der beiden Männer sah und knuffte ihrem Mann sachte in die Seite. Peter und Frank stürzten sich gleichzeitig auf Sabine und kitzelten sie aus, bis ihr die Tränen das Gesicht herunterliefen. Die allgemeine Stimmung, die durch das Thema Kaspar Leimas leicht beeinträchtigt worden war, entspannte sich zusehends.

Eine ganze Stunde brunchten die Gäste bei den Schreibers, halfen beim Aufräumen und dann war es soweit. Miranda und Frank mussten sich voneinander verabschieden. Johannes krabbelte bei Frank auf den Schoß, drückte ihm genüsslich einen feuchten Kuss auf die Wange und sagte:

„Tschüss Farank."

„Fank heißt der!", verbesserte Sindra ihren Freund mit ungeduldigem, empörtem Augenaufschlag.

„Sag ich doch, Farank!", ganz ernst schaute Johannes Sindra in diese Augen.

Damit war für ihn die Sache erst einmal erledigt.

Miranda amüsierte sich köstlich über das Geplänkel der beiden Kinder. Gleichzeitig saß ihr ein Kloß im Hals, den sie nicht herunterzuschlucken wusste. Tränen, die ihr den Druck nehmen würden, durfte sie sich hier vor ihrem Kind nicht leisten. Sie musste sich zusammenreißen. Es fiel ihr entsetzlich schwer, sich von Frank zu lösen. Noch einmal nahm er sie zur Seite: „Ich habe mich entschlossen, noch ein paar Tage hier in der Gegend zu bleiben", sagte er leise. „Mir steht noch Resturlaub zu, den ich jetzt unbedingt nehmen möchte. Mache es bitte möglich, dass wir uns morgen wieder treffen können! Vielleicht kann Sabine uns ja helfen. Denke bitte darüber nach!" „Nichts lieber als das", flüsterte Miranda glücklich zurück.

Frank drückte ihr einen auf den ersten Blick unscheinbaren, kleinen Gegenstand in die Hand und küsste sie, bis sie zu ersticken drohte. *Welch ein schöner Tod wäre das?,* dachte sie selig und gleichzeitig betrübt. Dann saßen sie auch schon in Leons Auto und fuhren ihrer weltlichen Hölle entgegen. Miranda zerriss es das Herz vor Sehnsucht nach dem Mann, den sie gerade eben erst verlassen hatte. Leon trug ein seltsam verträumtes Lächeln auf seinem Gesicht und erneut ertappte sich Miranda dabei, neidvoll über seine rosige Lage nachzudenken. Sie gönnte es dem Freund von ganzem Herzen und freute sich aufrichtig für ihn. Dennoch ging es Leon tausendmal besser als ihr.

Hinten auf dem Notsitz saß ein zufriedener Johannes und brabbelte immer „Farank" vor sich hin. Miranda öffnete ihre Faust und erblickte eine winzige, jedoch wunderschöne Brosche. Ein Herzchen aus Silber lag da vor ihr. In der Mitte ein Minibrillant, glänzend und rein, wie ihre Liebe. Vorsichtig bückte sie sich, zog das Hosenbein ein wenig nach oben und schob das Kleinod einer wundervollen Liebesnacht in ihren feinen Strumpf. Das fehlte gerade noch, dass Oliver dieses Geschenk in die Finger bekam. Zu Hause angekommen, würde sie ein passendes Versteck dafür suchen. Miranda schloss die Augen und ließ die aufwühlenden Momente nochmals an sich vorüberziehen. Schon in Kürze würde sie auf dem Boden der Tatsachen landen, dann gab es keine Träumereien mehr.

Wie aufs Stichwort hielt der Sportwagen mit einem Ruck am Straßenrand vor den schäbigen Häuserreihen, in denen sie mit Oliver einst Wohnraum bezogen hatte. Die drei Insassen stiegen aus. Miranda kramte in ihrer Handtasche nach dem Hausschlüssel. Mit einem Ruck wurde auch schon die Tür aufgerissen.

„Da seid ihr ja endlich! Miranda, Johannes, hattet ihr eine angenehme Zeit bei Sabine und Peter? Leon, willst du noch mit reinkommen? Wir könnten später noch ein Bier zusammen trinken, wenn du magst. Es tut mir schrecklich leid, Miranda, dich gestern so vorgeführt zu haben. Das wird nicht mehr vorkommen!", säuselte er.

Nach diesen fröhlich hervorgesprudelten Worten hob er Johannes schwungvoll auf seine Schultern und marschierte, sich vorsichtig bückend, damit das Kind sich nicht den Kopf anstieß, unter dem Türrahmen hindurch. Er schleppte ihn hinauf in die Wohnung, ein lustiges Liedchen trällernd. Leon und Miranda schauten sich verständnislos an. Was war denn in Oliver gefahren? So nüchtern und aufgeräumt, ja beinahe lebendig, hatten sie ihn schon seit Jahren nicht mehr an einem Sonntagnachmittag erlebt. Sie folgten ihm kopfschüttelnd ins Haus, wo Oliver mit seinem Sohn in einer Art überschwänglichen Pferdchensprung eine Runde durch die Wohnräume drehte. Leon marschierte direkt auf die Wohnzimmertür zu. Er wollte noch kurze Zeit bei Miranda bleiben, um zu sehen, ob Oliver tatsächlich bei so brillanter Laune war, wie er sich soeben präsentierte. Abrupt blieb er in der Tür stehen. Miranda, die das nicht hatte kommen sehen, lief auf ihn auf und stieß sich an seinem Hinterkopf die Stirn an.

„Autsch, Leon, was zum Teufel...!" Wie recht sie hatte.

Verdattert blickte sie auf einen grinsenden, ganz in Schwarz gekleideten Mann, der es sich in ihrem Lieblingssessel äußerst bequem gemacht hatte. Ihre Handarbeit, die immer ordentlich zusammengelegt auf der Lehne ausgebreitet lag, hatte er achtlos auf den Boden geworfen. Was wollte der denn hier?

„Hallo, ich bin Kaspar," stellte er sich vor, das breite Dauerlächeln in seine geschwungenen Lippen eingemeißelt. Miranda kräuselten sich spontan die Nackenhaare.

„Mein Name ist Miranda, hallo, wie geht es Ihnen?", höfelte sie.

„Oh, danke sehr gut. Ich war gerade in der Nähe und habe gedacht, ich könnte Olli einen kurzen Besuch abstatten. Ich hatte ihm einiges zu erzählen. Aber warum duzen wir uns nicht einfach? Ich bin mit Oliver schon so lange und so eng befreundet, da macht es doch nur Sinn, wenn wir uns auch ein wenig näherkommen."

Miranda wollte alles in ihrem Leben, nur diesem Mann nicht näherkommen. Vorsichtig und skeptisch warf sie Leon einen Blick zu: „Lass mich jetzt bloß nicht allein!", schrie dieser Blick flehentlich. Und Leon schaute sie an: „Okay, ich weiche nicht von deiner Seite!", antworteten seine Augen.

Während Oliver ins Zimmer kam, seinen Sohn immer noch auf den Schultern balancierend, hatte Kaspar bereits die Initiative für ein ausuferndes Gespräch übernommen: „Als ich damals hierher kam, um bei Breitners in der Firma anzufangen, habe ich erst einmal einige Tage in einem ganz guten Hotel gewohnt, bevor ich die angemessene Wohnung anmieten konnte. Das Hotel Bellevue ist nur zu empfehlen. Kennst du es, Miranda? Aber warum solltest du? Du hast ja hier mit Oliver eine bezaubernde Bleibe gefunden, nicht wahr?" Wieder zeigte er sein verteufeltes Grinsegesicht.

Nur mit Mühe schaffte Miranda es, Haltung zu bewahren. Was wollte dieser Kerl von ihr? Sie lächelte ihn an, so beherrscht wie nur möglich antwortete sie: „Warst du das nicht heute morgen an dem Hotel, als Leon und ich Sabines Bruder dort abgeholt haben? Von außen ist das Bellevue sehr ansprechend, Ausstattung und Service kann ich allerdings nicht beurteilen", log sie dem gespenstischen Burschen frech ins Gesicht.

„Von welcher Uhrzeit sprechen wir denn?"

„Kurz vor elf Uhr."

„Das kann nicht sein. Da war ich bereits auf dem Weg zu Oliver!", schwindelte Kaspar genauso kaltschnäuzig zurück.

Eine ganze Weile ging das heuchlerische, unaufrichtige Geplänkel so weiter, dann endlich, nach gefühlten Stunden, erhob sich der unheimliche, dämonische Geselle, um sich zu verabschieden. Zehn Minuten später machte sich auch Leon auf den Weg. Miranda nutzte die Zeit, die Oliver brauchte, ihren Freund zur Tür zu bringen und noch ein wenig Smalltalk zu halten, um die Brosche eilends an einem sicheren Ort in ihrem Schlafzimmer zu verstecken.

Sie hatte vom Dachboden ihres Elternhauses eine antike Kommode mit hierher gebracht. Zur Zeit des Umzugs hatten sie nicht genug Geld zur Verfügung, sich ausreichend Mobiliar zu kaufen. Da kam das gute Stück gerade recht. Miranda und Oliver, zu der Zeit noch schwer verliebt, arbeiteten das Holz des hundert Jahre alten Schränkchens gemeinsam auf und beizten es neu. Dieses Möbelstück, einst von ihrem Urgroßvater selbst gefertigt, wurde immer wieder bewundert. Es sah auch ganz fantastisch aus. Was Oliver nicht wusste, war, dass unterhalb einer Schublade ein schwer zu entdeckendes kleines Geheimfach eingebaut worden war. In diesem hatte Miranda zufällig alte Fotos aus Uropas Zeiten gefunden und sie ihrem Vater überlassen, der sie wie einen wertvollen Schatz hütete. Hier in diesem besagten Fach verbarg sie das kostbare Geschenk von ihrem Liebsten. Dann verließ sie eiligst ihren Schlafraum und hastete zu ihrem Kind.

Johannes saß in seinem winzigen, acht Quadratmeter großen Zimmer und spielte. Der Erwachsenenwelt völlig entrückt, wirkte er ruhig und zufrieden. Sie vergewisserte sich, dass sich ihr Junge wohlfühlte und kehrte daraufhin völlig erledigt in den Wohnbereich zurück.

Miranda war unendlich müde. Viel Schlaf hatte sie wahrlich nicht bekommen in der letzten Nacht. Unter ihrem Lippenstift brannte ihr Mund noch von Franks hingebungsvollen Küssen. Sie streifte die Schuhe von den Füßen, setzte sich in den von Kaspar entweihten Sessel und legte die Beine auf den gegenüberliegenden Lehnstuhl. Ihr Kopf fiel zurück und sie sackte in einen erlösenden Schlummer, der sie mit wundervollen Bildern beschenkte.

Völlig unvermittelt traf sie der Angriff, der von hinten erfolgte. Sie hatte nicht einmal die Möglichkeit, sich zu erschrecken. Die Stimme, die sie plötzlich anschrie, nahm ihr jegliche Chance auf eine Reaktion.

„Du falsche Schlange, du Schlampe, du widerwärtiges Stück Dreck!"

Oliver stand mit einer halbvollen Flasche Schnaps plötzlich vor ihr, die er behände auf dem Beistelltisch abstellte. Im nächsten Augenblick warf er sich über sie und drückte ihr die Kehle zu, bis ihr die Sinne schwanden. Ihr letzter Gedanke galt ihrem Sohn Johannes. Was sollte jetzt ohne sie aus ihm werden? Sie würde sterben. Der Verrückte hatte sie massiv in seiner Gewalt. Sie konnte nichts tun, um sich seines unvorhergesehenen Zugriffs zu erwehren. Dann wurde sie allen Denkens, allen Kämpfens enthoben und sie nahm die Ohnmacht, das Sterben an, das mit brutaler Macht über sie hereinbrach und dem sie kein wirksames Mittel entgegensetzen konnte. Johannes aber sah und hörte nichts von dem brutalen Akt, der sich zwei Zimmertüren weiter abspielte. Eine höhere Macht hüllte seine Seele liebevoll ein und sorgte für ihn.

Oliver

Verloren

Die Dunkelheit hat ihn gefunden,
beraubte ihn der Liebe Kraft.
Sie hat sich an sein gutes Herz gebunden
und eine treue Seele aus dem Weg geschafft.

Nun hängt er fest, gelenkt, geführt, geleitet
von der kalten, finsteren Macht.
Hat ihm ein Grab aus Bosheit vorbereitet.
Er spürt's nicht mehr, hat nur gelacht.

Wer kann die düstere Seele retten?
Wohl nur ein großes, liebend Herz.
Muss sie voll Wärme zärtlich betten
und sie befreien vom wehen Schmerz.

Oliver kam aus gutem Hause. Ein intelligenter, umgänglicher Junge mit vorbildlichen, mustergültigen Manieren, die sein gescheiter Vater ihm auf handgreiflichste Weise eingebläut hatte. Dieser werte Herr, Heinrich Ströwe, nannte sich diplomierter Kaufmann und arbeitete als gleichberechtigter Partner in einer gemeinsam gegründeten Firma mit seinem Cousin zusammen. Sie verkauften und vermieteten Großkräne. Ein sehr lukratives, lohnendes Geschäft. Heinrich galt als äußerst kompetent und verlässlich. Jeder Mitarbeiter, jede Sekretärin liebte, bewunderte und verehrte ihn. Zu Hause aber regierte er mit Strenge und Bosheit. Er duldete keine Gefühle, sobald er sein Haus betrat. Mitgefühl und Zuwendung ließ er in seinem Büro zurück, wofür er dort im wahrsten Sinne des Wortes Pate stand. Sein Sohn Oliver hatte widerspruchslos zu gehorchen. Kaltblütig forderte er Disziplin und Ehrgeiz ein, gegebenenfalls auch mit dem Rohrstock.

Linette

Lebensglück / Lebenspech

Sie hatten Ziele und suchten sie zu erreichen.
Sie hatten Pläne, die mussten anderen Ideen weichen.
Sie nahmen sich so viel Schönes vor,
doch über den Tag, ihre Liebe erfror.

Er hatte, wie jeden Morgen, die Wohnung verlassen,
er kehrte zurück, um sie von Stund' an zu hassen.
Sie liebte ihn und konnte es nicht glauben,
als er begann, ihr die Kräfte zu rauben.

Ein fieses Wesen in ihm war bereit,
sie zu zerstören, die ganze Zeit.
Sie war auf das Böse nicht vorbereitet gewesen.
Nun lag sie am Boden, wollte nur noch genesen.

Doch er hielt zu viele Waffen in seiner Hand,
zerstörte grausamst die Liebe, das Band.
Sie aber suchte Hilfe, ihn dennoch zu retten,
wollte ihn liebend in ihren Armen betten.

Aber das Dunkle war stets in der Nähe,
suchte sie aus als arme Trophäe.
Sie allerdings schrieb sich alles auf,
mochte Einhalt gebieten, dem teuflischen Lauf.

Noch bevor es gelang, den Bösen zu schlagen,
mussten die Nächsten ihren Tod beklagen.
Ihre einzige Liebe erkaltet, die Kraft ging zu Ende,
sie akzeptierte den Tod als heilende Wende.

Schon als ganz kleiner Junge lernte Oliver die harte, gefühllose Hand seines Vaters auf niederträchtigste, gemeinste und brutalste Art kennen. Seine Mutter Linette Ströwe war eine sensible, empfindsame, fast schon seelisch labile Frau, die es nicht fertigbrachte, ihr Kind vor den Anschlägen ihres Mannes zu beschützen. Sie versuchte es, Gott war ihr Zeuge. Aber dieses Eingreifen endete meist tragisch. Häufig zierten danach blaue Flecken ihr Gesicht oder die Augen. Tagelang konnte sie sich dann draußen nicht blicken lassen. Die irren, farbenfrohen Variationen, ihre Schminktechniken betreffend, waren sprichwörtlich. Hinter ihnen suchte sie, die sich täglich verändernden Farbnuancen ihrer geschundenen, geschwollenen Haut zu verbergen. Sie glaubte, niemand würde aufgrund dieser Maßnahmen von ihrem würdelosen Leben Notiz nehmen. Aber sie täuschte sich. Viele Nachbarn tuschelten hinter vorgehaltener Hand. Man bemitleidete die arme Frau, verstand aber nicht, warum sie dem groben Kerl nicht schon längst den Rücken gekehrt hatte.

In solch harten Zeiten absoluter Brutalität bedauerte es Linette, diesem infamen Mann überhaupt einen Sohn geboren zu haben. Zukünftig verhütete sie intensivst, denn ein zweites Kind wollte sie nicht. Nicht mit diesem widerwärtigen Fiesling!

Ihre Beziehung hatte so wundervoll begonnen. Heinrich trug seine Linette auf Händen. Nach Beendigung seines Wirtschaftsstudiums gründete er mit seinem Vetter Hans eine Firma. Sein Cousin und er arbeiteten zuerst allein in dem noch kleinen aufstrebenden, zukunftsorientierten Unternehmen, bis sie sich vor Aufträgen nicht mehr retten konnten. Dann stellten sie gezwungenermaßen weitere Mitarbeiter und Mitarbeiterinnen ein. Unter anderem zählte auch ein Diplomvolkswirt namens Ludwig Maisel zu der sich vergrößernden Arbeitsgemeinschaft.

Herr Maisel war ein äußerst auffälliger, markanter Mann.

Nicht nur sein Haarschnitt, der für die damalige Zeit sehr ungewöhnlich und speziell war, sorgte dafür, ihn stets im Mittelpunkt des Geschehens zu sehen. Zudem trug er fast immer dunkle Kleidung. Auf den Schulterpolstern und dem Kragen des schwarzen Jacketts lag breitgefächert und locker drapiert sein wundervoll glänzendes, pechschwarzes Haar. Hin und wieder band er es auch zu einem Pferdeschwanz zusammen. Seine Figur war sportlich und durchtrainiert zu nennen, er war über einen Meter und achtzig groß und muskulös.

Dennoch wirkte er auf Linette beim allerersten Betrachten eher wie ein Pfarrer als wie ein Volkswirt. Dieser Eindruck wurde allerdings durch einen Blick in sein Gesicht sofort revidiert. Sein Antlitz wirkte auf sie wohlproportioniert, von außergewöhnlicher Schönheit und Anziehungskraft. Jedoch gerade das machte es wohl aus: Linette fürchtete sich vor ihm zu Tode. In seiner Nähe schien sie eine eigenartige Kälte zu verspüren, die ihre feinfühlige Seele nicht zu ertragen wusste. Lächelte Herr Maisel sie an, schienen seine dunklen Augen einen kräftigen roten Farbton anzunehmen und Schauer des Entsetzens rannen ihr den Rücken hinunter. *Ein Wesen aus der Hölle,* dachte sie. Augenscheinlich aber erlebte nur sie diese fahle, aschgraue Hautfarbe des Mannes als beängstigend, dessen extrem wächserne Blässe sie sehr erschreckte, die in einem strengen Kontrast zur Schwärze seines Haares stand. Niemand sonst in der Firma zeigte ähnliche Reaktionen auf sein Aussehen und sein Verhalten wie sie. Heinrich verstand seine Frau überhaupt nicht mehr.

Früher hatte Linette ihren Mann und Hans öfter mal im Büro besucht, ganz fasziniert von der wundervollen Art, wie die beiden Männer miteinander umzugehen verstanden. Sie fühlte sich in der professionellen Arbeitsatmosphäre wohl. Seit Ludwig Maisel eingestellt worden war, mied sie die Räume des Unternehmens geflissentlich. Das frostige

Klima, das sich hier immer stärker auszubreiten schien, ließ sie erzittern. „Bitte Heinrich, muss dieser schreckliche Mann wirklich bei euch arbeiten?"; hatte sie ihren Mann gefragt. „Es gibt doch bestimmt genügend andere Interessenten mit gleicher Qualifikation." Heinrich aber zuckte nur mit den Schultern: „Ach Linette, ich begreife deine Vorbehalte nicht. Was verstehst du schon von unserem Beruf?" Linette schwieg.

Keine vier Wochen, nachdem sich Hans und Heinrich spontan entschlossen hatten, dem jungen Volkswirt einen Arbeitsplatz zu geben, bemerkte sie eine Veränderung in der Verhaltensweise ihres Mannes. Er benahm sich irgendwie seltsam, beinahe abweisend. Bis dato hatte er seine hübsche Frau immer vergöttert und ihr jeden Wunsch von den Augen abgelesen. Eines Tages gab er ihr Rätsel auf und danach sollte nichts mehr sein wie zuvor. Zu der Zeit war sie bereits mit Oliver schwanger, bereitete sich glücklich auf die Geburt ihres ersten Kindes vor. Sie sprach Heini an, wie sie ihn damals noch zärtlich nannte, ob er mit ihr einen Teil der Säuglingsausstattung besorgen wolle. Statt einer Antwort funkelte er sie giftig an, knallte wortlos mit einem lauten „Rumps" die Tür zu und verschwand, ohne sich zu verabschieden. Linette erschrak und zuckte zusammen. Ganze drei Tage lang sprach er kein Wort mit ihr, dann war vorerst alles wieder beim Alten. Vorläufig! Eine Erklärung für sein eigenartiges Benehmen erhielt sie nicht.

Bis zu Olivers Geburt wiederholten sich derartige Attacken. Linette war ratlos, beugte sich aber Heinrichs Stimmungen. Sie hatte seine Zuneigung immer genossen, mit diesem sprunghaften Verhalten wusste sie nichts anzufangen und kapselte sich ab.

Seit der Junge auf der Welt war, blieb Heinrich häufiger über Nacht in der Firma. Wenn er nach Hause kam, war er schlecht gelaunt, wirkte müde und abgespannt. Immer mehr entpuppte er sich seiner Frau und seinem kleinen Kind gegenüber als unnachgiebiger Despot. Der Staudamm zum See der Aggression bekam irreparable Risse. Er wurde schnell laut und schlug Linette des Öfteren ohne Grund. Kam er ihr zu nahe, roch sie einen feinen Nebel alkoholischen Dunstes, gut verpackt unter einer dicken Schicht aus schwerem Gesichtswasser. Aber die junge, gedemütigte Mutter ließ sich nicht irreführen. Sie sah es ihrem Mann an den Augen an, wenn er getrunken hatte. In den eigenen vier Wänden wurde sie nie gewahr, dass er dem Alkohol zusprach. Dennoch fand sie unter einer lockeren Holzdiele in seinem Arbeitszimmer, über die sie fast gestürzt wäre, einmal eine leere Flasche. *Das wird wohl nicht die Einzige und die Letzte gewesen sein,* dachte sie traurig.

Das Leben ging weiter! Oliver war inzwischen fünf Jahre alt geworden, als Heinrich es seiner Frau mal so richtig zeigte. Äußerst aggressiv kehrte er abends nach Hause zurück und schlug wieder einmal grundlos, äußerst brutal auf seine zierliche, anmutige Frau ein. Argumente hatte er in den letzten Jahren für seine Ausraster nie gebraucht. Nach dem Trommelfeuer seiner Fäuste lag sie am Boden und schaute ihn mit ihren verweinten braunen Augen an. Schluchzend flehte sie um Gnade. Was für eine verweichlichte, verachtenswerte Ehefrau er doch hatte! Mit einem solchen Miststück musste er sich täglich herumplagen. Selbst die, seiner Meinung nach zu Recht, ausgeführte Bestrafung konnte sie nicht still und ergeben entgegennehmen. Wie sie ihn ankotzte. Da schlug er in rasendem, wilden Zorn noch einmal zu und brach ihr die Nase.

Nur langsam rappelte sich Linette auf, im Gesicht völlig entstellt und blutverschmiert. Heinrich, eine Fahne von mindestens zwei Promille hinter sich herziehend, stürmte von Raserei getrieben aus dem Haus. Da fasste sie einen

Entschluss. Trotz starker Schmerzen schleppte sie sich ins Kinderzimmer, innerlich vollkommen ruhig. Tränen der Qual pressten sich unter den blitzschnell angeschwollenen Lidern hervor. Doch das schien sie nicht zu bemerken. Dort angekommen, holte sie den schlafenden Oliver aus dem Bett, zog ihn beherrscht, ohne große Eile an und ging mit ihm ins Arbeitszimmer. Hier leerte sie den Safe, in dem sich circa zweitausend Mark befanden, säuberte sich im Bad und

verließ mit dem Kind, dem Geld und ihrer Handtasche, ohne noch einmal zurückzublicken, das Haus. Kleidung, Wertgegenstände, wie Schmuck aus noch seligen Zeiten, blieben im Tresor zurück. Ihr Gesicht pulsierte in unerträglicher Pein, doch das sollte sie nicht aufhalten. Oliver stellte keine Fragen. Brav lief er neben ihr her.

Sie hatte es geschafft. Nie wieder würde der gemeine, herzlose Hund Hand an sie legen! Nie wieder! Sie kam keine fünfzig Meter weit. Da baute sich Ludwig Maisel vor ihr auf: „Gut Sie zu treffen, Frau Ströwe", säuselte er, sein exquisites Gesicht zu einem wohlwollenden, wölfischen Lächeln verzogen. „Ihr Mann bat mich, Sie nach Hause zu begleiten", sagte er laut und vernehmlich. „Sie widerliches, kleines Weichei!", zischte er plötzlich mit giftigen Tönen in ihr Ohr, damit die anderen Passanten es nicht mitbekamen.

Linette zuckte entsetzt zurück, so dass sie beinahe gestürzt wäre, hob ihr Kind auf den Arm und ließ sich widerspruchslos zurückführen. Nachdem Ludwig fort war, schloss sie sich mit Oliver in der Küche ein, verriegelte alle Fenster und drehte den Gasherd voll auf. Von Schmerzen gepeinigt und mit ihren Kräften am Ende, überlegte sie nicht lange. Dieser Schritt sollte ihre dauerhafte Rettung sein. Ihren Sohn musste sie mitnehmen. Er sollte nicht unter der aggressiven Fuchtel ihres Mannes und seines Freundes aufwachsen. Dankbar spürte sie die nahende Ohnmacht, als das Gas seine Wirkung tat und erwachte Stunden später in ihrem Bett. Ludwig Maisel saß an ihrer Seite, Oliver auf seinem Schoß. Auch dieses Vorhaben hatte der schwarze Geck vereitelt. Obwohl sie sich schwach fühlte, entriss sie dem Monster das Kind und barg den verwirrten Jungen in ihren Armen. Sie hatten keine Chance, dem Grauen zu entgehen.

Am frühen Abend des nächsten Tages fuhr sie zu einem befreundeten Arzt, der ihr die Nase richtete. Er stellte längst keine Fragen mehr und bot über seine ärztliche Hilfe hinaus keine Unterstützung mehr an. Bisher hatte Linette jeglichen Ratschlag verworfen. Solange es Ludwig Maisel gab, konnte ihr niemand helfen. Wie in Trance schritt sie durch ihr zerstörtes Leben.

Weitere fünf Jahre hielt Linette noch aus, kämpfte sich durch dieses unnatürliche, lieblose, schwächende Dasein. Nur die Beziehung zu ihrem Sohn war innig, von Vertrauen und Zuneigung geprägt und sie gab ihr die Kraft, morgens aufzustehen. Ludwig Maisel sah sie persönlich nie wieder, doch empfand sie seine Anwesenheit schmerzlich in jeder Bewegung, jeder Handlung ihres Mannes. Neben seinen ausufernden Trinkgewohnheiten und seiner Vorliebe, sie zu bestrafen, hatte er es sich inzwischen zur Aufgabe gemacht, sie mit sämtlichen hübschen Sekretärinnen seiner Firma zu betrügen. Innerlich abgestorben dümpelte sie dahin.

Irgendwann begann Linette alles, was sie an Grausamkeiten erdulden musste, in einem Tagebuch festzuhalten. Auch Ludwig Maisel fand Erwähnung. Mit klaren Worten beschrieb sie ihn und seinen Charakter. Tückische Merkmale einer bösen Seele, die ihr Leben und das ihrer Familie vergiftet hatten. Das Schreiben half ihr geringfügig, sich in ihrer furchtbaren Lage ein ganz klein wenig besser zu fühlen. Sie verarbeitete so manchen Schlag auf diese besondere Weise, jedoch die psychischen wie physischen Wunden, die Heinrich ihr dauerhaft und beständig zufügte, heilten dadurch nicht.

Linette las sehr gerne. In jeder freien Minute, wenn ihr

Mann durch Abwesenheit glänzte, Oliver sie nicht brauchte und ihre Hausarbeit erledigt war, holte sie ein Buch hervor und katapultierte sich in eine fremdartige, meist aufregende Welt. In diesen Momenten verließ sie ihr katastrophales Zuhause, um in die Rollen fremder, anders gearteter Personen zu schlüpfen. Neue, lebensbejahende Identitäten verkörperte sie hier in diesem Kosmos, in dem sie sich eher als selbstbewusste, forsche Frau wiederfand, statt als geprügeltes Weib in herzloser Atmosphäre zu vergammeln. Wenn sie las, blühte sie für wenige Augenblicke auf. Aber sie mochte nicht nur Romane, sondern sie verschlang auch Fachliteratur, saugte am liebsten Bücher über Archäologie oder Texte über mystische, legendäre Vorkommnisse in sich auf, die zu dieser Zeit extrem grenzwissenschaftlich betrachtet wurden.

Eines schönen Tages, die Sonne strahlte von einem wolkenlosen, blauen Himmel herab, nahm Linette ihren Oliver bei der Hand und marschierte mit ihm in die Stadtbücherei, um sich mit weiteren Büchern zu versorgen und gelesenes Material zurückzugeben. Sie war auf die Bibliothek angewiesen, denn Heinrich hätte ihre Lesesucht niemals finanziert. Oliver begab sich sofort in die Kinderbuchecke und vergnügte sich mit spannenden, abenteuerlichen Kinderkrimis. Hochkonzentriert blätterte er durch den neusten Band der Kinderbuchautorin Enid Blyton.

Ihn wohl versorgt wissend, nutzte sie die Zeit, durch die hohen Regale hin und her zu schlendern, auf der Suche nach weiterem Lesestoff, den sie noch nicht kannte und der sie interessieren könnte. Plötzlich wurde ihr Blick auf ein Buch gelenkt, das nicht wie die anderen in Reihe und Glied an seinem Platz stand, sondern das ein wenig aus der exakt ausgerichteten, geraden Linie der einsortierten Exemplare herauslugte. Neugierig blieb sie stehen, fühlte sich von dem kleinen Ausschnitt, der dort hervorstach, magisch angezogen. Sie zog das Buch aus dem Regal hervor und schaute verblüfft auf den Einband. Er wirkte antik und abgegriffen, als habe er bereits etliche Jahrhunderte überdauert und sei schon durch viele Hände gegangen. Die Farben eines darauf befindlichen betagten Gemäldes waren zwar weitgehend verblasst, dennoch konnte sie darauf noch alles erkennen. Was sie hier sah, ließ ihren Atem gefrieren!

Kurzentschlossen, ohne darüber nachzudenken, beging sie eine kleine Straftat. Sie packte den Band einfach in ihre Tasche, holte Oliver aus dem Kinderbuchbereich ab und drückte sich geschickt an der Theke der Bibliothekarin vorbei. Im Laufschritt verließ sie das Gebäude, um so rasch wie möglich nach Hause zu eilen, ihren verdatterten Sohn hinter sich herziehend. Daheim angekommen, schlug sie das Buch sofort auf und begann zu lesen. Eine völlig unbekannte Dimension eröffnete sich ihrer vernachlässigten und gequälten Seele. Was sie dort erfuhr, sorgte dafür, dass sie verstand. So fremd und unerklärlich sich die Welt auch für sie entpuppte, in die sie gerade eintauchte, so kamen ihr die dort beschriebenen Vorfälle nicht fremdartig vor. Ganz im Gegenteil, endlich durfte sie erkennen, warum ihr Mann sich so konsequent von ihr abgewandt hatte. Schlimmer noch, sie begriff, warum er sie verriet und sie damit dem Teufel opferte.

Über eines war sich Linette im Klaren, nicht sie hatte das Buch entdeckt, sondern das Buch hatte sie gefunden! Diese mysteriösen Umstände interessierten sie allerdings momentan wenig. Mit Hilfe der enthaltenen Informationen würde sie handeln können und fähig sein, dem Spuk ihres Lebens ein triumphales Ende zu setzen.

Ein stechender Schmerz fuhr ihr wieder einmal in den Unterleib, der häufig das Ziel von Heinrichs Brutalität geworden war. Es fühlte sich an, als bohre sich die glühende Spitze eines Dolches in ihr Fleisch. Manchmal ließ dieses Ziehen irgendwann nach. Diesmal nicht!

Oliver

Schutzlos

Sie musste ihn verlassen an grausamem Ort,
konnte nun nicht mehr helfen, mit keinem Wort.
Seine Seele verkrampfte vor Kummer und Schmerzen,
Tränen erfroren in einem erkalteten Herzen.
Ohne ihren Schutz und ihre Anwesenheit,
driftete er ab in die Einsamkeit.
Gab sich dennoch nicht auf, versuchte allein zu gehen,
um die Gefahren des Lebens zu überstehen.

Oliver war morgens wie üblich mit dem Bus zur Schule gefahren. Er wusste nichts von den Qualen seiner Mutter und ahnte auch nicht, dass sie vorsichtshalber in die Klinik gegangen war, nachdem sie sich liebevoll voneinander verabschiedet hatten. Die Beschwerden in ihrem Unterleib nahmen rapide zu und Linette konnte sich nur mit größter Anstrengung auf den Beinen halten. Die heftigen Schmerzen traten inzwischen kolikartig, in immer kürzer werdenden Abständen auf. Schweiß perlte von ihrer Stirn und vermischte sich mit dem Salz der Tränen, die ihr das Leiden in die Augen trieb. Völlig erschöpft und am Ende ihrer Kräfte entschloss sie sich, endlich ärztliche Hilfe in Anspruch zu nehmen. Oliver saß derweil in der Schulbank und hatte keine Ahnung von der Misere, in der seine geliebte Mutter steckte. Als er mittags daheim ankam, stand sein Vater ungewohnterweise vor der Tür.

„Deine Mutter ist tot! Sie ist vor einer Stunde im Krankenhaus an inneren Blutungen gestorben. Ist wohl gestürzt oder so." Kaum konnte der Mann den unbändigen Triumph in seiner Stimme im Zaum halten, so sehr freute es ihn zu sehen, welch fatale Wirkung diese Worte auf seinen Sohn ausübten. „Ab jetzt weht hier ein anderer Wind, das kann ich dir versprechen, du verpimpeltes Muttersöhnchen! Dieses Lotterleben der letzten Jahre ist zu Ende, merk dir das!" Kaltblütig bellte er die Sätze heraus.

Dann war es also heute Morgen der letzte Abschiedskuss seiner Mutter gewesen, die letzte zärtliche Umarmung. „Ja aber"...Tränen traten in die Augen des zehnjährigen Jungen der gar nicht begriff, wovon sein Vater sprach. Seine Mutter konnte doch nicht einfach so sterben. Heinrich holte aus und verpasste Oliver eine gellende Ohrfeige. „Fang jetzt ja nicht an zu plärren! So schlimm ist das mit der Alten nicht!", war sein gefühlloser Kommentar.

Bereits wenige Wochen nach Linettes Tod meinte Heinrich, seinem Sohn, schon der Nachbarn wegen, eine

Ersatzmutter vor die Nase setzen zu müssen. Stolz auf seine praktische Veranlagung, erstellte er eine Tabelle, in die er potentielle Kandidatinnen aufnahm, die für ihn infrage kamen. Die Arzthelferin seines Hausarztes fand hierin ihren Platz, neben einer Kellnerin aus seinem Stammlokal und einer Chefsekretärin aus einem größeren Konzern. Lieblos und pragmatisch führte er eine genaue Strichliste, die Vorzüge und Nachteile der Anwärterinnen beinhaltete. Die Dame, die laut dieser Aufstellung die meisten Vorteile aufzuweisen hatte, bat er um ihre Hand. Am Abend nach ihrer heimlichen standesamtlichen Eheschließung zog Sekretärin Luise Bauer, jetzt Frau Ströwe, bei ihnen ein, Heinrich, von nun an in allen negativen Verhaltensweisen unterstützend. Nur allzu bald musste Oliver lernen, sich ihrem grausamen Charakter und ihrer festen Hand unterzuordnen.

In diesen erstickenden Verhältnissen lebend, bekam der Junge kaum Gelegenheit, um seine geliebte Mutter zu trauern. Furchtsam, immer darauf bedacht, den brutalen, rabiaten Attacken seines Vaters und seiner Stiefmutter aus dem Weg zu gehen, zog es ihn regelmäßig von zu Hause fort. Nach der Schule hing er gern bei seinen Freunden ab oder ging zum Fußballtraining. Nachdem in der zehnten Klasse ein „Nicht versetzt" sein Zeugnis zierte, drehte Heinrich völlig durch. Er prügelte den Jungen windelweich, während er ihn mit den übelsten Worten beschimpfte. Oliver setzte ab jetzt seine nicht zu unterschätzende Intelligenz gezielt ein, erreichte schnellstmöglich sein Abitur und verpflichtete sich anschließend für zwei Jahre bei der Bundeswehr. Was für eine Erleichterung, das Haus seines lebenslangen Martyriums endlich verlassen zu können. Wochenende für Wochenende ließ er sich zum Wachdienst einteilen, damit er bloß nicht sein Elternhaus betreten musste. Nach Ableistung des Wehrdienstes begann er sein Studium, hunderte Kilometer von der Heimat entfernt, damals schon Miranda an seiner Seite.

Gegen seine liebevolle, ihn schützende und umsorgende Mutter Linette baute er im Laufe der nächsten Jahre einen stetig wachsenden Hass auf. Sie hatte ihn eiskalt und rücksichtslos im Stich gelassen und war einfach gestorben und für immer verschwunden. Wie konnte sie ihn nur mit diesem gemeinen, grausamen Schwein alleine lassen? Ihren unerwarteten, frühen Tod verzieh er ihr nie. Geschickt verdrängte seine gekränkte, verlassene Seele die Tatsache, dass sie einem Mord auf Raten zum Opfer gefallen war. Ausgeführt von seinem unbeherrschten, unerbittlichen Vater. Seine Mutter hatte immer versucht, ihren Sohn von der niederträchtigen Seite Heinrichs fernzuhalten. Obwohl Oliver das ahnte, brauchte er jemanden, dem er seine miserable Lage in die Schuhe schieben konnte und Linette war nicht mehr fähig, sich zu rechtfertigen. Im Laufe der Zeit verblassten die Erinnerungen an ihre gute, zärtliche Art ganz und gar. Seine Wut auf sie fühlte sich für ihn vollkommen richtig und stimmig an. So sehr er Linette nun verabscheute, so sehr fühlte er sich zu Frauen seines Alters hingezogen. Bei ihnen suchte er die Liebe, die ihm seine Mutter in den wichtigsten Zeiträumen seines Wachstums verwehrt hatte.

Ein Jahr vor seinem Abitur lernte der junge Mann Waltraud kennen. Ein Mädchen aus der Nachbarschaft, das ebenso hübsch wie reich war und tatsächlich unter dem berechnenden Blick seines Vaters und seiner kaltherzigen Stiefmutter Gnade fand. Genau zwölf Monate hielt die Liaison. Dann hatte die kluge Waltraud von dem heuchlerischen Verhalten Heinrichs und seiner Angetrauten die Nase gestrichen voll. Sie durchschaute deren falsche, aufgesetzte, höfliche Art, nahm lieber die Beine in die Hand und rannte, ehe es zu spät war. Richtig so!

Nach mehreren kurzen, für ihn unbedeutenden Affären begegnete ihm Miranda. Sie war noch anmutiger als

Waltraud, ebenso schlau und sie schien ihn regelrecht zu vergöttern. Seine nach außen hin gelebte fröhliche, lockere und unangepasste Art half ihm, sie für sich zu gewinnen. Miranda lag ihm zu Füßen. Ob bewusst oder unbewusst, seine geschundene Seele nutzte diesen Umstand gewissenlos aus. Er stellte ihr seine Eltern nur vor und brachte sie danach nie wieder in das Haus. Die Sache mit Waltraud hatte ihm gereicht.

Nach Ableistung seiner Bundeswehrzeit, begann Oliver sein Wirtschaftsstudium. Er zog endgültig aus der Kälte seines Elternhauses fort und bedrängte Miranda von Stund an, ihm zu folgen. Er musste sie auch von ihrer Familie fernhalten, wenn er sie auf ewig sein Eigen nennen wollte. Überzeugt, sie zu lieben, sah er für sich und für seine Eroberung eine erfüllte, erfolgreiche Zukunft vor Augen. Zu dieser Zeit spürte er nicht, wie die vom Vater ererbten Gene eine ungeheure Arroganz in ihm auslösten.

Ebenso plötzlich und unerwartet, wie viele Jahre zuvor seine Mutter, starb kurz nach seinem Umzug sein Vater. Er hatte dem einzigen Sohn nicht einmal den Pflichtanteil vererben können, denn Luise und Hans hatten es geschafft, den gesamten Besitz innerhalb der letzten Jahre erfolgreich zu verplempern. Sie verstanden sich übrigens hervorragend mit Ludwig Maisel.

Diesem stand Oliver am Morgen der Beerdigung erstmals nach langer Zeit wieder gegenüber. Ludwig Maisel war es, der Frau Ströwe zum Grab begleitete, nicht ihr Stiefsohn. Sie starrte tränenüberströmt auf den teuren Holzsarg und schluchzte erbärmlich, von Schwindelanfällen und Weinkrämpfen geschüttelt. Jede mittelmäßige Schauspielerin hätte diese Rolle besser gespielt. Armselig, fand Oliver.

Ihre Stütze Ludwig aber war ein echtes Phänomen. Oliver kannte ihn bewusst bereits seit sechzehn Jahren, doch schien es, als sei er um keinen einzigen Tag gealtert.

Jung, dynamisch und frech, dabei voller Arroganz und Häme schaute er in die Runde der mehr oder weniger trauernden Gesellschaft. Die Zeit griff ihn scheinbar nicht an!

Die Jahre gingen dahin. Anfangs meisterte Oliver die Anforderungen des Studiums, die an ihn gestellt wurden, problemlos. Es gab keine Hürde, die ihn straucheln ließ. Miranda ging arbeiten und kellnerte noch nebenbei in einer Studentenkneipe. Sie verdiente nicht viel, aber es reichte aus, um während seiner Studienzeit einigermaßen über die Runden zu kommen. Ihre kleine Wohnung war mit Möbeln minderer Qualität ausgestattet, aber das sollte sich nach erfolgreichem Studienabschluss gründlich ändern. Sie führten ein beschauliches Leben und das war das wichtigste überhaupt für den jungen Mann, der eine von Lieblosigkeit und Grausamkeit geprägte Pubertät zu bewältigen hatte.

Als seine verhasste Stiefmutter Luise eines Tages auf merkwürdige, ganz seltsame Art und Weise ums Leben kam, fuhr Oliver ein letztes Mal in seine Heimat, um dort die verbleibenden, restlichen Angelegenheiten zu klären. Doch der Cousin seines Vaters, der damals mit Luises Hilfe das gesamte Geschäft heruntergewirtschaftet hatte, konnte ihm bei der Aufklärung der Sachverhalte nicht helfen. Hans stand vor dem endgültigen Ruin, seine Frau hatte ihn verständlicherweise verlassen, weil er seine heiße Affäre mit Luise nicht beenden wollte. In kürzester Zeit war das ganze Geld futsch, in undurchsichtigen Geschäftslöchern und durch unhaltbare Privatausgaben versickert. Von Ludwig Maisel fehlte plötzlich jede Spur! Die wenigen, übriggebliebenen Firmenangestellten versicherten Oliver, es hätte nie einen Ludwig Maisel in der Firma seines Vaters gegeben. Niemand wusste etwas über dessen Anstellung und Arbeitsverhältnis als Volkswirt, damit konnte natürlich auch niemand Informationen über seinen Verbleib liefern.

Auch die Bürounterlagen enthielten keinerlei Hinweise. Für Oliver schien sich der Geck ebenso heimlich, still und leise verdünnisiert zu haben, wie er gekommen war. Eine Gestalt, ein Wesen, geboren aus dem Nichts und ebendort verschwunden.

Kurze Zeit nach diesem Ereignis, kaum dass Oliver unverrichteter Dinge wieder bei Miranda und in ihrem Heim angekommen war, erschoss sich Hans. Die Polizei verdächtigte ihn, Luise mit Hilfe eines Giftcocktails getötet zu haben. Bevor die Behörde zugreifen konnte, die ihn mehrere Tage lang unter Druck gesetzt hatte, legte Hans seinen Jagdrevolver an seine Schläfe und schickte seine inzwischen klägliche Existenz in ein glanzloses, brutales Endeszenario. Oliver kümmerte sich nicht mehr um die menschlichen und geschäftlichen Reste, die von den Leuten herrührten, die er ursprünglich zu seiner Familie zählte. Dieser Teil seines Lebens war auf ewig ausgelöscht. Stattdessen hatte er den Eindruck, zu diesem Zeitpunkt ein ausgesprochen glückliches Dasein mit seiner Miranda zu führen, die ihn vergötterte wie niemand anderer zuvor. Bei ihr fühlte er sich in allen Bereichen gestärkt und verstanden. Dass Miranda an seiner Seite immer stiller wurde, merkte er nicht.

Wie jeden Morgen fuhr er seine Partnerin zu ihrem Arbeitsplatz, um anschließend sein Studium an der Universität voranzutreiben. Er genoss es, sie neben sich zu wissen, während er unentwegt, selbstverliebt redete und sich ihrer Aufmerksamkeit sicher schien. Als er sich von ihr verabschiedete, küsste er sie innig, bevor sie aus dem Wagen ausstieg. Eine ganz intensive Leidenschaft für seine Freundin breitete sich in seinem Innersten aus. In diesem Augenblick war er geneigt, Miranda zu fragen, ob sie nicht einfach mal blau machen könne und sie beide wie früher einen gemütlichen, leidenschaftlichen Tag im Bett verbringen sollten. Er schwieg, obwohl ihm sein Herz etwas anderes diktierte. Es sollte das letzte Mal sein, dass er solche Gefühle für Miranda hegte.

Beschwingt betrat er das Universitätsgebäude und bewegte sich in die Richtung seines Fachbereichs, als ihn Professor Odenwald ansprach: „Ach, guten Morgen, Herr Ströwe. Kann ich Sie wohl einen Augenblick sprechen?"

„Natürlich, Herr Professor, worum geht es denn?" Eigentlich wunderte sich Oliver, dass Herr Odenwald ihm das Wort gönnte. Er wusste ja nicht einmal, woher dieser seinen Namen kannte. Fragend und auch verwundert richtete er sein Augenmerk auf sein Gegenüber.

„Folgendes! Hätten Sie vielleicht Zeit und Lust, mir ein wenig zu assistieren? Wissen Sie, meine Frau und ich, wir haben unser zweites Kind bekommen und ich sollte mich wohl ein wenig mehr zu Hause einbringen. Mich kümmern! Verstehen Sie, was ich meine? Ich könnte jemanden gebrauchen, der in den ersten Semestern die Klausuren und Hausarbeiten der Studenten gegenliest und mich unterstützt. Die Hauptkorrekturen muss ich natürlich vornehmen, wenn Sie verstehen, was ich meine."

Oliver verstand sehr gut.

„Die Uni zahlt für solche Hilfeleistungen auch einen kleinen Obolus, wenn Sie verstehen, was ich meine. Nicht viel, aber immerhin, wenn Sie..." Wieder verstand Oliver sehr gut und unterbrach den Professor mit höflichen Worten: „Ich würde Ihnen gerne helfen. Schließlich kann ich dabei auch noch was lernen und ein bisschen Geld können wir, solange ich studiere, dringend gebrauchen. Danke, Herr Professor, dass Sie an mich gedacht haben."

Professor Odenwald winkte geschmeichelt ab: „Schon gut, schon gut! Wir stellen Ihnen hier ein kleines, aber ausreichendes Büro zur Verfügung, welches Sie sich allerdings mit einem Mitstudenten teilen müssen, der für Professorin Haberle einige Aufgaben übernimmt. Ich hoffe, hierdurch entstehen Ihnen keine Probleme, wenn Sie verstehen, was ich meine."

Ich verstehe, was du meinst, dachte Olli leicht genervt und verdrehte innerlich seine Augen. Er folgte Herrn Odenwald in die nächst höhere Etage des gigantischen Universitätsgebäudes, der alsbald an einer schmalen Tür anklopfte, auf der mit großen, eindrucksvollen Buchstaben „Assistent" gedruckt stand. Ein freundliches „Herein" erlaubte ihnen den Zutritt. Gemächlich, leise quietschend, öffnete sich die Pforte wie von selbst und Oliver sah auf den ersten Blick einen jungen Mann an einem der zwei Schreibtische sitzen. Dieser zeigte ein äußerst attraktives, ansprechendes Gesicht, ein breites, Vertrauen einflößendes Lächeln umspielte seine Lippen. Von einer Sekunde zur nächsten wusste Oliver: Dort saß der Mann, mit dem er befreundet sein sollte.

„Oh hallo", eine volle, melodische Stimme sprach ihn an, „mein Name ist Kaspar Leimas."

Besessen

Böse Gedanken, grausame Kräfte
lauern hinter schillernder Stirn.
Wilde Flüche, brodelnde Säfte,
vernebeln listig ein verweichlichtes Hirn.
Lachend im Außen, mit Wärme, die friert,
dringt es tief ein in des Menschen Gemüt.
Zeigt ihm, was Grauen in sich birgt.
Eine schwarze Rose voll sich windender Stacheln erblüht.
Der vernichtende Hass ist geboren,
rotglühend lodern Wut und Zorn.
Hat sich eine offene Seele auserkoren,
die dankbar, verwirrt empfängt den finstere Dorn.
Schändlichst verborgen in der Dunkelheit,
verschanzt hinter Schönheit und Schmeichelei,
glaubt der Mensch an die Wirklichkeit,
doch das Gute ist für ihn längst schon vorbei.
Ergriffen sein Innerstes von bösen Gedanken,
grausame Kräfte ummanteln sein Herz.
Wilde Flüche in seinem Kopfe ranken,
brodelnde Säfte verbreiten Kummer und Schmerz.

Olivers Gedanken trudelten wild durcheinander. Endlich ein Mensch, auf den man sich rückhaltlos verlassen konnte. Wie kam er bloß darauf? Er kannte doch diesen Kaspar Leimas überhaupt nicht. Dennoch, dieser Mann hatte Rückgrat, das spürte man sofort. Gleich heute Abend musste er Miranda erzählen, welch wunderbaren Burschen er heute hatte kennenlernen dürfen. Sicherlich würde sie sich für ihn freuen.

Oder nicht? Sie wäre wohl eher eifersüchtig. Quatsch, was war nur mit ihm los? So war Miranda eigentlich gar nicht. Na ja, vielleicht doch? Er sollte lieber achtsam sein mit dem, was er sagte. Eine gewisse Vorsicht könnte in diesem Falle nicht schaden. Oliver entschloss sich, zu Hause den Mund zu halten und nichts von dem neuen wunderbaren Freund zu erwähnen. Er betrachtete den vertrauenserweckenden Fremden ein bisschen genauer.

Kaspar war ganz in Schwarz gekleidet, selbst Hemd und Krawatte waren schwarz wie Pech. Recht ungewöhnlich für einen Studenten. Die meisten bevorzugten Jeans und Shirts, aber die Wahl der Kleidungsstücke und deren Farbe störten Oliver überhaupt nicht. Die extrem dunklen Haare lagen breitgefächert auf dem Jackett und bedeckten beinahe den halben Rücken. Gerade in diesem Moment nestelte Kaspar an seiner Hemdtasche herum. Er zog ein farblich passendes Haargummi heraus, und band sich ganz selbstverständlich sein Haar zu einem Zopf zusammen.

Während ihm all diese Details auffielen, ging Oliver geradewegs auf den Schreibtisch seines Bürogenossen zu, drückte hoch erfreut Kaspars ausgestreckte Hand zur Begrüßung und stellte sich mit den Worten vor: „Hi, ich bin Oliver Ströwe!"

Er bemerkte nicht, wie ein plötzlich erbleichender Professor Odenwald zusammenzuckte, als Kaspar Anstalten machte, auch ihm die Hand zu geben. Eilig und überhastet verabschiedete sich dieser. „Also dann, meine Herren, auf gute, effektive Zusammenarbeit", raunte er und wollte aus dem Zimmer verschwinden.

„Halt, Herr Professor, sollten Sie mir denn nicht die Klausuren da lassen, die Sie in ihrer Aktentasche mit sich herumtragen?", lachte Oliver.

„Oh, eh, ja, also. Na so was. Natürlich, fast hätte ich das vergessen, wenn Sie verstehen, was ich meine." Flugs, mit zitternden Bewegungen, zog er die Unterlagen aus seiner Mappe und legte sie an Olivers Platz. Im nächsten Moment hatte er sich auch schon in Luft aufgelöst. Kaum war die Tür hinter ihm ins Schloss gefallen, rannte er den Flur entlang, als würde er vom Leibhaftigen persönlich verfolgt.

Die beiden Männer arbeiteten schweigend. Nach circa einer Stunde, die Oliver eigentlich in der Bibliothek verbringen wollte, um relevante Fakten nachzuschlagen, stand er auf. Eine wichtige Vorlesung wartete auf ihn.

„He, wo willst du denn hin?", erkundigte sich sein Gegenüber, aufgeschlossen und bester Laune.

„Ich muss zu meiner Mathevorlesung. Die darf ich keinesfalls versäumen! Wir schreiben in zwei Wochen eine Klausur und ich habe noch einige Themen, die mir Kopfzerbrechen bereiten." Oliver griff zu seiner Jacke, die Miranda für ihn zum Geburtstag gestrickt und die er ordentlich über die Lehne seines Stuhles gehängt hatte.

Kaspar schaute vergnüglich grinsend zu ihm auf. „Ach, komm schon, lass uns stattdessen in der Cafeteria einen Kaffee trinken! Die Texte, die ich zu bearbeiten habe, sind so trocken, da könnte ein wenig Feuchtigkeit von innen nicht schaden."

Oliver setzte an, das Angebot abzulehnen. Doch ein Blick in die Augen seines Kollegen ließ ihn eine andere Antwort geben. Sein Gewissen riet ihm dazu, seinen Unterricht auf jeden Fall zu besuchen, doch er konnte sich gegen den intensiven, visuellen Druck des Mannes nicht wehren. Wenn er noch einmal ganz genau darüber nachdachte, wollte er lieber mit Kaspar zusammen sein, statt mit einhundertfünfzig Mathematikstudenten. Ein Kaffee wäre wunderbar! Scheiß was auf Mathe!

„Na klar, außerdem läuft mir die Arbeit ja nicht weg." Er hielt mitten in seiner Bewegung inne und ließ Mirandas liebevoll angefertigtes Geschenk dort zurück, wo es hing. Über der Stuhllehne. Kaspar erhob sich von seinem Platz und gemeinsam verließen sie den Raum der Assistenten. Oliver sollte diesen nie wieder betreten. Auch der Verbleib der Strickjacke interessierte ihn von da an nicht mehr die Bohne.

Er studierte zwar mehr schlecht als recht weiter, aber für andere Tätigkeiten stand ihm fortan keine Zeit zur Verfügung. Tage später erkundigte sich Professor Odenwald bei ihm, wie weit er denn mit der Beurteilung der Klausuren sei. Da grinste er ihm frech und kaltschnäuzig ins Gesicht: „Machen Sie diesen Job mal schön alleine! Die Arbeiten liegen wohl noch in dem Verschlag, den die Uni armseligerweise ihrem Hilfspersonal zur Verfügung stellt. Suchen Sie sich doch gefälligst einen anderen Dummkopf, der sich bereit erklärt, das Geschwafel irgendwelcher Studenten zu zensieren, wenn Sie verstehen, was ich meine!"

Laut lachend ging er davon. Dem Professor, überrumpelt und geschockt, fiel auf diese unverschämte Bemerkung keine passende Antwort ein. Kopfschüttelnd hastete er mit großen Schritten davon. Noch vor einer Woche gefiel ihm die Art des jungen Studierenden, der ihm in seinen Vorlesungen äußerst positiv aufgefallen war. Nicht umsonst hatte er ihn zu seiner Hilfskraft machen wollen. Er kannte Oliver als fleißigen, zuverlässigen Hochschüler, emsig darauf bedacht, die Regelstudienzeit einzuhalten, um vorwärts zu kommen. Das Bild, das dieser gerade eben von sich selbst zeichnete, entsprach bei Weitem nicht dem, das sich der Professor von ihm gemalt hatte. Was war bloß in den Burschen gefahren?

Oliver war rasch davongejagt, um dem Prof. keine weitere Gelegenheit zu einer Diskussion zu ermöglichen. Hinter der nächsten Biegung stand Kaspar: „Richtig so, mein Freund. Das ist genau das, was der dämliche, alberne Odenwald hin und wieder braucht. Los, wir wollen mal fix ein Bierchen zischen, bevor wir in den Hörsaal gehen! So ein halber Liter käme mir gerade recht."

Dieser Typ sprach Oliver aus der Seele. Er folgte dem neu gewonnenen Kameraden wie ein unterwürfiger Hund. Niemand von seinen Bekannten konnte begreifen, was ihn an diesem Kaspar so wahnsinnig faszinierte. Sie alle hielten diesen Kerl eher für bizarr, wenn nicht sogar für verrückt. Außerdem hatte sich Oliver in den letzten Tagen auffällig stark verändert. An den Wochenenden genehmigte sich der ein oder andere auch gern mal ein Gläschen zu viel, aber Oliver trank mittlerweile mehr, als ihm und seiner Gesundheit gut tat. Nicht nur abends zischte er sein Helles, als kleine Feierabendbelohnung, bereits während der Unterrichtszeiten und Übungsstunden roch er stark nach Bier. Er wirkte zunehmend oberflächlich, nervös und gereizt und kam in letzter Zeit regelmäßig zu spät in die Universität. Doch trotz aller Veränderungen, die seine männlichen Kollegen an ihm feststellen mussten, die weibliche Welt schien in ihm neuerdings die Wiedergeburt des Adonis zu sehen.

Bis auf Miranda, die sich verzweifelt an Leon wandte. Ihr gegenüber verhielt sich Oliver unausgegoren und überreizt. Seine schlechte Laune nahm Überhand und ging ihr extrem auf die Nerven. Außerdem war mit ihm nicht zu reden. Eines Abends griff sie zum Telefon und rief Leon an: „Was ist los, Miranda? Du klingst so komisch."

„Es geht um Oliver. Er benimmt sich in letzter Zeit so eigenartig." Sie erklärte ihm, was ihr auf der Seele lag. Leon versprach ihr, mit Olli zu reden: „Das kommt bestimmt alles wieder in Ordnung. Der hat wahrscheinlich nur eine Klausur versemmelt", tröstete er sie. Dieses ihr gegebene Versprechen, ein Gespräch mit ihrem Partner zu führen, hielt er ein.

Das war der Tag, an dem Oliver eine Schwelle überschritt, die er früher niemals übertreten hätte. Er drosch Miranda alle Fünfe ins Gesicht. Wie konnte sie nur so hinterhältig sein und mit Leon hinter seinem Rücken über ihn quatschen wie ein Waschweib? Sie hatte kein Recht, sich über ihn zu beschweren. Was für ein schändlicher Vertrauensbruch. Das verzeihe er ihr niemals, schrie er ihr entgegen. Derartige Marotten würde er ihr schon austreiben. Heuchelei hasse er seit jeher wie die Pest und Ungehorsam dulde er ab sofort nicht mehr! Ihr zukünftiges Zusammenleben würde sich nun nach seinen Vorgaben richten. Schließlich sei er der Mann im Hause und sie habe ihm gar nichts zu sagen, geschweige denn überall rumzumeckern.

Nach dieser Auseinandersetzung erwähnte Oliver seine Freundschaft zu Kaspar Miranda gegenüber vorerst mit keinem Wort. Die verbitterte Nörglerin würde ihm den Kumpel mit Sicherheit genauso mies machen wollen, wie es seine Kommilitonen vehement versuchten. Kaspar war der beste Mensch, den er kannte. Auf ihn ließ er nichts kommen, also verschwieg er Miranda gegenüber vorsichtshalber seine Existenz. Erst viel später, durch ihren Besuch bei Sabine und Peter erfuhr sie von der symbiotischen Verbundenheit zwischen Kaspar und Oliver.

Unbeschreiblich, was ich mit dieser Frau durchleide, dachte Oliver zum wiederholten Male. Seit Kaspar ihm so richtig die Augen geöffnet hatte, erkannte er plötzlich, mit was für einem Bremsklotz er sich da eingelassen hatte. Stets legte sie ihm Steine in den Weg und machte ihm wegen jeder Kleinigkeit Theater. Wie sie sich aufregte, weil er sich nicht mehr erinnern konnte, wo er die bescheuerte

Strickjacke vergessen hatte. Diese Strickerei ging ihm sowieso auf den Geist. Wie eine alte, abgehalfterte Matrone saß sie auf dem zerschlissenen Sofa und klapperte mit den blöden Nadeln. Das gleichmäßige Geräusch schien dabei mit jeder Masche lauter und lauter zu werden. Klick, klack, klick, klack. Ihm wurde ganz übel davon! Außerdem tuschelte sie dauernd mit Leon hinter vorgehaltener Hand. Sie nervte ihn in unvorstellbarem Ausmaß.

Auf der anderen Seite stellte sie ein perfektes Ventil für das aggressive Potential dar, welches sich mehr und mehr in Olivers inneren Räumen Bahn brach. Er glich einem Vulkan, unter dessen dünner Oberfläche es brodelte und kochte. In ihrer Nähe ließ er gern Dampf ab. Und sie war so derartig bescheuert und bekloppt, ja, beinahe beschränkt, ihn mit ihrer weinerlichen, wimmernden Art regelrecht aufzufordern, sie mit brutalen Handlungen zu züchtigen. Das ihm das früher nicht aufgefallen war, wie wenig konstruktive Erziehung sie seitens ihrer Eltern genossen hatte. Es machte ungeheuer viel Spaß, ihr zu zeigen, wer der Herr und wer die Magd war. Dabei beflügelte ihn seine eigene Methode sehr, es ihr zu demonstrieren. Er bediente sich ganz selbstverständlich und in jeder Konsequenz aller erdenklicher, widerwärtiger Missbrauchsstrategien, die nur einem Zweck dienten: Ihr klar zu machen, wie unwürdig und klein sie daherkam!

Dank seiner neugewonnenen Ausstrahlung sah er sich nun nicht mehr gezwungen, Miranda im Bett als einzigem weiblichen Wesen zu dienen. Schließlich war er zu Höherem geboren. In den Kreisen, in denen er jetzt zu verkehren pflegte, kannte die Damenwelt nur sein fröhliches, ausgeglichenes Wesen und er konnte sich vor verlockenden, betörenden Angeboten kaum retten. Hier benahm er sich perfekt, wie ein echter Gentleman. Und Kaspar, der ihn immerzu begleitete, unterstützte diese Nummer, indem er ihn wie einen Prinzen hofierte und ihn damit auf den Singlemarkt schmiss.

Spät nachts zu Hause angekommen, fühlte sich Oliver oft köstlich aufgeladen von den sexuellen Energien, die ihm wenige Stunden vorher zuteilgeworden waren. Noch den Geruch der verführten Vorgängerin in seinen Kleidern und an seinem Körper, sein Geschlechtsteil klebte von den ausgetauschten Säften, hatte er nichts Eiligeres zu tun, als Miranda auf ihr gemeinsames Bett zu schleudern. Hier ließ er sie grausam wissen, was für einen unersättlichen Hengst sie vor sich hatte. Statt ihm dankbar zu sein, dass er ihr überhaupt noch Zuwendungen dieser Art zukommen ließ, heulte und jammerte sie wie ein Klageweib. Solches Verhalten schrie nach Bestrafung. Einer derartig deutlichen Aufforderung kam er gerne nach.

Einige Wochen, nachdem er sie sich mal wieder so richtig zur Brust genommen hatte, teilte Miranda ihm mit, sie sei schwanger geworden. Sie sah blass aus, wirkte extrem distanziert, als sie ihm die Nachricht verkündete. Er konnte die Angst an ihr riechen, die sie begleitete, während sie die Worte aussprach.

Für ein kurzen Augenblick erwachte Oliver.

Ein Baby! Er würde Vater werden. Gedankenverloren blickte er auf die letzten Monate seines Lebens zurück. Komisch, er liebte Miranda doch. Welcher Umstand war bloß verantwortlich dafür, dass sie ihm immer mehr aus dem Wege ging? Als sie ihm von der Schwangerschaft erzählt hatte, klang sie sehr nüchtern, beinahe kalt. Er freute sich wie Bolle auf das Kind, sie aber wirkte so abweisend. Oliver verstand die Welt nicht mehr.

Spontan rief er Leon an:

„Hallo, Leon, kannst du heute Abend vorbei kommen, Miranda ist bei Natalie, einer Arbeitskollegin. Ich muss mal mit jemandem reden!"

Leon

Freundschaft

Ihm allein kann man stetig vertrauen,
auf seine Hilfe kann man immer bauen.
Er ist ein Freund, wie es keinen besseren gibt.
Er ist segensreich und gut, weil er die Menschen liebt.
Wann man ihn auch ruft, er ist schon da,
befreit von Angst, schützt vor Gefahr.
Er ist eben ein Freund, hört aufmerksam zu,
er streichelt die Seele und schenkt ihr ein wenig Ruh'.

Leon wunderte sich, von Oliver zu hören und sagte nach kurzer Überlegung zu. Miranda hatte sich ihm in letzter Zeit häufiger anvertraut. Heimlich trafen sie sich, Olli durfte von ihren Verabredungen nichts merken. In Leons Augen musste man diese leidvolle Beziehung inzwischen als zerrüttet ansehen. Die unheilvollen Geschehnisse, die ihm von seiner meist niedergeschlagenen Freundin dargestellt wurden, die ein Leben in unhaltbaren Verhältnissen führte, hörten sich furchtbar an. Mehrmals hatte er daran gedacht, sie und Johannes aus der Wohnung herauszuholen und anderswo unterzubringen. Solche Optionen lehnte Miranda kategorisch ab. Sie hatte nicht nur Angst um ihren Sohn und sich selbst. Sie fürchtete auch um die Unversehrtheit des helfenden Freundes, denn sie kannte die Unberechenbarkeit ihres Partners besser als alle anderen.

Jetzt, in dem kurzen, knappen Telefonat kam ihm Oliver so ausgeglichen und herzlich vor wie früher. Möglichen Zweifeln und Vorbehalten zum Trotz fuhr Leon zu ihm, um herauszufinden, worüber sich sein ehemaliger Freund auf einmal mit ihm unterhalten wollte. Er nahm den Bus. Falls er auf ein Bier eingeladen werden sollte, stand sein Auto besser in der Garage.

Wie schon zu erwarten war, begrüßte ein gutgelaunter Oliver seinen Gast bereits mit einer Flasche Bier an der Tür und hielt eine zweite geöffnet in seiner Hand, die er seinem Besucher anbot. Leon nahm dankend an. Nachdem sie in dem gemütlichen, wenn auch mit alten, leicht abgewetzten Möbeln eingerichteten Wohnzimmer, Platz genommen hatten, begann Oliver sogleich, Leon sein Herz auszuschütten.

Eine Litanei aus Selbstvorwürfen floss aus seinem Mund. Weinerlich und leidgeprüft klang seine Stimme. Irgendwann nach gefühlten Stunden, konnte Leon nicht mehr. Er stellte seine Augen auf unscharf und hörte nur noch halbherzig zu. Sein Blick schweifte gedankenverloren durch den Raum. Nahm die heimelige, behagliche Atmosphäre wahr, die dieses Zimmer ausstrahlte. Mirandas Handarbeit lag sauber und ordentlich zusammengefaltet auf der Lehne des gegenüberstehenden Sessels und er wünschte sich, eine Partnerin sein Eigen nennen zu dürfen, die so viel Liebe zum Detail in seine Wohnung investieren würde wie sie. Alles strahlte Gemütlichkeit und Geborgenheit aus. Miranda schaffte es tatsächlich, aus den wenigen, zum Teil billigen Utensilien ihres Zuhauses, ein Heim zu schaffen.

Der schrille, gellende Klingelton des Telefons holte ihn aus seiner Traumwelt zurück. Was, um alles in der Welt, hatte Oliver da alles gefaselt? Er verstehe überhaupt nicht, warum Miranda so abweisend, so spröde mit ihm umgehe. Er habe sich zwar manchmal wie ein Schuft benommen, aber im Großen und Ganzen sei er doch ein netter, umgänglicher Kerl. Er freue sich so sehr auf das Kind, das mit Sicherheit ein Junge werden würde, denn er sei ja kein Büchsenmacher und blablabla...

Oliver telefonierte. Mit wem er sprach, konnte Leon nicht heraushören. In der Zwischenzeit überlegte er, wie er seinem ehemaligen guten Freund auf schonende Art und Weise beibringen konnte, was er zu all den aufgeworfenen Themen zu sagen hatte. Oliver hatte sich grausam an seiner Partnerin vergriffen und wenn er schon um Leons Rat bat, dann musste er sich mehr als berechtigte Kritik gefallen lassen. Das Telefonat schien beendet und Oliver betrat das Wohnzimmer. Sein Gesichtsausdruck deutete weder auf gute Laune, noch auf die eben noch demonstrierte Zerknirschtheit oder ein Schuldbewusstsein hin. Seine gerade noch gelebte Menschlichkeit schien vom Hörer des Telefons aufgesogen worden zu sein. Stattdessen machte sich um seinen Mund herum ein grausamer Zug breit.

„Was ist los, Oliver? Schlechte Nachrichten?"

Dieser funkelte ihn feindlich an, beantwortete die Frage

aber nicht. Leon rutschte tiefer in seinen Sessel hinein, als müsse er sich schützen. Er konnte Miranda gut verstehen, wenn sie sich in solchen Momenten vor ihrem Partner fürchtete. Dieser versuchte, seine böse Miene durch verunglückende Lächelversuche wieder in den Griff zu bekommen und wandte sich an seinen Besuch: „Willst du noch ein Bier? Oder kann ich dir etwas anderes anbieten?"

Er lallte bereits. Leon vermutete im Nebenraum, nahe des Telefons, eine Flasche Schnaps, an der er sich schadlos gehalten haben mochte.

„Danke, ich trinke das erst einmal aus, dann komme ich gerne auf dein Angebot zurück." Er fühlte sich längst nicht mehr wohl, deshalb nahm er all seinen Mut zusammen. Schließlich war er hier, um seiner besten Freundin zu helfen. Also riss er sich am Riemen und sagte: „Um mal auf Miranda und dich zu sprechen zu kommen. Du hast mich gefragt, warum sie so abweisend und schroff auf dich reagiert", begann er vorsichtig auf Olivers vorangegangener Rede einzugehen. „Dazu kann ich nur sagen, du hast dich in den letzten Monaten sehr verändert und das nicht gerade zu deinem Vorteil. Aber das weißt du ja selbst am besten!"

Oliver sah seinen Gast aus blutunterlaufenen Augen an und fletschte, wie ein knurrender Hund, wütend die Zähne. Erschreckt wich Leon zurück.

„Was laberst du da eigentlich für eine heilige Scheiße?", brüllte er los. „Besser als bei mir kann es Miranda gar nicht haben. Ich kann nichts dafür, dass sie manchmal so schwer von Begriff ist. Gewisse Dinge muss ich ihr auf meine klare und deutliche Weise einbläuen. Du willst doch nicht etwa mir die Schuld dafür geben, wenn ich sie manchmal züchtigen muss, die miese Schlampe. Glaube mir, sie will es so und nicht anders haben! Ich bin es, den du bedauern müsstest. Meinst du wirklich, es macht mir Spaß, ständig die Erziehungsfehler ihrer Eltern ausmerzen zu müssen? Sie hätte schon als Kind des Öfteren eine harte Hand gebraucht.

An mir bleibt der ganze Mist jetzt hängen! Und dafür, dass ich mich so mit ihr abmühe und mich für sie einsetze, kackst du mich auch noch an und machst mir Ärger."

Bedrohliche, einschüchternde Gewalt lag in den Worten und den Gesten des Bekannten. Leon spürte die Menge des bereits konsumierten Alkohols deutlich, die die Zunge des ehemaligen Freundes aufquellen ließ, sie schwer machte und seine Gedanken verwirrte. Er stellte seine leere Bierflasche betont lässig auf dem kleinen Bestelltisch an seiner Seite ab und stand auf.

„Ja, geh nur! Was wolltest du überhaupt hier?" Riesig baute sich Oliver vor Leon auf. Der hatte langsam die Nase voll von diesem miasmatischen Giftzwerg, dessen Verhalten ihn zur Vorsicht mahnte, ihn aber nicht wirklich ängstigte.

„Verdammt noch mal, schließlich hast du mich doch eingeladen, schon vergessen?", begehrte er auf.

„Natürlich nicht, nur dabei hatte ich nicht mehr bedacht, was für ein dummes, hirnloses Weichei du bist. Immer musst du dich für die blöde Kuh einsetzen, die mir jetzt auch noch ein kreischendes Balg aufs Auge drückt. Du kannst für sie nur hoffen, dass das Kind tatsächlich ein Junge wird, sonst gnade ihr Gott!"

„Wenn du ihr nur ein Haar krümmst, dann kannst du dich warm einpacken, mein Freundchen!" Mit diesen Worte wandte sich Leon zur Tür: „Danke, ich finde allein raus!"

Und schon war er fort. Oliver war ganz offensichtlich verrückt geworden! Was hatte den extremen Sinneswandel bei ihm ausgelöst? Eben noch gestand er voller Reue, sich Miranda gegenüber falsch verhalten zu haben, dann, Augenblicke später entpuppte er sich wieder als der gefährliche, unberechenbare Macho, den er auch bereits die letzte Zeit repräsentiert hatte.

Die krasse Veränderung musste an dem Telefonat gelegen haben. Wenn Leon es sich recht überlegte, war der

Abend in zwei Abschnitte gespalten: In den reumütigen Teil vor dem Anruf und den aufsässigen, boshaften Part nach demselben. Und immer spielte dabei diese blöde Sauferei eine massive Rolle. Egal, wie auch immer, Oliver war ein gefährlicher Mann und Miranda sollte sich schleunigst von ihm trennen. Leon beschloss, möglichst bald mit ihr über den Verlauf seines kurzen, vorzeitig beendeten Besuches zu reden.

Da er noch keine Lust hatte, mit dem Bus nach Hause zu fahren, ging er stattdessen den Weg hinunter in die Stadt und genehmigte sich noch ein paar Glas Bier in seiner Stammkneipe. Hier traf er viele Bekannte, die ihn auf andere Gedanken brachten und ihn für ein paar Stunden von dem leidigen Thema ablenkten. Morgen wollte er Miranda anrufen und mit ihr besprechen, wie sie sich die Zukunft an der Seite ihres brutalen, rücksichtslosen Partners weiterhin vorstellte.

Jedoch fand dieses Gespräch so niemals statt. Leon versuchte zwar mehrfach, Miranda zu erreichen, so wie er es sich an dem Abend zuvor vorgenommen hatte, aber sie nahm den Hörer nicht ab. Wenn Oliver nach der Arbeit heimkam, konnte er nicht mit ihr reden, ohne das Risiko einzugehen, jenen auf sich aufmerksam zu machen. Darunter hätte nur wieder Miranda zu leiden. Wenn er ihr das nächste Mal begegnete, würde er das Wort an sie richten. Bis dahin blieb er, wie auch schon all die Zeiten zuvor, ihr treuer, loyaler und hilfsbereiter Freund im Hintergrund. Er behielt Oliver bei jeder sich bietenden Gelegenheit im Auge und versuchte seine Freundin zu schützen, wann immer sich ihm die Chance dazu bot.

Oliver

Fies

Eine fiese Seele in einem schönen Körper,
zerstört vielerlei Leben und mancherlei Traum.
Ein sich wandelndes Monster mit hübschem Gesicht,
dringt tief in die Herzen und nimmt dort Raum.

Eine zerrüttete Seele hat sich ausgebreitet,
nachdem sie selbst so zerschmettert worden ist.
Eine Figur des Grauens ist plötzlich entstanden,
nutzt seine Stärke, seine Gemeinheit für jegliche List.

Eine einst stolze Seele hat sich aufgegeben,
hat sich ganz der Dunkelheit geschenkt.
Ein Wesen voll schrecklicher Taten ist erwacht,
wird vom Teufel, vom Bösen in jede Richtung gelenkt.

Oliver war zornig. Wie konnte Leon es wagen, sein Verhalten dermaßen zu kritisieren? Miranda, die alte Schlampe, redete entschieden zu viel Mist in der Öffentlichkeit über ihn! Seine Rage nahm ungesunde Ausmaße an und er musste sich beherrschen, seine Faust nicht in das Glas ihrer abgewetzten Vitrine zu rammen.

Er konnte sich kaum an das Gespräch mit dem einstigen Kameraden erinnern, bevor Kaspar ihn angerufen hatte. Dafür hatte eine halbe Flasche Schnaps gesorgt. Kaspar hatte sich die letzte Zeit ein wenig rar machen müssen, wie er selbst sagte. Dringende Geschäfte, die keinen Aufschub duldeten, erklärte er. Doch nun kümmerte er sich wieder in gewohnter Weise um seinen Freund. Olli war sehr dankbar. Alles war beim Alten. Er fühlte sich sicher in Kaspars Nähe.

Wie konnte er vor Leon nur so zu Kreuze kriechen? Wer oder was hatte ihn da geritten?

Schnell nahm er sich noch ein Bierchen aus dem Kühlschrank. Und ein weiteres Schnäpschen würde auch Wunder an ihm bewirken und dann wollte er auf Miranda warten. Mal schauen, was der Abend noch so alles bereithielt. Voller Vorfreude auf das bevorstehende Tête à Tête mit seiner Partnerin, setzte er die Flasche an den Mund und goss sich die brennende Flüssigkeit in den Schlund.

Als Miranda zu vorgerückter Stunde die gemeinsame Wohnung betrat, lag Oliver in einer Art Koma, das dem Tode gleich zu kommen schien. Es war kühl in ihrem Wohnzimmer geworden, also holte sie ihrem Partner eine Wolldecke aus dem Schlafzimmer und deckte ihn liebevoll zu. Je mehr er sich zu einem Tier entwickelte, umso intensiver versuchte Miranda wahrhaftig und authentisch zu sein und zu bleiben. Sie hatte ihn einmal geliebt und vielleicht würde das Baby manches kitten, was bereits auseinandergebrochen war. Sie lüftete für einen Moment den Raum, der nach Zigaretten und Alkohol roch und schaute traurig auf Olivers verkrümmte, röchelnde Gestalt hinunter. *Die Hoffnung stirbt zuletzt,* dachte sie wehmütig und melancholisch, schloss das Fenster und begab sich zu Bett.

Der dunkle Geck, der sich im sichernden Schatten des Nachbargrundstückes verborgen hielt, kehrte dem Haus den Rücken und verschwand.

So verging die Zeit. Oliver studierte kaum mehr. Obwohl es für die zukünftige kleine Familie jetzt so wichtig gewesen wäre, bemühte er sich nicht ernsthaft genug um einen guten Abschluss, der ihm ein gesichertes Einkommen ermöglichen würde. Es kam wie es kommen musste: Er rasselte durch sein Staatsexamen! Was interessierten ihn schon Miranda und das Kind? Sie ging doch sowieso noch immer arbeiten, sollte sie doch, verdammt nochmal, selbst Geld von ihrem Verdienst für sich und das Baby sparen. Er hatte schließlich seinen verlässlichen Freund Kaspar und der wusste in jeder Situation eine Rat, wenn einer gebraucht wurde. Irgendwie würde es für ihn schon weitergehen.

Inzwischen fand Oliver, es sei an der Zeit, sich einige feste Geliebte anzuschaffen. Miranda hatte ihm, dick und fett, wie sie war, sexuell gar nichts mehr zu bieten. Dafür verprügelte er sie allerdings auch nicht mehr so heftig. Kaspar hatte davon dringend abgeraten. Direkt zugeraten hatte er dem Freund in dieser Angelegenheit früher zwar auch nicht. Kaspar nutzte seine eigenen Methoden, ihm bestimmte Verhaltensregeln zu suggerieren.

Von der enthemmenden Wirkung des Alkohols beflügelt, fand sich Oliver allzu häufig in den Betten anderer Frauen wieder, mit denen er heißen, ausgiebigen, auslaugenden Sex erlebte. Dabei trank und rauchte er, was das Zeug hielt und schlief meistens bei der entsprechenden Herzensdame ein, die sich an dem entsprechenden Abend gewogen gezeigt hatte. So verpennte er seine Wut, die er normalerweise als loderndes Feuer in sich spürte, wenn er an Miranda dachte. Dadurch hatte sie immerhin ihre Ruhe vor seinen gemeinen, niederträchtigen Anschlägen. Die Frauen, mit denen er allzu gern das Lager teilte, schürten zwar ein Feuer in ihm, aber sie heizten sein inneres Aggressionspotential nicht an. Sie dienten ihm lediglich als willkommenes Hilfsmittel, seinen Hass zu kanalisieren, indem er sich sexuell an ihnen austobte. Sein brennender Zorn richtete sich immer nur gegen die eine, die liebliche Miranda.

An einem Sonntag im Herbst wurde dann sein Sohn geboren. Oliver war natürlich bei der Geburt dabei. Es war ihm sehr wichtig, möglichst vielen Menschen zu zeigen, wie ehrlich besorgt er doch um Frau und Kind war. Du große Güte, eine Geburt war ungefähr das Letzte, was er sich nochmal reinziehen würde. Diese Schmerzensschreie, die dieses schwache, elende Weib von sich gab, waren ekelerregend und drangen gellend tief in seinen Gehörgang ein. Als bei ihr endlich nach wahnsinnig vielen Stunden, in denen er schmerzlich beruhigende Getränke und Zigaretten vermisste, die Presswehen einsetzten, fand er sich am Rande des Wahnsinns wieder. All das ganze Blut, der damit verbundene Geruch, ihm war speiübel.

Mit jeder Presswehe verlor sie Kot, obwohl dem Geburtsvorgang eine Darmreinigung vorausgegangen war. Die Schwestern hatten alle Hände voll zu tun, Mirandas Ausgang sauber zu halten, damit sein Sohn nicht als erstes mit der stinkenden Scheiße seiner Mutter konfrontiert wurde. Widerlich! Nie wieder konnte er diese Stinkbombe von Frau anfassen. Daran glaubte er fest in diesen Momenten.

Dann war endlich alles vorbei. Oliver durfte den winzigen Johannes baden. Unter den Augen rührseliger Krankenschwestern küsste er hingebungsvoll, mit Tränen der Rührung in seinen Augen seine erschöpfte, völlig abgekämpfte Partnerin. Schnurstracks verließ er mit der

Hebamme, deren Schicht gerade beendet war, das Krankenhaus, um in ihrem kuscheligen Bett mit Bier, Zigaretten und Sex so richtig abzufeiern. Schließlich bekam man ja nicht jeden Tag unter solch widerwärtigen, anstrengenden Umständen einen Sohn. Ein derartiges Großereignis sollte nicht spurlos an einem vorübergehen.

Kurz bevor ihnen das Geld vollends auszugehen drohte, bestand Oliver im zweiten Anlauf sein Examen. Wider Erwarten erhielt er einen gut bezahlten Posten in einer renommierten Computerfirma, dessen Chef er sein eigentlich mäßiges Wissen auf eindrucksvolle Weise zur Verfügung stellte. Rasch war er überall beliebt und gefragt. Wie er es schaffte, dass kaum jemand seine Alkoholexzesse wahrnahm, blieb rätselhaft!

An seiner Seite wurde immer wieder sein bester Freund Kaspar gesehen, schwarz gekleidet, mit finsterer Ausstrahlung, von den einen gefürchtet, gehasst, von den anderen nahezu verehrt. Oliver war stolz auf die inzwischen Jahre andauernde, erbauliche Freundschaft mit diesem ungewöhnlichen, bewundernswerten Mann. Mit kolossaler Freude nahm er zur Kenntnis, dass auch, Kaspar eine Anstellung in Olivers Arbeitsbereich bekam.

Unterstützt durch sein offenes Wesen arbeitete sich Oliver emsig Stufe um Stufe höher in Richtung Chefetage. Seine Zusammenarbeit mit anderen Werken florierte. Viele Aufträge, die eingeholt wurden und die dem Unternehmen dienten, gingen auf sein Konto. Während er die Karriereleiter emporkletterte, lernte er Peter kennen, der in der Rangordnung genau eine Ebene über ihm rangierte. Peter galt als besonders intelligent und strebsam. Allerdings schien er weit und breit der Einzige zu sein, der sich weder von Olivers noch von Kaspars Gehabe beeindrucken ließ. Eher distanziert und mit gesundem Menschenverstand beobachtete er das merkwürdige Duo, ohne sich von deren schmeichlerischem Verhalten einwickeln zu lassen.

Eigentlich hätte Oliver seiner Partnerin und seinem Sohn inzwischen ein sorgenfreies Leben bieten können. Allerdings stiegen seine eigenen Ansprüche proportional zu seinem Mehrverdienst. Etliche Damen lagen ihm willfährig zu Füßen, forderten dafür aber ihren Obulus. Alkohol und Nikotin wurden auch nicht billiger. Sprich, Johannes und Miranda kämpften sich weiter finanziell durch ärmliche, von Verzicht geprägte Zeiten. Ihm war es egal, wie Miranda ihren gemeinsamen Sohn ernährte, ihn kleidete und versorgte. Was nicht hieß, dass er nicht stolz auf das war, was seine kraftvollen Lenden produziert hatten.

Die beiden waren trotzdem ein lästiges Anhängsel für ihn. Er hatte nicht übel Lust, sich von Miranda zu trennen, aber aus unerfindlichen, undefinierbaren Gründen wollte Kaspar, dass sie zusammenblieben. Also richtete er sich nach dem Wunsch seines brüderlichen Kameraden. Auch wenn er sich schon mehrere hundert Male gefragt hatte, welche Werte Kaspar der dummen Kuh zuschrieb, um ihm beständig von einer Trennung abzuraten. Wie in allen Bereichen seiner miesen Existenz: Kaspar befahl und Oliver gehorchte!

Oliver versuchte von nun an immer intensiver in Kontakt mit Peter zu treten. Eine Freundschaft mit einem der Führungsmitglieder dieser Firma hielt er für sinnvoll und erstrebenswert. Kaspar unterstützte ihn in dieser Meinung vorbehaltlos. Peter allerdings betrachtete Oliver mit etwas anderen Augen. Ihm war bisher häufiger aufgefallen, dass er morgens bei den Vorbesprechungen fahrig und unkonzentriert auftrat. Auch wie sein neuester Mitarbeiter ihm gegenüber von seiner Freundin Miranda und seinem Sohn Johannes sprach, hörte sich für den glücklich verheirateten Mann mit einer entzückenden Tochter eher abwertend und verachtend, als positiv an. Er beurteilte ungern Menschen, ohne ihnen je begegnet zu sein. Deshalb nahm er sich vor, Miranda und Johannes kennenzulernen und sich dann seine eigene Meinung zu bilden. Nach Absprache mit seiner Frau, entschieden sie beide, der Familie gegenüber eine Einladung zu ihrem alljährlichen Gartenfest in ihrem Zuhause auszusprechen.

Peter wartete einen günstigen Moment ab, in dem er Oliver einmal ohne sein Daueranhängsel Kaspar erwischen konnte. Sabine wie auch er selbst fanden dessen Ausstrahlung eher unheimlich und schaurig, als gesellig. Nach mehreren erfolglosen Versuchen, Kontakt aufzunehmen, traf er Oliver tags darauf allein in seinem Büro an, intensivst mit seinen Akten beschäftigt.

„Hör mal, Oliver, am Samstag wollen Sabine und ich ein kleines Fest in unserem Garten feiern. Willst du nicht auch mit deiner Freundin und deinem Sohn vorbeikommen? Sabine liegt mir schon länger in den Ohren, weil sie dich unbedingt kennenlernen will. Ich halte es für eine passende Gelegenheit, sich im Kreise einiger Freunde auch auf dem privaten Sektor zu begegnen. Was hältst du davon?"

Oliver zeigte sich freudig überrascht. Dass er die durchgeknallte Plantschkuh mitbringen sollte, passte ihm weniger. Da Peter von seinen zahlreichen Affären und seinem anderen, abenteuerlichen Leben in Kaspars Dunstkreis nichts wusste, sollte er wohl besser den integeren Lebenspartner herauskehren und in den sauren Apfel beißen. Mit Johannes konnte man sich überall blicken lassen. Miranda war zwar nicht ganz dicht und tickte vollkommen falsch, aber das Kind hatte sie, oh Wunder, einigermaßen im Griff.

„Ach übrigens, Leon kommt auch. Ich kenne ihn schon aus meiner Studienzeit und als ich ihm von dir erzählte, gab er an, mit dir und Miranda bereits seit etlichen Jahren befreundet zu sein. Er freut sich sicher auch, euch bei uns wiederzusehen." Peter lächelte Oliver verabschiedend an und verließ den Raum. Der aber rannte wutschnaubend, sich mit Mühe beherrschend aus dem Büro, hetzte in den angrenzenden Waschraum und schloss sich dort ein.

Brüllender Zorn verzerrte seine Gesichtszüge. Leon, Leon, was für ein fataler Mist sollte das denn wieder sein. Er bezweifelte sehr, dass sich Leon auch nur im Ansatz freuen würde, ihn zu treffen. Dem ging es doch nur um Miranda und Johannes. Wahrscheinlich war er scharf auf die hässliche Schnecke. Wieso interessierte sich überhaupt jemand für diese dumme Nuss. Allerdings gönnte er ihr auch nicht die kleinste positive Zuwendung von Seiten anderer. Sollte Leon ihr zu nahe kommen, würde er seine blanke Faust zu spüren bekommen. Miranda war ihm auf Gedeih und Verderb ausgeliefert. Das hatten all die Jahre bewiesen, in denen sie ihn nicht verlassen hatte. Er konnte sich einfach alles erlauben. Sie aber war die schwächste, kraftloseste Person, die er kannte, sonst wären ihre Konsequenzen von anderer Natur gewesen. Nur Menschen wie Leon brachten es immer wieder fertig, Miranda aufzuhetzen, sie gegen ihn aufzustacheln. Trotzdem erreichte er sein Ziel nicht, sie von ihm zu entfernen, weil ihr die dazu nötige Courage fehlte. Nach einem kräftigen Fausthieb in die Luft, gegen eine unsichtbaren Gegner gerichtet, den nur er vor seinem geistigen Auge wahrnahm, beruhigte er sich etwas. Was konnte ihm Leon schon antun? Nichts! Solange die Alte einfach so verweichlicht war, passierte gar nichts. Nach wie vor hatte er die Zügel in der Hand. Er nahm einen großen Schluck aus seinem Flachmann, den er geschickt in der Innentasche seines Jacketts versteckte und jagte rasch einige neutralisierende Tabletten hinterher, die seinen Atem geradezu jungfräulich erscheinen ließen. Zufrieden mit sich und seinen Überlegungen, die ihm wieder einmal bewiesen, wie gradlinig er doch durchs Leben ging, klopfte er vorsichtig an Peters Tür, um sie gleichzeitig zu öffnen: „Herein", erklang die Stimme im Inneren, doch Oliver war bereits im

Zimmer.

„Ich bin es nochmals. Peter, ich wollte dir nur sagen, wie sehr ich mich auf den Samstag freue. Dankeschön für die Einladung und richte deiner Frau Sabine herzliche Grüße von mir aus!"

Was bin ich doch für ein gut erzogener Mann, dachte er, als er das wohlwollende Gesicht seines Bekannten in dessen Büro zurückließ und sich auf den Weg zu seinem Arbeitsplatz machte. Was er nicht wissen konnte: Leon hatte seinem langjährigen Schulfreund einiges über Oliver zu erzählen gewusst. Für Peter wurde es Zeit, seinen Mitarbeiter und dessen Familie genauer unter die Lupe zu nehmen. So würde er erfahren, wie es tatsächlich um den so cleveren, humorvollen Oliver bestellt war. Peters Gesicht drückte in dem Moment wahrhaftig Wohlwollen aus, aber es steckte kalkulierende Berechnung dahinter. Diese hatte auch mit den Belangen der Firma zu tun, in der sie beide beschäftigt waren.

Samstagnachmittag. Oliver zog sich ein kurzärmeliges weißes Hemd an. Dazu wählte er eine dunkle leichte Sommerhose aus feinstem Stoff. Miranda trug ihre beste alte, hautenge Jeans und einen selbstgestrickten Sommerpullover aus dünner Baumwolle. Sie war dezent geschminkt und sah, wie Oliver zu seiner eigenen Verblüffung zugeben musste, verdammt sexy aus. Wo hatte er in letzter Zeit denn seine Augen gehabt? Er sollte bei dieser Fete wohl ein bisschen auf sie aufpassen.

Johannes entwickelte sich zu einem aufgeweckten kleinen Dreijährigen. Immer wieder wunderte sich sein Vater, wie es der einfach strukturierten Miranda überhaupt gelang, einen solchen Wonneproppen aus dem Jungen hervorzuzaubern. Mit ihrer Dämlichkeit allein konnte das jedenfalls nicht gelingen. Okay, ihre Figur war auch unübertroffen. Wieso ihm das nur ausgerechnet heute so deutlich wurde, verstand er nicht?

Am Abend vorher hatte er sich mit Kaspar in einer Kneipe getroffen. Sie zischten einige Biere, mehr Schnäpse und ein paar Züge aus einem Haschpfeifchen waren auch drin. Ein Treffen ganz nach Ollis Geschmack. Mit einschmeichelnder Stimme redete Kaspar auf den Freund ein: „Du glaubst gar nicht, wie sehr ich dich um die Einladung bei Peter beneide. Sicher hat der nur teuren Champagner und Wein bis zum Abwinken."

„Mag sein, wir werden sehen. Warum bist du denn nicht dabei?"

„Ich halte mich lieber ein wenig im Hintergrund, wenn du verstehst, was ich meine." Im Andenken an Professor Odenwald kniff Kaspar Oliver ein Auge zu und trank einen Mammutschluck aus seinem Krug.

Oliver prustete gutgelaunt in sein eigenes Bierglas: „Jawoll, Professor Odenwald, ich verstehe genau, was Sie meinen", nuschelte er fröhlich, auf Kaspars Scherz eingehend.

„Der Bruder von Sabine soll auch kommen, gerade getrennt von seiner langjährigen Partnerin. Ist ein übler Draufgänger, ein Hengst und steht dir vermutlich in nichts nach, mein Lieber. Auf den solltest du dein besonderes Augenmerk richten!", bemerkte Kaspar nebenbei. Er setzte erneut seinen Krug an und das Nass glitt seine Kehle hinunter, dabei ließ er seine Worte auf sein Gegenüber einwirken.

Komisch! Nicht zum ersten Mal wurde Oliver eins bewusst: *Ich habe Kaspar schon immer trinken sehen, meist verputzt er mehr als ich. Aber man merkt es ihm nicht im Geringsten an, noch ist er jemals verkatert gewesen. Wie macht er das bloß?*

Sein eigenes Spiegelbild gefiel ihm in letzter Zeit gar nicht. Besonders gesund sah das Gesicht nicht aus, das ihm morgens aus dem Badezimmerspiegel entgegenblickte.

Aufgedunsene Wangen, Wülste und Tränensäcke unter den Augen unterstrichen deutlich den Konsequenzen fordernden, unaussprechlichen Lebenswandel, den er führte. Aber Schwamm drüber! Fort mit solch destruktiven Gedanken an diesem so verheißungsvollen Abend!

Er unterhielt sich noch eine ganze Weile mit Kaspar, die Getränke flossen in ihre Körper und bald hatte der Geck seinen Freund Oliver, wie schon tausende Male zuvor unbemerkt, hypnotisch besetzt zu seiner willenlosen Puppe gemacht. Er fütterte Olli mit einigen gerüchteträchtigen Häppchen, die ihm selbst den morgigen Tag und den Tag danach und noch viele andere Tage versüßen würden.

Kaspar würde sich morgen im Hintergrund aufhalten. Es reichte vollkommen aus, wenn er ein ganz klein wenig Unfrieden stiftete, ohne das Geschehen direkt zu manipulieren. Er fühlte sich unsagbar wach und lebendig!

Oliver, Miranda und Johannes trafen bei den Schreibers ein. Der verhasste Leon war der Erste, der ihnen an der Tür begegnete. *Oh Mist, was für ein Scheißtag,* dachte Olli.

Dann aber sah er Sabine, eine hübsche, sich ihrer selbst bewussten Frau. Sie beeindruckte Oliver sehr. Er freute sich aufrichtig, sie zu begrüßen. Sie war schon ein anderes Kaliber als die bäuerliche Miranda. Die hätte er gern mal geritten. Peter jedoch wirkte ein wenig von oben herab, fand er. Das sollte ihn nicht weiter stören. Denn der Gastgeber verteilte großzügig teuren, süffigen Sekt. Allerdings gab es auch alkoholfreie Getränke, die Oliver mit keinem Blick zur Kenntnis nahm. Sekt war genau das, was er sich an einem so herrlichen Sonnentag gönnen sollte. Ein Schnäpschen zum Einstieg wäre ihm auch recht gewesen. Na ja, man konnte nicht alles haben. Das erschreckte Gesicht Mirandas, die sicher einen frühen Absturz von ihm befürchtete, ignorierte er einfach. Nein, Ignoranz bestimmte sein Handeln nicht, eher genoss er die Belustigung, die ihm widerfuhr, weil sie Angst vor ihm und seinen Ausrastern hatte. Die Tatsache erfüllte ihn mit prächtigster Laune. Aber es war ganz klar, wenn sie sich nicht benahm, musste er sie konsequent zurechtweisen, gegebenenfalls hier vor versammelter Mannschaft.

Das alles wusste Dumpfbacke Miranda und darum guckte sie wie ein Vögelchen, in dessen Nähe sich bereits der jagende Kater in Stellung brachte. Er hakte den Gedankengang ab, holte sich stattdessen ein weiteres gefülltes Glas und gedachte, mit dieser Strategie, die sinnvollen Bedenken seiner Partnerin konstruktiv in die Höhe zu treiben. Zunächst einmal sollte er sich in Peters Nähe aufhalten, der beständig mit der Flasche winkte. Für alle Fälle hatte sich Oliver seinen kleinen, nützlichen Seelentröster in seine Hosentasche gesteckt, der ihm helfen konnte, alkoholfreie Momente schadlos zu überstehen, die es auf den Feten biederer Leute oftmals gab. Miranda kam für seinen Geschmack viel zu gut bei der Gastgeberin an. Sie verschwanden gerade tuschelnderweise mit Johannes und Peters Tochter Sindra im hinteren Teil des Gartens.

Immer mehr Gäste erschienen und jedes Mal wurde die Sektflasche aus dem Kühler gezogen oder gar eine neue geöffnet. Oliver stellte sich prompt hinten an und ergatterte innerlich triumphierend stets ein volles Glas. Bald schon erzählte er lauthals Dönekes aus seinem Leben. Er war bereits beschwipst und wusste in dem Zustand einige Erlebnisse hemmungslos, aufs Lustigste zum Besten zu geben. Durch sein aufwendiges Treiben hatte er ein gewisses Publikum um sich herum versammelt und fühlte sich in der Rolle des Alleinunterhalters pudelwohl. In dieser Verfassung lebte er Humor ohne Grenzen.

Interessiert, aber unauffällig beobachtete Peter ihn aus den Augenwinkeln. Oliver war zu sehr mit sich selbst beschäftigt, um dies zu bemerken. Er realisierte allerdings sehr wohl, dass es Kaspar ganz eindeutig geschafft hatte, sich in dem Garten unbemerkt zu verbergen. Oliver lachte in sich hinein. War das Leben nicht schön, wenn man einen aufregenden Freund wie Kaspar vorzuweisen hatte?

Inmitten seiner glanzvollen Show wurde er plötzlich hellhörig. Er hörte Sabine sagen: „Miranda, darf ich dir einen ganz besonderen Menschen ans Herz legen? Frank, wo steckst du denn?"

Hatte Kaspar ihn nicht gestern Abend vor Sabines Bruder gewarnt? War in diesem Zusammenhang ein Name gefallen? Er konnte sich nicht erinnern, aber es schien an der Zeit, seine Frau ein wenig genauer zu beobachten. Gerade in diesem Augenblick trat ein Kollege aus der Firma an ihn heran, eine Flasche in seiner Hand. Während dieser Olivers Glas ein weiteres Mal befüllte, bat er ihn, eine Anekdote zum Besten zu geben, die sich vor einiger Zeit im Geschäft abgespielt hatte. Das ließ sich Oliver nicht zweimal sagen. Im Nu war er ganz in seinem Element. Er erhob nicht nur seine Stimme, um sicher zu sein, sich Gehör zu verschaffen, sondern er untermalte das Geschehen auch noch mit einer Auswahl theatralischer Bewegungen, die niemand übersehen konnte.

Bald schon war er so knülle, dass er nicht einmal mehr wusste, was er redete. Als das Abendessen näherrückte und neben anderen Getränken mehrere Flaschen Rotwein und Weißwein in Kühlern auf die Tische gestellt wurde, war es gänzlich um Oliver geschehen. Unter dem Einfluss des Alkohols begann er, seine Lebensgefährtin zu beleidigen und zu randalieren. Von alldem bemerkte er indes nichts mehr. Er bekam auch nicht mit, wie er kurzerhand von Peter und Leon ins Auto verfrachtet wurde, denn er schwebte jenseits von „Gut" und „Böse". Leon brachte den fast bewusstlosen Mann nach Hause, zog ihm lediglich die Schuhe aus und packte ihn ins Bett.

Oliver lag in einem alkoholischen Koma, das nicht allein durch den Geistessaft ausgelöst wurde. Kaspar stand nach wie vor nicht weit von den Ereignissen entfernt, ohne sich zu erkennen zu geben und manipulierte auf seine Weise den vermeintlichen Freund. Morgen würde er sein Vorhaben noch weiter forcieren. Tiefste Zufriedenheit über den erfolgversprechenden Werdegang seiner Pläne breitete sich auf Kaspars Gesichtszügen aus. Für ihn war die Nacht noch nicht zu Ende.

Oliver aber schlief.

Grausamkeiten

In dunkler Ecke, hinter dem Horizont,
da munkeln schaurige Gestalten.
Flüstern Worte in einen geschwächten Charakter hinein,
füllen ihn düster mit bösen Gewalten.

In mondheller Nacht, hinter dem Fenster dort,
da kann sich die Seele nicht wehren.
Züngelnde Bosheit dringt in das Innerste ein,
um die letzte Güte jetzt zu verzehren.

Im dämmrigen Licht, hinter jener Tür,
da lauscht ein nebulöser Verstand.
Saugt im Rausch jene grausamen Sätze ein,
reicht dem Bruder des Schreckens die zittrige Hand.

Der Tag bricht an, hinter Mauern versteckt,
da sind die Gräuel vollbracht.
Ein Mensch ist verwandelt für die Ewigkeit,
hat sich verloren, betritt so die endlose Nacht.

Wunderbar erfrischt, nach einem langen und ausgiebigen Schlaf, erwachte Oliver am nächsten Morgen. Er konnte sich nicht erinnern, was am Abend zuvor geschehen war. Den Nachmittag sah er noch recht deutlich vor seinem geistigen Auge. Dank seiner Person hatten sich die Gäste prima amüsiert. Doch mit dem Beginn des Abendessens fehlte ihm jeglicher Durchblick. Er wusste nur, er hatte wieder zu tief ins Glas geschaut. Aber der innige Blick in das Gefäß des Seelensaftes gehörte mittlerweile zu seinem Leben. Seine Mutter, Gott hab sie selig, wäre wegen dieser Tatsache sicherlich furchtbar entsetzt gewesen. Ja geradezu schockiert, wenn sie das miterlebt hätte. Na ja, sie konnte sich lediglich noch im Grabe herumdrehen, ob dieser Schmach und des Kummers, ansonsten ging von ihr keine Gefahr mehr aus. Schlimm genug, ständig mit Miranda wegen seiner Trinkgewohnheiten aneinandergeraten zu müssen. Seinem Vater würde es gefallen, ihn so zu sehen. Hätte er seinen Alten bloß damals schon ein wenig besser verstanden, wäre seine Jugend sicherlich einfacher verlaufen. „Einen richtigen Mann" hätte er ihn genannt, denn nur ganze Männer verstanden sich so hervorragend aufs Saufen.

Er war Kaspar so unendlich dankbar, ihm in vielerlei Hinsicht die Augen geöffnet zu haben. Ohne ihn wäre er nicht da gelandet, wo er sich im Augenblick befand. Ein herrlicher Tag stand ihm bevor. Trotz heftiger Kopfschmerzen, die diesem Besäufnis mal wieder folgten, pfiff er ein Liedchen. Nichts, was einige Schmerztabletten nicht heilen könnten. Er unterbrach seine Pfeiferei und seine wunderbaren Grübeleien, um nach Miranda zu schauen, die vielleicht noch immer pennte. Ein Blick in ihr Zimmer zeigte ihm, sie glänzte durch Abwesenheit.

Eigenartig, wo war sie denn? Sie war bestimmt schon aufgestanden und machte das Frühstück. Seit Johannes existierte, war sie immer überpünktlich mit Mahlzeiten und

Schlafenszeiten. Ihre Pünktlichkeit ging ihm von jeher auf die Nerven. Mist, kaum dachte er intensiver an Miranda, war es mit den Wohlgefühl im Prozess des Wachwerdens vorbei. Die blöde Ziege! Eigentlich stand sie ihm in letzter Zeit nur noch im Weg.

Irgendwie kam es ihm merkwürdig still in der Wohnung vor. Ach ja, mit einem Schlag fiel es ihm wie Schuppen von den Augen. Miranda hatte sich ja einen Schlafplatz im Nebenzimmer eingerichtet. Wie konnte er das bloß vergessen? *Ha*, dachte er hämisch. Zwar konnte sie nachts sein Schnarchen nicht mehr hören, welches sie angeblich so störend fand, seinen Angriffen jedoch konnte sie sich dadurch nicht entziehen. Wenn er ihr Leid zufügen wollte, konnte ihn auch keine Tür daran hindern, sie seinen Quälereien auszusetzen.

Die Ruhe in der Wohnung kam ihm immer seltsamer vor. Wenigstens Johannes müsste doch zu hören sein. Er war stets als Erster wach und spielte dann, vor sich hin brabbelnd, mit seinen Legosteinen oder Matchboxautos. Olivers wirre Gedankenstränge, die ihn im Moment völlig verunsicherten, wurden jäh beendet, als es plötzlich an der Tür klingelte. Kaspar strahlte ihn auf seine für ihn so typische, vertrauenerweckende Art an. Wieder einmal fühlte sich Oliver unendlich erfüllt von der Freude einen so guten, treu ergebenen Freund gefunden zu haben. Mit Kaspar konnte man Pferde stehlen.

„Hallo Oliver, du siehst hervorragend aus. Ganz vortrefflich."

Das gelblich blasse, verlebte, aufgedunsene Gesicht grinste geschmeichelt. „Warte erst einmal, bis ich geduscht habe. Ich bin nämlich gerade erst aufgestanden."

„Ja, dann mach dich in aller Ruhe fertig. Miranda wird gleich nach Hause kommen, da solltest du zumindest nicht mehr in Unterhosen hier stehen."

„Miranda? Ist sie denn nicht in der Küche?"

„Nein, Miranda ist nicht in der Küche!", antwortete Kaspar gedehnt, sich jede Silbe auf der Zunge zergehen lassend. „Sabine hat sie eingeladen, bei ihrer Familie zu übernachten, nachdem du sie gestern Nachmittag ziemlich heftig und grob attackiert hast", fügte er hinzu.

„Ach du Schande!", lachte Oliver fröhlich und ein wenig irre: „Bin mal wieder voll gewesst!", sang er mit einer Stimme, die die Tür hinein ins Verrücktsein einen Spalt weiter aufstieß.

Ungeduldig unterbrach Kaspar den Ausbruch an Heiterkeit: „Stell dich jetzt unter die Brause, wasch dich und dann müssen wir reden! Erst einmal solltest du aus deiner gelb bepinkelten Unterhose heraus, hörst du?"

Fünfzehn Minuten später tauchte ein vor Sauberkeit glänzender Oliver auf und Kaspar begann augenblicklich auf ihn einzureden: „Willst du wissen, was ich glaube?" Kaspar wartete eine Antwort Olivers gar nicht erst ab, sondern erläuterte: „Ich denke, deine Frau hat sich geradewegs bei der Familie Schreiber eingeschleimt. Praktisch vom Moment der Begrüßung an wich sie der Hausherrin nicht mehr von der Seite. Du kennst ihre niedliche, unschuldige Art, sich bei anderen beliebt zu machen."

Kaspars Stimme troff vor Sarkasmus. Oliver nickte zustimmend. Er war in seinem Sessel ganz weit nach vorne gerutscht, Mimik und Gestik verrieten: Er war ganz Ohr, mit jeder Faser seines Nervensystems bei der Sache.

„Ja, ja!", bestätigte er hastig. „Ganz die Liebevolle, Zurückhaltende, Schüchterne, die spielt sie fantastisch. An ihr ist in dieser, aber auch in anderer Hinsicht, eine echte Schauspielerin verloren gegangen."

„Na ja, ich habe sie jedenfalls ein wenig auf meine Art beobachtet", fuhr Kaspar voller Stolz fort.„Verstehst du, auf meine spezielle, unnachahmliche Weise?" Und wieder unterstützte Oliver den Freund mit einem bewundernden, verstehenden Nicken. Er rieb sich vor Begeisterung die Hände.

„Ich habe mich halb verdeckt hinter einem Baum versteckt. Jede Wette, sie hat meine Anwesenheit erst ziemlich am Schluss bemerkt. Trotzdem spürte sie mich, denn sie drehte sich mehrmals um. Schwupps, war ich verschwunden! Ein Schatten, der nur in ihren Augenwinkeln hängenblieb. Mehr aber auch nicht. Irgendwann wird sie gedacht haben, sie habe nicht mehr alle Tassen im Schrank. So hat sie jedenfalls geguckt. Irgendwann hat sie begonnen, an ihrem Verstand zu zweifeln!"

Kaspar keuchte sein hämisches Lachen heraus und obwohl Oliver für einen kurzen Augenblick auch mit einer Gänsehaut zu kämpfen hatte, die er als sehr unangenehm empfand, stimmte er beinahe spontan, voller Inbrunst in das Gelächter mit ein.

„Spannend und interessant wurde das Ganze jedoch erst, nachdem Sabines Bruder Frank auftauchte. Mein lieber Mann! Deine Frau und dieser Typ sind vielleicht aufeinander abgefahren. Du hättest sehen sollen, wie sie in Sekunden blicktechnisch aufeinander fixiert waren. Sie tickten absolut auf einer Wellenlänge. Ich gehe mal davon aus, so innig und verliebt hat Miranda dich niemals angeguckt, solange ihr zusammen seid. Plötzlich verstummten alle und bestaunten die zwei, die auf „Liebe auf den ersten Blick" machten. Oh, Mann, sie hat dich mit dieser Show ganz schön vorgeführt!"

Bei der Beschreibung der Situation übertrieb Kaspar keineswegs. Er ließ allerdings auch nicht das kleinste Detail weg und hielt sich nicht mit negativen Kommentaren zurück. Geflissentlich jedoch verschwieg er den kleinen, effektiven, telepathischen Schubs, den er in die Atmosphäre ausgesandt hatte. Dieser führte dazu, dass Oliver sich von einem der Gäste angebettelt fühlte, die Corona mit einem weiteren, wunderbaren Joke zu fesseln. Gewisse Gefühle zwischen Frank und Miranda mussten in Ruhe reifen können, ehe es für sie zum Count-down kam. Er bestimmte den Zeitpunkt, wann und wovon sein Erfüllungsgehilfe in Kenntnis gesetzt wurde. Der Alkohol war ihm dabei eine willkommene, angenehme Stütze. Kaspar zog die Fäden, er allein ließ die Puppen tanzen.

So registrierte er hier und jetzt mit gehässiger Genugtuung, wie dem eben noch schadenfroh lachenden Oliver die Gesichtszüge entglitten, je mehr er von den Erlebnissen seiner holdseligen Partnerin auf Peters Party berichtete.

„So eine verdammte Hexe!", platzte es jetzt aus Oliver heraus. „Hure!", schrie er auf. „Ich wusste doch, sie ist ein richtiges Flittchen. Warte nur, was passiert, wenn sie gleich nach Hause kommt!" Er sprang auf die Füße und deutete mit wilden Handbewegungen an, was Miranda alles einstecken müsste, sobald er sie in die Finger bekam.

„Nun mach mal halblang. Ich wette, sie wird von dem edlen Ritter Leon in seinem Porsche hergebracht. Dann halte dich mal schön brav zurück. Die Gelegenheit, ihr anständig die Leviten zu lesen, bekommst du noch früh genug. Lass mich doch erst einmal erzählen, was weiterhin geschah! Vielleicht hast du dann noch mehr gute Gründe, sauer und verärgert zu sein."

Oliver, mittlerweile krebsrot im Gesicht von dem soeben Gehörten, nahm widerwillig Platz, beugte sich weit vor, neugierig und interessiert, mehr von dem Luder zu erfahren, das sich seine Partnerin nannte. Plötzlich ließ er sich ein wenig zurückfallen, als sei er von Kaspars Ausführungen erschöpft, die ihm zu Ohren kamen. Seine Körperspannung nahm zugunsten ungeheurer Empörung ab. Dann aber katapultierte er sich in gleicher Sekunde aus dem Sessel heraus. „Ich brauche dringend einen kleinen Schluck! Du auch?"

„Prima", nickte Kaspar. Das lief ja wunderbar.„Bring doch gleich diese Wundertabletten für den Rachen mit, damit die Säcke nicht merken, was wir getrunken haben. Du weißt schon,..."

In wenigen Augenblicken war Oliver mit zwei fast vollen Wassergläsern zurück, in denen klarer Schnaps unschuldig wirkend für einen kurzen Moment Wohnung nahm. Die Flasche hatte er vorsichtshalber gleich mitgebracht, welche er auf dem mickrigen, schäbigen Beistelltischchen absetzte. Ein winziges Tablettenröhrchen legte er gehorsam direkt daneben.

Kaspar fegte mit einem kurzen Schlenker seines Armes Mirandas ordentlich gefaltete Handarbeit von der Sessellehne herunter. Dann griff er zum Glas und nahm einen riesigen Zug. Begeistert tat Oliver es ihm gleich. Gierig, mit einem Ausdruck auf seinem Gesicht, der Bände sprach, ließ er den Geistessaft die Kehle herunterrinnen, ehe er sich seinem Kameraden erneut zuwandte, der auch sogleich zu sprechen begann: „Halt dich fest! Deine geliebte Frau hat die Nacht mit diesem Frank im Hotel Bellevue verbracht!"

Kurze Pause: „So, jetzt ist es heraus!"

Lauernd beobachtete er Oliver und erkannte im Innersten genüsslich frohlockend, dass dieser sich mehr und mehr verfärbte. Olivers Gesicht glich einer an Bluthochdruck erkrankten Tomate. Kaspar legte nach: „Stell dir vor, ich habe nicht nur gesehen, wie sie gestern Nacht Hand in Hand in der Eingangshalle verschwanden. Sie hielten auch noch zärtlich Händchen, als Leon sie abholte. Glaube mir, mein Lieber, Johannes ist der Einzige von deiner Familie, der bei Peter und Sabine übernachtet hat. Miranda hat den süßen Kerl dort allein zurückgelassen, um sich auf deine Kosten mit Sabines Bruder zu amüsieren. Leon und Sabine haben dem Vorschub geleistet und decken die beiden."

Gelassen spielte er das Band ab, das er in der Nacht

aufgenommen hatte. Noch ehe Kaspar alle gesammelten Beweise für seine Behauptungen präsentieren konnte, schrie Oliver in fürchterlichem Hass auf. Wild schlug er um sich, brüllte wie ein verwundetes Tier. Er war gar nicht in der Lage, seinen unbändigen Zorn in Worte zu fassen, so sehr entsetzte und empörte ihn die Tatsache des unvorstellbaren Betruges, den seine Partnerin an ihm begangen hatte. Wie oft er selbst diese zarte, sensible Frau voller Inbrunst mit anderen Weibern mit einem Gefühl des Triumphs betrogen hatte, kam ihm in seiner von Selbstmitleid geprägten Qual nicht in den Sinn.

Er kreischte seine Wut unkontrolliert heraus. Kaspar konnte gerade noch verhindern, dass Oliver sich an der Wohnungseinrichtung verging. Besenstiele von Nachbarn, die sich in ihrer sonntäglichen Ruhe aufs Heftigste gestört fühlten, wurden an die Wände und Decken gestoßen. Das alles hörte der Randalierer nicht! In seinen Ohren rauschte das Blut. In ihm brannte das Feuer der Hölle. Er stand kurz davor zu explodieren. Kaspar sah einerseits erfreut und amüsiert zu, andrerseits musste er dem massiven Ausbruch irgendwie Einhalt gebieten. Schnell sprang er auf und schrie auf Oliver ein: „Mensch, Olli, reiß dich zusammen! Verdammt noch mal, die Zeit deiner Rache kommt noch. Setze dich jetzt sofort wieder hin und höre mir zu! Sofort!!"

Die deutliche Erziehungsmaßnahme Kaspars duldete keinen Widerspruch. Er reichte Oliver sein Glas und dieser stürzte den scharfen, aber beruhigenden Inhalt ohne abzusetzen mit einem Mal hinunter.

„Gut so, mein Lieber!" Beinahe zärtlich klang das Lob aus Kaspars Mund und der aufgebrachte Oliver stabilisierte sich im selben Moment. Gleichzeitig wurde es auch im ganzen Hause wieder still.

„So und jetzt höre mir gefälligst zu, ohne zu wüten oder um dich zu schlagen. Bald kommen deine Leute zurück, dann solltest du dich in der Gewalt haben. Du siehst also, ich habe alles auf Band, was die beiden letzte Nacht getrieben haben. Wenn du willst, spiele ich es dir später noch einmal vor. Im Moment solltest du dich nicht mit den Einzelheiten belasten!"

Die „ehrlichen" Absichten Kaspars waren eindeutig. Er setzte sein Grinsegesicht auf, vor dem sich so viele Menschen fürchteten. Für Oliver jedoch strahlte dieses Minenspiel nur Kameradschaft und Vertraulichkeit aus.

„Olli", sagte Kaspar sanft, als spräche er mit einem bockigen Kind. Und noch einmal: „Olli, in wenigen Minuten werden Leon, Miranda und Johannes hier auftauchen. Bis dahin solltest du dich vollständig im Griff haben!"

Er schüttete unter den fiebrig wirkenden Augen seines Gegenübers die Gläser noch einmal voll und reichte eines davon Oliver. Der griff begierig zu. „Hier, trink noch mal aus, nimm zwei Tabletten, um deine Fahne zu beseitigen und dann räumen wir hier schnell auf, damit Miranda nichts von unserem Frühschoppen zu sehen bekommt!"

Kaspar gönnte sich selbst noch sein Gläschen und lehnte sich daraufhin in seinem Sessel gemütlich und entspannt zurück. Was er erblickte, gefiel ihm.

Oliver, der mittlerweile zwei Wassergläser Korn intus hatte, sah man den frühmorgentlichen Alkoholkonsum an den Augen nicht unbedingt an. Dazu war er schon zu weit in den Himmel des Alkoholismus aufgestiegen. Während er in den Anfängen seiner Alkoholikerkarriere noch schnell müde wurde und einen trüben Blick bekam, wenn Kaspar ihn zu einem Frühstücksdrink überredete, schien ihn das Zeug inzwischen direkt positiv zu beleben. Zufrieden mit sich und den Ergebnissen seiner Arbeit, schloss Kaspar für einen Moment gelöst die Lider. Miranda konnte kommen. Oliver war vorbereitet. Der Tanz konnte beginnen.

Verblendet / Blender

Markantes Gesicht, schillernde Züge,
immer zu einem Lächeln bereit.
Unterstützende Gestik, ohne jede Rüge,
sicher, geborgen, vor allem gefeit.

Doch hinter der schönen Fassade,
da lauert ein grausamer Wicht.
Treibt in den Seelen Teufels Scharade,
schickt alles ins Dunkel, jenseits vom Licht.

Verblendet das Wesen, das ihm erliegt,
hört seine reizenden Worte.
Innere Schönheit wie Wasser versiegt,
fortgetrieben vom glücklichen Orte.

Der Blender zückt lachend sein Seelenschwert,
sticht freudig in jedes Herz.
Nimmt alles an sich, was ist von Wert,
ernährt sich saugend vom menschlichen Schmerz.

Wie kann man entfliehen dem elenden Schrecken?
Helfen kann nur die Liebe allein.
Ein reines Herz nimmt es auf mit dem zerstörenden Recken,
um auf immer und ewig wieder frei zu sein.

Verblendeter Blender hast niemals gelebt,
hast dem Menschen stets etwas vorgemacht.
Hast nur Böses für den Guten angestrebt,
doch am Ende hat die Liebe dich ausgelacht.

Kaspar hatte die gefälligen, erfreulichen Gedanken noch nicht ganz zu Ende gebracht, da klingelte es auch schon an der Tür. Wie es schien hatte Miranda keinen Schlüssel mitgenommen. Er drückte sich tiefer in den Sessel hinein, um nicht sofort gesehen zu werden. Darin war er absoluter Meister. Sein Auftritt sollte erst noch kommen. Und zwar mit Krawumm!

Innerlich locker und erwartungsvoll lauschte er dem Geschehen, das sich zwischen Eingangstür, Diele und Wohnzimmer abspielte. Alles lief wie am Schnürchen. Oliver spurte, wie die Zahnräder in einem Uhrwerk. Der lustige Bursche Olli zeigte ein schauspielerisches Bravourstück. Er war ganz der liebevolle Partner, zuvorkommend dem Kind und dem Freund, zerknirscht Miranda gegenüber. Kaspar freute sich wie Bolle und stellte sich ihre Reaktion vor, wenn sie ihn zum ersten Mal offiziell sah, während er ihren Lieblingssessel entweihte.

Er wurde nicht enttäuscht. Zuerst war es ein Hit zu beobachten, wie Leon auf seine Anwesenheit reagierte. Aber Miranda setzte noch einen drauf. Sie verzog das Gesicht zu einer widerlichen, abstoßenden Grimasse, die es hässlich und unansehnlich machte. Leider hatte sie sich nur allzu rasch wieder im Griff. Höflich, mit dem Aufgebot all seiner einstudierten Manieren, stellte sich Kaspar der verdutzten Miranda vor und bot ihr, um sie so richtig zu necken, flink noch gleich das „Du" an. Ihre Gegenaktion übertraf bei Weitem, was er sich im günstigsten Falle erhofft hatte. Deutlich spürte er ihre innere Angst, die sie erfolglos zu verbergen suchte. Ebenso klar trat ihre Abscheu, ihr Widerwille gegen ihn zutage. Er registrierte auch die verstohlenen Blicke, die sie Leon zuwarf.

Genau der passende Zeitpunkt, um ein Gespräch auf die Ebene zu lenken, die für ihn so erheiternd war, für die Anwesenden aber so brenzlig werden konnte.

Oliver betrat gut gelaunt, seinen Sohn auf den Schultern

tragend, das Wohnzimmer und traute seinen Ohren nicht. Kaspar startete die Flucht nach vorne. Ganz offen sprach er Miranda auf das Hotel Bellevue an. Sich hinter einer Fassade aus Gleichgültigkeit verschanzend, erkannte Olli, wie sich seine heuchlerische Partnerin im ersten Moment verkrampfte. Für Millisekunden nur, aber immerhin. Alles schrie, kreischte regelrecht in ihm auf. Er wollte sie verletzen, ihr richtig weh tun. Ihr den gemeinen Verrat aus jeder einzelnen Zelle ihres verlogenen Körpers prügeln.

Doch zu seinem großen Erstaunen ließ sie sich dann doch nicht von ihrem ersten Schrecken beirren. Kaum war dieser kurze Schock vorüber, schwindelte sie Kaspar ganz konsequent und kaltschnäuzig an. Schließlich kannte Oliver ja die ganze Geschichte bereits aus der Perspektive seines Freundes und wusste genau, Miranda sagte nicht die Wahrheit. Frech lügend zog sie sich aus der Affäre.

Kaspar warf ihm rasch mahnende Blicke zu und verabschiedete sich bald darauf von den anderen. In Oliver brodelte wilder Zorn. Er konnte sich kaum beherrschen, Miranda wie eine gemeine Stubenfliege an die Wand zu klatschen. Wenn nur der bescheuerte, blöde Leon endlich die Wohnung verlassen würde, damit er mit Miranda abrechnen könnte. Was er mit ihr vorhatte nach dieser Schmach, die sie ihm aufgehalst hatte, würde sie ein Leben lang nicht vergessen. Noch musste er gute Miene zu bösen Spiel machen.

Innerlich brannten in Oliver helle Flammen der Wut, als er lange zehn Minuten nach Kaspars Fortgang, Leon endlich zur Tür begleiten konnte. Der bemerkte von Ollis Seelenchaos nichts. Er war verliebt in Peters Schwester und hatte das Gefühl, Oliver nie in besserer Stimmung verlassen zu haben. Leon war sich sicher, Miranda hatte von ihrem Partner nichts zu befürchten.

Während Oliver im Kern seiner Psyche vor Ungeduld sichtlich zappelnd, seinen Smalltalk mit Leon beendete, wuselte Miranda irgendwo in ihrem Schlafbereich herum. Er hörte, wie sie ihre Zimmertür wieder zumachte und in Johannes Zimmer herüber ging. Dort unterhielt sie sich kurz mit ihren Sohn und ließ sich danach völlig erschöpft in ihren Sessel im Wohnzimmer fallen. *Klar,* dachte er zynisch und kniff dabei seine Lippen wütend zusammen, *du musst total kaputt sein, nachdem du die ganze Nacht mit diesem Frank herumgevögelt hast.*

Schließlich fiel die Eingangstür hinter Leon ins Schloss. Oliver kehrte in die gute Stube zurück. Miranda lag da mit geschlossenen Augen. Ihr Kopf ruhte entspannt auf der Rückenlehne ihrer Sitzgelegenheit. Ein süßes, verträumtes Lächeln umspielte ihre gelösten Züge. Tatsächlich ließ das verfluchte Miststück ihre durchfickte Nacht in seiner Anwesenheit noch einmal Revue passieren. Angeekelt betrachtete er sie eine Weile. In ihm schwoll die Wut unkontrolliert zu einer gigantischen Schöpfung der Hölle heran. Oliver glich einem menschlichen Vulkan, direkt vor seinem Ausbruch.

Er hatte die Schnauze voll. Rastlos tobte er in die Küche, riss die Tür zum Kühlschrank mit einem Ruck auf und griff nach der Flasche Korn. Mit fliegenden Fingern, die ihm kaum gehörten, öffnete er den Verschluss, setzte sie an den Mund und trank. Er hörte erst auf zu schlucken, nachdem er sie um die Hälfte reduziert hatte. Dann fuhr er sich mit einer fahrigen Bewegung über die feucht glänzenden Lippen.

Miranda spürte von der aufgeladenen Atmosphäre im Hintergrund nichts. Sie schwebte völlig übermüdet, aber glücklich, auf Wolke sieben.

Kaspars beruhigende Worte klangen nachhaltig in Olivers Ohren, doch jetzt ignorierte er sie. Er konnte sich nicht länger zurückhalten. Die Mengen an Alkohol, die er sich binnen Sekunden einverleibt hatte, wirkten sofort. Sie benebelten zwar sein Gehirn, aber sie besänftigten sein aufgewühltes Gemüt keineswegs. Ganz im Gegenteil. Es gab keine Hemmschwelle mehr, die ihn hätte aufhalten können. Rasend, von den inneren Gewalten getrieben, stürmte er zu Miranda zurück und schrie sie an. Sie zuckte zusammen und stierte ihn eingeschüchtert und voller Angst an. Ihr furchtsamer Blick stachelte ihn an. Mit einer einzigen Geste knallte er die Flasche auf den Beistelltisch, wo sie scheppernd hin und her schwankte ohne zu zerbrechen. Er stürzte sich auf die verschlafene und zu Tode erschrockene Frau, legte ihr die Hände um den Hals und drückte in wildem, hitzigen Zorn zu. Zuerst wehrte sie sich spontan gegen seinen unvorhergesehenen Angriff. Oliver spürte ihre Kraft, doch er hielt ihr stand und setzte ihr sogar noch einen deutlichen Schub an Stärke entgegen. Nach und nach merkte er, wie sie sich aufgab. Sie war am Ende. Ihr Widerstand erlahmte und endlich erschlaffte ihr Körper. Er aber empfand eine ungeheure, unglaubliche Genugtuung, fühlte sich stark und frei. In seinen Lenden regte sich spontan seine Männlichkeit, während er da stand und seiner Partnerin das Leben aus dem Körper herauspresste.

Johannes saß in seinem Zimmer, hinter geschlossenen Türen, von der Liebe des Himmels gehalten und spielte.

Schraubstockartig greifende Hände rissen Oliver plötzlich nach hinten. Obwohl er verbissen dagegen ankämpfte, musste er sich von dem Objekt seiner Raserei lösen.

Frank

Liebesherz

Ein reines Herz ist kuschelig weich,
hebt sie empor und macht sie reich.
Verschenkt viel tausend Gaben,
sie darf sie alle haben.
Gibt Liebe und Geborgenheit,
hält Wache in der Dunkelheit.
Nimmt sie umhüllend in den Arm,
wo Kälte ist und haucht sie warm.

Ein liebend Herz strahlt hell und klar,
schützt sie vor mancherlei Gefahr.
In seiner Nähe existiert nur Licht,
hier lebt die Trauer, Trübsal nicht.
Dringt tief in viele Seelen ein,
sie sollen alle glücklich sein.
Es klopft so freudig jeden Tag,
führt hin zum Frieden mit seinem Schlag.

Ein zärtlich Herz hält ihr die Hand,
schiebt zaghaft sich in den Verstand
zu nähren und zu heilen
und innig zu verweilen.
Es wird die Tür zur Angst verschließen
und Tränen hören auf zu fließen.

Wird Liebesfeuer rein entfachen,
verzaubert durch sein Sonnenlachen.
Und in diesem Augenblick,
da findet sie auf Erden Glück.

Düstere Wolken zogen über den eben noch blauen Himmel hinweg. Frank sah aus dem Wohnzimmerfenster seines kleinen Einfamilienhauses, das er seit einigen Monaten wieder als Single bewohnte.

Gleich würde es regnen. Warum auch nicht? Die Natur spiegelte permanent seinen Seelenzustand wider. Solange er in der Firma war, schien die Sonne. Dort arbeitete er gutgelaunt vor sich hin, wie man glauben sollte, verbreitete Fröhlichkeit und Ausgeglichenheit. Kaum betrat er sein Zuhause, überfiel ihn diese ungeheure Traurigkeit, die ihn seit Ewigkeiten nicht mehr verlassen wollte, wenn er alleine war und sich nicht abzulenken verstand. Und ehe er sich versah, fielen auch schon Tropfen vom Himmel.

Marina, seine Lebensgefährtin hatte vor einem Dreivierteljahr ihre Beziehung ohne Kommentar beendet. Inzwischen war sie seit einigen Monaten mit ihrem Chef verheiratet, mit dem sie jahrelang zusammengearbeitet hatte. „Tausendmal berührt, tausendmal ist nichts passiert". Ein Betriebsfest ließ die Message dieses Songs Realität werden. Und Frank hatte das Nachsehen. Die tiefe Wunde, die Marina ihm zugefügt hatte, wollte einfach nicht heilen und brach auch heute erneut auf. Eine innere Verletzung, die zu bluten begann und er spürte, wie diese Nässe nach außen trat und in Form von Tränen seine Wangen herablief.

Weinend und grübelnd stand er da und ließ die nicht zu ändernden, lähmenden Geschehnisse der Vergangenheit Revue passieren. Dabei starrte er in den dunklen Himmel hinauf, unfähig, einen klaren Gedanken zu fassen. Warum in Gottes Namen hatte diese Beziehung nicht funktioniert? Etwas war richtig schiefgelaufen, verdammt nochmal!

Nur wusste er nicht, was.

Plötzlich zuckte Frank zusammen, als hätte ihn jemand geschlagen. Der schrille Klingelton des Telefons unterbrach mit unangenehmer Lautstärke sein negatives, meditatives Sinnieren, das seine Psyche definitiv endlich zu einem versöhnlichen Ende bringen wollte. Irgendwie war er auch erleichtert, auf diese Weise von seinen ständigen sinnlosen, inneren Diskussionen mit sich selbst, seinen andauernden Wehklagen erlöst zu werden. Wer weiß, wie lange er sonst an diesem Tage noch im Trüben gefischt hätte? Er drehte sich in den Raum hinein, fort vom Anblick des dunklen, verregneten Tages. Während er seine Tränen wegwischte, öffnete der Himmel erst recht seine Pforten und es hörte auf, langsam und seicht zu regnen. Das Prasseln dicker Tropfen im Hintergrund wahrnehmend, nahm er nach mehrfachem Signal endlich den Hörer in die Hand.

„Trinel!", meldete er sich.

„Ach, du bist ja doch da. Ich bin es, Sabine. Gerade wollte ich schon wieder auflegen, ich ungeduldige Person", klang eine liebe, vertraute Stimme an sein Ohr. „Na, mein Lieber, so wie du deinen Namen ausgesprochen hast, muss ich davon ausgehen, dass du wieder mal in diesen Stimmungen hängen geblieben bist. Denkst du gerade an Marina? Oder arbeitest du?"

„Nein, nein, heute nicht. Tatsächlich habe ich mich zum tausendsten Male mit Marina und ihrem Weggang beschäftigt. Es will mir nicht in meinen Kopf, dass sie so schnell geheiratet hat. Gekränkte Eitelkeit, verstehst du?"

„Gekränkte Eitelkeit oder beißende Eifersucht?", fragte Sabine ihren Bruder mitfühlend.

„Ach, was weiß ich? Ich bin froh, dass du anrufst, um mich auf andere Gedanken zu bringen", antwortete er. „Doch es gibt bestimmt einen plausiblen Grund für deinen Anruf, Schwesterherz?"

„Klar! Am Samstag wollen Peter, Sindra und ich wie jedes Jahr unsere Gartenparty steigen lassen. Hast du Zeit und Lust, zu uns zu kommen? Du kannst natürlich bei uns übernachten. Ich kann dir auch ein Zimmer im „Bellevue" besorgen, wenn dir das lieber ist."

Frank musste nicht lange überlegen. Ein paar Tage mit

seiner Schwester und ihrer Familie zu verbringen, wäre genau das Richtige. Die intensive Arbeit allein, mit der er versuchte, seine Emotionen im Zaum zu halten, reduzierte seinen Liebeskummer nicht im Geringsten. Er sollte sich Spaß und Freude gönnen. Die Schreibers waren genau diejenigen, die im Stande waren, ihn aus seinem Leid hinauszubefördern und ihn zum Lachen zu bringen. Schließlich standen sich Sabine und er sehr nahe und ihre Familie mochte ihn sehr. Dafür sahen sie sich sowieso viel zu selten.

„Oh prima, Sabine, ich komme gerne. Vielen Dank für die Einladung. Aber nur unter der Bedingung, von dir im Hotel eingemietet zu werden. Ich kenne eure Feten und weiß, wie viel Arbeit ihr euch damit macht und erahne auch die ungefähre Personenzahl, die ihr zu bewirten habt. Da halte ich es für vollkommen unnötig, euch noch Handtücher, Bettwäsche und zusätzliches Essen zuzumuten. Mir ist klar, dass ihr gerne für mich da seid, um mich zu verwöhnen."

In Franks Kopf nahm ein weiterer Plan Gestalt an.

„Ich habe einen anderen Vorschlag zu unterbreiten. Da ich schon ewig nicht mehr im Urlaub gewesen bin, würde ich gerne ein paar Tage eher zu euch kommen. Einmal aus meiner beruflichen und privaten Tretmühle auszusteigen, wenn auch nur für kurze Zeit, wäre dringend erforderlich. Könntest du dir vorstellen, mich schon am Mittwoch in die Arme zu schließen?"

„Oh Frank, das ist eine wunderbare Idee. Ich freue mich ja so! Ich kläre alles mit dem Hotel. Rufe du bitte kurz noch durch, um welche Uhrzeit du ungefähr hier eintrudeln wirst. Du weißt, Sindra geht in die musikalische Vorschule. Nicht, dass du vor verschlossenen Türen stehst. Meine Süße und Peter werden ganz aus dem Häuschen sein."

Ein Weilchen unterhielten sie sich noch über dies und das, dann verabschiedeten sie sich voneinander: „Also, mach es gut, bis Mittwoch!"

Und so war es abgemacht. Frank bereitete sich begeistert auf das vor ihm liegende, verlängerte Wochenende vor. Mit seinem Schicksal ein wenig versöhnt, schien auch der Himmel nicht mehr ganz so düster auf ihn herabzuschauen. Der Regen hatte ganz nachgelassen. War dort drüben nicht sogar ein Fleckchen blauer Himmel zu sehen?

Menschenwunder

Ein wundervoller Mensch erhellt die ganze Welt,
bringt Licht in alle Herzen.
Erhebt sich gleißend auf zum Himmelszelt,
lässt Sterne flackern, rein wie Kerzen.
Ein jeder, der ihn sieht, spürt ganz genau,
was er vollbringt und schafft.
War alles vorher grau in grau,
kehrt nun zurück die Lebenskraft.

Frank war ein Sonntagskind. Pünktlich morgens um 10.00 Uhr, als die Kirchenglocken läuteten, um die gläubigen Schäfchen in die heiligen Hallen zu rufen, schrie er das erste Mal, damit sich seine Lungen mit Sauerstoff füllen konnten. Schließlich musste man sich an diese Form der Atmung erst gewöhnen, also brüllte er, was das Zeug hielt. Es war ein sehr warmer Herbsttag und die Sonne schien von einem strahlend blauen Himmelszelt herab.

Dagmar und Karl Trinel betrachteten staunend das winzige, kreischende Wunder in ihren Armen und waren nie stolzer, als in diesem Moment. Begeistert von dem niedlichen Gesichtchen, das selbst im Schreien nur die liebevollsten Gefühle in seinen Betrachtern auslöste, wiegte Dagmar ihren Erstgeborenen, bis er sich langsam beruhigt hatte. Er war mit Abstand das Hübscheste, was Karl je gesehen hatte. Das Kerlchen wurde am Erntedankfest auf der Sonnenseite des Lebens geboren.

Dieses Empfinden der Eltern, hinsichtlich seines Geburtstages, verließ die Familie nie. Frank entwickelte sich prächtig. Von Mutter und Vater stets positiv motiviert und mit allen konstruktiven Lebensstrategien vertraut gemacht, wuchs er zu einem Prachtkerl heran. Sein Wesen war von angenehmer Natur und sein Charakter ließ nichts zu wünschen übrig. Er war hilfsbereit und fleißig, aber auch sehr zielstrebig. Für seine zwei Jahre jüngere Schwester Sabine ein liebender, sie beschützender Bruder. Das änderte sich auch nicht, nachdem er aus beruflichen Gründen circa dreihundert Kilometer von zu Hause weg musste. Sie sahen sich zwar recht selten, jedoch telefonierten sie wöchentlich oder, wenn etwas Besonderes anstand, auch schon mal täglich.

Frank war als Kind bereits im Kindergarten, später in der Schule, allseits beliebt. Manche seiner Mitschüler, die sich in der Rolle der Rabauken zu Hause fühlten, mochten ihn nicht. Sie nannten ihn angepasst, behaupteten er sei ein

Weichei, weil er niemals Regeln verletzte und meinten, seine Haltung arschkriecherisch nennen zu müssen. Dieser durchaus menschliche Zug war Frank indes ganz und gar fremd.

Die Mädchen allerdings mochten ihn alle. Er nahm sie ernst, ärgerte oder veräppelte sie nicht, sondern ging humorvoll, mit zunehmendem Alter eher charmant, mit ihnen um. Und das kam an. Selbst die dicke Berta, die allgemein nur ausgelacht und gemobbt wurde, konnte sich glücklich schätzen, denn er war ihr Freund und diese Freundschaft hielt er hoch. Berta und er waren eifrige Schüler. Häufig lernten sie zusammen und ergänzten ihr Wissen. Als Lohn für ihre harte Arbeit, fielen bei beiden die Klassenarbeiten immer gut aus. Um die „Streber, Streber-Rufe" gaben sie nichts.

Ein Junge aus der Nachbarschaft mit Namen Rolf konnte und wollte Frank in den ersten Jahren auf dem Gymnasium nicht in Ruhe lassen. Sie besuchten die gleiche Klasse, fuhren im selben Bus und begegneten sich dadurch natürlich ständig. Garstige Provokationen und kleinere Handgreiflichkeiten von Rolfs Seite aus, gehörten zur Tagesordnung. Frank verstand das Verhalten des Burschen nicht. Nur das blöde Gequatsche und das angeberische Getue gingen ihm unheimlich auf den Geist. Im Laufe der Zeit lernte er geschickt zu kontern oder sich körperlich zur Wehr zu setzen, wenn der Rowdy mal wieder über das Ziel hinausschoss. Je routinierter und durchdachter Franks verbale Gegenwehr wurde, desto häufiger wurde Rolf von den Mitschülern ausgelacht, wenn er erneut einen Angriff auf Frank verloren geben musste. Plötzlich schien es ihn zu langweilen, sich weiterhin mit Frank zu beschäftigen. Er ließ von ihm ab und wandte sich kurzerhand anderen, schwächeren Geschöpfen zu, an denen er sich auslassen konnte. Lehrer und Eltern schalteten sich ein und kümmerten sich um die Angelegenheit. Bald kehrten Ruhe und Frieden ein.

Nach dem Abitur wartete die Bundeswehr auf Frank. In dieser Gemeinschaft verbrachte er die folgenden anderthalb Jahre seines Lebens. Um ehrlich zu sein, musste er sich zum ersten Mal eingestehen, in dieser Tretmühle nicht zurechtzukommen. Er fühlte sich vollkommen fehl am Platze. Der allgemeine Drill, die Arroganz der sogenannten Vorgesetzten waren ihm ein Gräuel. Nachdem die unselige Zeit des Soldatenlebens hinter ihm lag, begann er glücklich sein Informatikstudium, ein an den Universitäten ganz neu eingeführter Studiengang.

Er war in jedem Abschnitt seines Daseins ein gutaussehender, attraktiver Mann gewesen, jemand, der mit Frauen umzugehen verstand. Hin und wieder begegnete ihm ein Mädchen, welches ihn für einige Monate als Partnerin begleitete, aber die wirkliche, wahre, erfüllende Liebe verspürte er in diesen Beziehungen nie.

Die glaubte er dann endlich in Marina gefunden zu haben, dieser anfangs so spröde, schüchtern und abweisend wirkenden Frau, deren eigentliches Wesen sich in der Realität ihres gemeinsamen Heimes als sensibel und liebevoll darstellte. Sie kristallisierte sich als etwas Besonderes heraus und er meinte, am Ziel seiner Träume angekommen zu sein. Auch beruflich lief alles ganz wunderbar. Frank war eben ein Sonntagskind!

Beide arbeiteten sie in einer Branche, die ihnen viel Durchsetzungskraft abverlangte. Aber gerade die Methoden dieser fordernden Arbeitswelt sorgten dafür, dass sie einander besser verstehen lernten und sie sich näher kamen. Privat schätzten sie die gleiche Musik und verbrachten gemütliche, durchredete Abende am Kamin, wenn es ihre Arbeit erlaubte. Sie passten einfach gut zusammen.

Nach Marinas Verschwinden schloss Frank das Kapitel Liebe ein für alle Mal für sich ab. Er würde sich nie wieder verlieben! Nie wieder wollte er solchen Schmerz ertragen müssen, wie in den letzten Monaten. Auf schlaflose Nächte, quälende Selbstvorwürfe, auf all diese zermürbenden Begleiter der von Marina grundlos vollzogenen, für ihn unbegreiflichen Trennung, konnte er ab jetzt verzichten. Der Gedanke an seine Schwester, an Peter und sein Patenkind sorgte für ein wenig Ruhe in seinem angegriffenen Gehirn und seinem müden System. Ein Funken Freude keimte auf.

Am folgenden Morgen ging Frank noch vor Arbeitsbeginn direkt in die Personalabteilung seiner Firma, um sich für den Mittwoch und die folgenden Tage Urlaub eintragen zu lassen. Janette, die kompetente Sekretärin der Personalchefin Frau Kruter, erinnerte ihn sogleich an die Auslandsreise, die innerhalb der nächsten zwei Wochen angetreten werden musste. Frank hatte diesen Termin längst verinnerlicht. Die Tour würde ziemlich lange dauern. Seine Aufgabebereiche gestalteten sich diesmal sehr umfangreich. Er hatte Geschäftsleute in verschiedenen Städten Frankreichs und Belgiens aufzusuchen, um sie mit bestimmten neuen Informationen und Programmen zu konfrontieren. Eine positive Herausforderung für ihn, denn er mochte diese Fahrten und Flüge in andere Länder, die nicht nur beruflich hohe Ansprüche an ihn stellten. Außerdem genoss er es, sich mit der Esskultur seiner ausländischen Reiseziele zu belohnen.

Frau Kruter rief Frank zu sich in ihr Büro, machte ihn ihrerseits nochmals auf die Dienstreise aufmerksam und äußerte in dem Zusammenhang: „Herr Trinel, Sie sind einer unserer besten Mitarbeiter. Janette hat mich von Ihrem Anliegen, sich vorher einige Urlaubstage gönnen zu wollen, unterrichtet. Sie haben sich seit Monaten nicht mehr freigenommen. Ich bin der Meinung, Sie könnten eine Auszeit dringend gebrauchen. Schließen Sie Ihre Akten, räumen Sie Ihren Schreibtisch auf und gehen Sie nach Hause! Spannen Sie ruhig die ganze Woche aus! Was halten

Sie davon?"

Begeistert sagte Frank sofort zu. Wenig konzentriert kümmerte er sich an diesem Arbeitstag um seine Aufträge. Rasch erledigte er Anrufe, besprach mit seinem Mitarbeiter, der ihn des Öfteren auf den Fahrten begleitete, die vor ihnen liegenden Themen. Janette hatte bereits die notwendigen Hotelbuchungen vorgenommen und ihnen eine Liste aller anzufahrender Orte und Firmen, sowie Standorte von Messehallen zusammengestellt und in einem Ordner abgeheftet. Dann endlich war es geschafft. Die Kollegen verabschiedeten sich und wünschten Frank eine erholsame Zeit bei seiner Familie.

Frank freute sich jetzt richtig auf seinen Kurzurlaub. Zum ersten Mal seit Monaten hatte er ein gutes Gefühl. Er würde Leon wiedersehen, Mirabelle, Peters Schwester, Peter, Sabine, vor allem die kleine Sindra, die einen ganz großen Platz in seinem Herzen erobert hatte. Schließlich, nach Wochen und Monaten der Selbstzweifel und trüben Gedanken, wartete mal wieder etwas Angenehmes auf ihn.

Den restlichen Montag und den Dienstag verbrachte er voll prickelnder Vorfreude zu Hause. Am Dienstagabend packte er einen seiner kleinen Reisekoffer, verstaute ihn im Auto, das in der Garage abgestellt war. Er wollte am nächsten Morgen gleich früh los. Müde und zufrieden legte er sich ins Bett. Vor Aufregung würde er vielleicht gar nicht einschlafen können. Vor wichtigen Kundenbesuchen oder bedeutsamen Messen erging es ihm meist ebenso.

Lange wälzte er sich auf seinem Lager hin und her. Der herbeigesehnte Schlaf wollte sich nicht einstellen. Also stand er auf, ging in die Küche, um sich ein Glas Wasser zu holen, als er in unmittelbarer Nähe Musik vernahm. Verwirrt schaute er aus dem Fenster und sah in einen hell strahlenden Garten hinein. Bäume umringten schattenhaft die Fläche grünen Rasens, die von Fackeln ausgeleuchtet wurde. Die Bewegungen der Flammen zeichneten mystische Bilder auf eine nicht vorhandene Leinwand. Die musikalischen Töne, die aus dem Hause kamen, wurden lauter. Er war umgeben von Menschen, die lachten und tanzten, Gläser mit schäumendem Sekt und rotem, bzw. weißem Wein in ihren Händen haltend. In der Ferne, neben einem hellblauen Partyzelt stand eine Frau, deren Gesicht er nicht erkennen konnte. Sie trug einen grünen Hosenanzug mit vielen bunten Punkten darauf. Jetzt bemerkte er, warum er sie nicht so richtig sehen konnte. Aus dem Boden vor ihren Füßen wuchsen rote, gelbe, rosafarbene und weiße Rosen in einer grandiosen Üppigkeit. Diese Blumenvielfalt verschmolz mit den farbigen Tupfen ihres Kleidungsstückes und wurde eins mit ihnen. Die junge, sich anmutig bewegende Frau wurde von dieser enormen Farbenpracht regelrecht überwuchert. Mittlerweile konnte Frank von ihr nur noch Schemen durch einen immensen kolorierenden Nebel wahrnehmen. Das Blumenwachstum nahm weiterhin zu und plötzlich war die Frauengestalt wie vom Erdboden verschluckt.

Schlagartig veränderte sich die Farbe der Nebelwand. Die tiefen bunten Töne wandelten sich in ein schmutziges Grau. Der eben noch nachtblaue Himmel verdunkelte sich. Eine Mauer aus einer wabernden, schwarzen Substanz ragte vor ihm auf, bedrohlich und beängstigend. Frank glaubte, ersticken zu müssen. Verbissen kämpfte er gegen die Finsternis an, versuchte sie mit aller Macht von sich fortzuschieben, aber sie wich keinen Zentimeter zur Seite. Eine Masse aus Gummi stülpte sich über seinen Mund, seine Nase. Die Luft blieb ihm weg. Er konnte nicht mehr atmen und würde hier und jetzt sterben! Panisch fürchtete er um sein Leben, als sich mit einem Male eine Hand aus der Finsternis herausdrängte und ihm eine schwarze, welkende Rose entgegenstreckte.

Ruckartig schoss er in seinem Bett in die Höhe. Er war pitschnass vom Schweiß und hellwach. Seine trockene

Kehle verlangte nach Feuchtigkeit, sein ganzer Körper zitterte und vibrierte, die Knie schlotterten. Er atmete einige Augenblicke tief ein und aus, erst dann erhob er sich schwerfällig. Von Schwäche erfüllt, schleppte er sich ins Badezimmer und trank zunächst das Glas Wasser, das er sich bereits vor diesem Albtraum hatte genehmigen wollen. Ihm war furchtbar übel! Dann riss er sich seinen triefenden Schlafanzug vom Leib und stellte sich unter die Dusche, den Warmwasserhahn aufdrehend.

Er fühlte sich schmutzig, besudelt an Leib und Seele. Fünf Minuten lang prasselte der Strahl auf ihn herunter. Er wusch sich gründlichst und ließ dann eiskaltes Wasser über sich fließen. Weitere Minuten vergingen. Er schaltete den Hahn erst aus, als er seinen Körper nicht mehr spürte, denn die Kälte hatte ihn nahezu empfindungslos gemacht. Erneut kontrollierte er seine Atmung solange, bis sich sein Herzschlag normalisiert hatte und er sich wieder wohler fühlte. Dann rubbelte er sich mit einem Frottiertuch trocken. Seine Haut rötete sich und angenehme Wärme durchströmte seine Adern. Nackt ging er zurück ins Schlafzimmer, nahm sich eine frische Boxershorts aus einer Schublade und zog ein sauberes T-Shirt über.

Inzwischen war es drei Uhr morgens. Er legte sich wieder hin, zerrte ungeduldig an der Bettdecke, bis sie ihm ans Kinn reichte und versuchte krampfhaft zur Ruhe zu kommen. Doch an Schlaf war nach dieser Attacke nicht zu denken. Er wollte seine Augen auch gar nicht mehr schließen. Die Angst, nochmals so etwas träumen zu müssen, überzog seinen ganzen Körper mit einer Gänsehaut. Träume bedeuteten ihm sehr viel. Er glaubte fest an ihre Macht.

Widerwillig dachte er an Marina und verband sie mit seinem Traum. Wahrscheinlich ließ ihn die Tatsache nicht los, dass „Bienchen" Marina einfach so von Blüte zu Blüte geflogen war. Verschmolzen mit der Welt, in der sie nun lebte, in der es für ihn keinen Platz mehr gab. Wie in dem Traum ließ sie ihn in der Schwärze der Einsamkeit zurück. Die Düsternis mit Hilfe seines Interpretationsversuches abschüttelnd, schlummerte er dann doch noch ein. Traumlos. Ab Morgen hatte er endlich Urlaub und konnte es sich leisten, richtig auszuschlafen. Auch wenn er eine zeitige Abfahrt geplant hatte, war er an keinen Termin gebunden. Aber schon bald wurde er wiederum aus dem Schlaf gerissen. Es war gerade mal fünf Uhr und grüblerische Gedanken griffen erneut sein Nervensystem vehement an. Er sehnte sich nach einem Arm, der ihn umfing, der seinen Gedankenmüll zerstreute. Gegen sechs Uhr hielt er es in seinen Laken nicht mehr aus. Er stand auf, setzte sich Teewasser auf, duschte nochmals, diesmal zivilisiert, rasierte sich, während der Kessel in der Küche langsam zu summen anfing und zog sich an. Gerade, als sich mit lautem Pfeifen sein Teewasser bemerkbar machte, war er bereit, sich an den Tisch zu setzen und eine gute Tasse des hellbraunen, schmackhaften Getränkes zu sich zu nehmen.

Sabine war gezwungenermaßen eine Frühaufsteherin, dank ihres fröhlichen, kleinen Weckers mit Namen Sindra. Frank, der dies wusste, gestattete sich, schon gegen sieben Uhr bei seiner Schwester anzurufen, um mit ihr zu besprechen, wann er bei ihnen ungefähr eintreffen könne. Sabine spürte sogleich, mit ihrem Bruder stimmte etwas nicht und riet ihm, möglichst zeitnah loszufahren. Somit wäre er, bei normalem Straßenverkehr, nach circa drei Stunden bei ihr, mit Brötchen und Croissants im Gepäck für ein ausgiebiges zweites Frühstück. Sabine war glücklich. Sie liebte ihren Bruder sehr und freute sich auf seinen Besuch. Je früher er hier eintraf, desto besser. Sie hatten sich mittlerweile wieder etliche Monate nicht gesehen, nur am Telefon gesprochen und die Zeit war reif für eine geschwisterliche Umarmung.

Frank verbrachte wunderschöne Tage bei Sabine und ihrer Familie. Peter musste zwar arbeiten, aber er machte abends in der Firma ein wenig eher Feierabend und gesellte sich gerne zu den dreien. Solange Sindra aufbleiben durfte, spielten sie noch mit ihr, halfen ihr beim Auskleiden und verfrachteten sie dann gemeinsam in ihr Kinderbettchen. Frank las ihr Geschichten vor, bis sie von Müdigkeit überrumpelt, endlich einschlief.

Draußen herrschten an den Abenden sehr angenehme Temperaturen. Während Frank den Märchenonkel spielte, hatte Sabine in der Zwischenzeit die Terrasse wohnlich hergerichtet. Bunte, gläserne Windlichter hingen in den Zweigen der Bäume, die dicht am Rande der Veranda standen. Kerzen schimmerten auf dem Tisch und Gläser für den magentafarbenen Rotwein hatte sie schon parat gestellt. Tief in die Schaumstoffauflagen der Gartenstühle gepresst, lachten sie viel miteinander und palaverten über alles Mögliche und Unmögliche. An Marina und seinen dunklen Traum dachte Frank in diesen ausgelassenen, harmonischen Stunden nicht. Sabine, die während ihrer letzten Telefonate immer deutlicher seine trüben Gedanken und Gefühle gespürt hatte, fragte ihn nicht danach. Sie war glücklich, ihn so locker und gelöst zu sehen. Wenn er sich aussprechen müsste, würde er sie ansprechen und um Hilfe bitten. Dann gäbe es sicherlich genügend Raum und Zeit, sich auszutauschen. Jetzt aber sollte der Frohsinn zu Wort kommen.

Der Samstag rückte schneller heran, als es Frank lieb war. Schon bald würde die wohlverdiente Auszeit bei seiner Familie beendet sein. Aber das absolute Highlight, Sabines Gartenparty, stand ja noch bevor. An dem Samstagmorgen fuhr er los, besorgte für das Fest Wein, Sekt und Bier, holte das vorbestellte Grillgut ab und unterstützte Sabine auch im und um das Haus herum, wo er nur konnte. Peter und er stellten Biertische und Bänke auf, bereiteten den Schwenkgrill vor und verpassten dem Gartenpavillon den letzten Schliff. Kurz bevor die ersten Partygäste eintreffen sollten, verabschiedete er sich mit den Worten: „Ich fahre rasch noch mal ins Hotel und hübsche mich ein bisschen auf!"

„Tu das, du Stinktier!", frotzelte Sabine. „Du hast es dringend nötig. Danke, Bruderherz, du hast mir heute wirklich sehr geholfen. Die letzten Tage waren überhaupt super toll!", fügte sie hinzu. Sie nahm ihn lachend in den Arm und küsste ihn herzhaft auf den Mund. „Puh, nun hau aber ab, du Schweißdrüse! Wenn du dich jetzt nicht duschst und umziehst, vergraulst du mir noch die Gäste."

Während er grinsend zu seinem Auto lief, hörte er Sindra singen: „Mama hat Fank geküsst, Mama hat Fank geküsst!"

„Frank", verbesserte sie ihre Mutter, doch ohne den gewünschten Erfolg. „Fank!", war das Letzte, was Frank mitbekam, bevor er seine Autotür schloss und davonfuhr. Das Grinsen in seinem erholten Gesicht war einem nachdenklichen Ausdruck gewichen. Wieder tauchte Marina in sein genesendes Gedankengut ein. Rasch entschied er sich, für den heutigen Tag auf weiteres Grübeln zu verzichten und nicht mehr zu versuchen, die Hintergründe dieses leidigen Themas aufdecken zu wollen. Stattdessen kümmerte er sich lieber, nun wieder froh gelaunt, um sein Outfit.

Frisch geduscht und zufrieden mit sich und der Welt kehrte er alsbald in das Haus seines Schwagers zurück. Etliche Besucher waren schon anwesend. Peter verteilte Sekt zur Begrüßung und Frank nahm dankend ein Glas entgegen. Er hatte wohlweislich sein Auto in der Tiefgarage des Hotels stehen lassen, da er mit der Familie und deren Freunden anzustoßen gedachte. Peter prostete ihm prompt zu und bat ihn: „Kommst du mit und hilfst mir, die Gläser zu verteilen? Es sind einige Gäste gekommen, die du noch nicht kennst. Ich könnte sie dir auf diesem Wege gleich vorstellen."

„Gerne", antwortete Frank und folgte Peter, der ein Tablett voller Sektgläser in seinen Händen balancierte. Inmitten einer Gruppe Personen, die Frank allesamt völlig ungekannt waren, entdeckte er seinen alten Freund Leon. Die beiden Männer begrüßten sich sehr herzlich. Aus dem Augenwinkel heraus entdeckte Frank Peters Schwester Mirabelle, die ziemlich dicht an Leon herangerückt stand und nahm sie gern in die Arme. Sie sah wieder einmal umwerfend aus, fand er. Aber da war noch etwas anderes in ihrem Gesicht, das sie strahlen ließ wie nie zuvor. Leons Wangen wirkten leicht gerötet. Ob sich da wohl zwischen den beiden ein Techtelmechtel anbahnte? Er gönnte es dem Freund von ganzem Herzen, wusste er doch von Peter, wie lange sich jener nach einer dauerhaften Beziehung sehnte.

„Ich habe natürlich als Erster geschossen und das Wildschwein brach sofort zusammen!", tönte eine gewaltige, angeberische Stimme zu ihnen herüber.

Was ist das denn für ein Idiot?, durchzuckte es Frank. Neugierig blickte er in die Richtung, aus der sich der Prahlhans weiterhin mit abenteuerlichen Jagderlebnissen brüstete. Indem führte Peter seinen Schwager auch schon zu diesem Mann hin, dessen leicht aufgedunsenes Äußeres auf einen ziemlich ungesunden Lebenswandel schließen ließ.

„Darf ich dich mit Oliver Ströwe bekannt machen? Er ist seit einiger Zeit ein Arbeitskollege von mir. Oliver, das ist Frank, Sabines Bruder."

„Hallo!", begrüßte Oliver den Neuankömmling spröde, offensichtlich verärgert, dass er seine lautstarke Tirade unterbrechen musste. Plötzlich bildete sich eine Falte über dessen Nasenwurzel, als wenn er sich an etwas Wichtiges erinnern müsste. Doch sogleich verschwand die Runzel wieder, als wäre sie gar nicht erst entstanden.

„Hallo!", gab Frank ebenso kühl und distanziert zurück.

Er blickte seinem Gegenüber direkt in die rötlichen Augen und erkannte an dem glasigen Blick, dass Oliver bereits häufiger mit den Anwesenden angestoßen haben musste.

Leicht angewidert wandte sich Frank sich ab und stellte sich artig in der gesamten, restlichen Runde vor. Dann überließ er Oliver gerne das Feld, der erleichtert, endlich wieder zu Wort kommen zu dürfen, erneut ansetzte, um die nächste Anekdote mit schriller, erhobener Stimme zum Besten zu geben. „Habt ihr mich auch alle gesehen?", drückte seine ganze Pose aus.

Frank hatte genug gehört. Er schaute sich nach Sabine um. Vielleicht konnte er ihr noch zur Hand gehen. Da tauchte sie bereits neben ihm auf und fragte: „Darf ich dir einen ganz besonderen Menschen ans Herz legen? Frank, wo steckst du denn?"

An das, was in den nächsten Augenblicken geschah, würde sich Frank bis an sein Lebensende erinnern. Er sah sich mit einer wunderschönen Frau konfrontiert, die ihn mit den herrlichsten grünen Augen anstarrte, die er je gesehen hatte. Später musste er sich eingestehen: Er liebte sie sofort! Er schaute sie an, hinterfragte keines seiner Gefühle, war wie versteinert, stand wie angewurzelt auf seinem Platz und war nicht in der Lage, seinen Mund aufzumachen.

Hier gab es keine Sekunde des Zweifels, er kannte die entzückende Frau überhaupt nicht, wusste nichts von ihrem Charakter, einfach rein gar nichts und doch wusste er das Eine: Er liebte sie! Bedingungslos und augenblicklich! Es gab kein Zurück.

Sabine stellte sie ihm als Miranda vor. Einen anderen Namen konnte es für dieses himmlische Wesen gar nicht geben. Sie war die attraktivste und beseelteste Frau, die ihm bisher begegnet war.

Es gab keine Marina, keinen Herzschmerz und keine Grübelei mehr, selbst Sabine und die Anwesenden verschwammen vor seinen Augen. Es existierten nur noch

Miranda und er. Es kam ihm vor, als erkannten sie einander. Wesen, die füreinander bestimmt, das große Glück erfahren durften, sich unter Milliarden von Menschen endlich gefunden zu haben. Zwei Seiten einer Münze, die zusammenpassten. Und ihr schien es tatsächlich nicht anders zu gehen. Beide bemerkten nicht, wie still es mit einem Male um sie herum wurde. Sie himmelten sich an, in der Liebe reinster Form. Wie aus weiter Ferne hörte Frank, wie Sabine versuchte, den Moment, der ihm alles bedeutete, mit irgendeinem Smalltalk zu überbrücken und erwachte erst aus seiner Erstarrung, als sie Miranda und ihn direkt ansprach.

Liebesgeflüster

Zwei Seelen hauchen sich Worte der Innigkeit entgegen.
Zwei Seelen sind eins.

Zwei Münder finden ihren Weg und ihre Bestimmung.
Zwei Münder nähern sich.

Zwei Herzen schlagen im Takt, in Gleichklang und Harmonie.
Zwei Herzen tanzen sich eins.

Und wie sich alles so liebevoll fügt,
wandelt eine grausame Welt ihr Gesicht.
Sie wird strahlend, leuchtend hell
und erhebt sich über den Horizont.

„Euch kann man wohl gut alleine lassen!" Sabine nahm Mirandas kalte Hand und legte sie behutsam auf Franks Arm. Eine Welle des Glücks, die er so vehement nicht erwartet hatte, durchflutete ihn, als sie einander so unvermittelt berührten. Was mit dieser Berührung begann, bescherte den beiden, von der „Liebe auf den ersten Blick" Überraschten, die seligsten Momente, die ein Tag und eine Nacht zu verschenken hatten.

Nun lag Frank in der Dämmerung des beginnenden Morgens neben Miranda und küsste sie wieder und wieder. Vergessen waren Marina und Oliver und mit ihnen alle schmerzhaften Augenblicke der Vergangenheit. Selbst der Zukunft konnten sie in ihrem Taumel keinen Wert beimessen, es zählte nur das Jetzt. Ihre Welt war nicht von dieser Welt. Das Gefühl, einander zu kennen und sich nach Jahren der Trennung endlich wiedergefunden zu haben, schien sich in der Vertrautheit ihrer Nähe zu bestätigen. Gemeinsam erforschten sie ihre Körper und verloren sich vollkommen in diesem Universum der Liebe. Nach etlichen Stunden der Leidenschaft, nach tausenden Liebesschwüren und zärtlichen Streicheleinheiten, schlief Frank erschöpft ein. Er hielt Miranda ganz fest und vergrub sein Gesicht in ihrem duftigen, lockigen Haar.

Liebe ist jetzt und alles

Wundersam und intensiv kann nur die wahre Liebe sein.
Sie ist Leben, Glück und Frieden, Freude und auch Sonnenschein.

Worte finden, Sprache sprechen und der lieben Stimme Klang.
Brauchen sie in ihrem Dasein, Treue, Hoffnung ewig lang.

Niemals kämpfend, wertend, fordernd in des andern Augen sehen.
Alles fühlen, alles spüren, jede Gestik blind verstehen.

Liebe kann nur eins bedeuten, in des Herzens großem Raum.
Alles geben, alles schenken, erwachen aus dem dunklen Traum.

Helles Licht und stete Freude öffnen jedes innere Tor.
Reichen sich die liebend Hände, schmelzen, was zu Eis gefror.

So wundersam und intensiv kann doch nur die Liebe sein.
Sie trägt alles in die Reiche voller Glück und Sonnenschein.

Dieses Mal kam die Frau aus dem Traum, den er wenige Nächte zuvor erlebt hatte, direkt und ohne Umschweife auf ihn zu. Sie lachte glücklich und streckte ihm ihre Arme entgegen. Es war Miranda, die sich selig an ihn drückte, kaum dass sie einander erreichten. Er hob sie hoch und trug sie zu seinem Bett. „Ich lasse dich nie wieder los!", flüsterte er ihr wie ein heiliges Versprechen ins Ohr.

Die Schwärze kam plötzlich und Frank war ihr völlig unvorbereitet ausgeliefert. Sie riss ihn von seiner Geliebten fort und er taumelte seelenlos, vollkommen allein durch einen Kosmos der Dunkelheit, geplagt von einer Sehnsucht, die ihn grausam und hart traf. Ihm schwanden die Sinne.

Schweißnass und nackt landete er im Hotelzimmer unter seinem zerwühlten Laken. Miranda lag nicht mehr neben ihm. Ein furchtbarer Schreck durchfuhr ihn! Wo war sie? War sie etwa davongelaufen? Frank war noch völlig durcheinander, in seinem verwirrenden Traum gefangen. Hatte er den gestrigen Tag und die vergangene Nacht wirklich erlebt? Er hörte Geräusche aus dem Badezimmer und schälte sich ungeduldig aus den ihn umschlingenden Betttüchern. Dann katapultierte er sich von der Matratze und schoss ins Bad.

Miranda betrachtete ihr Spiegelbild und schien zufrieden mit dem, was ihr da entgegenblickte. Sofort war Frank bei ihr, schmiegte sich an sie, hielt sich wie ein Ertrinkender an ihr fest und küsste ihren Nacken. Freudig drehte sie sich zu ihm um und ihre Lippen fanden zueinander. Eine Welle der Erleichterung überschwemmte Franks Seele. Sie war bei ihm, alles war gut.

Einige Zeit später, nachdem sie sich noch ein letztes Mal für diesen Tag unendlich nahe sein konnten, klopfte es an der Hotelzimmertür. Ein strahlender Leon stand mit einem breiten, verschmitzten Lächeln vor ihnen, um sie abzuholen.

Am Haus der Schreibers angekommen, kletterte Miranda

aus dem Notsitz des Porsches auf die Straße hinaus. Sie nahm Franks Hand und gemeinsam gingen sie auf die Haustür zu, als Miranda erneut stehen blieb und sich entsetzt umschaute. Blässe überzog ihr von Angst und Beklommenheit verändertes Gesicht. „Frank, Leon, könnt ihr das sehen? Dort drüben, neben der dicken Eiche steht da nicht ein Mann? Oder narren mich schon Gespenster?", wandte sie sich panisch an ihre Begleiter.

Nun sah Frank ebenfalls eine Gestalt, unweit von ihnen entfernt, die sich tiefer in den Schatten des Stammes zurückzog. Auch Leon zuckte zusammen. „Tatsächlich, da ist jemand. Sieht ganz schön gruselig und vor allem seltsam aus, wie er sich da versteckt", kommentierte er.

„Was macht er da? Warum macht er das?", fragte er sich ungehalten.

In diesem Moment aber war die Person verschwunden. Leon rannte los, umrundete den Baum mehrmals, guckte hinter einer anderen Eiche und hinter Birken nach, die die Straße säumten und schüttelte resigniert den Kopf. „Da ist nichts!", konstatierte er verdutzt und maßlos erstaunt. „Ich wette, dort stand eben noch jemand. Miranda, wenn du verrückt bist, bin ich es auch."

Ein Hund, der mit seinem Herrchen an ihnen vorbeilief, stoppte plötzlich aufgebracht an eben diesem Baum, hinter dem sie die Gestalt vermuteten und fing unbändig an zu kläffen. Er zog und zerrte an der Hundeleine, so dass sein Besitzer Mühe hatte, ihn zu halten. Erst nachdem es der verstörte Mann schaffte, das erzürnte und gereizte Tier weit genug von dem Ort wegzureißen, beruhigte es sich wieder. So hatte er seinen Liebling noch nie erlebt. Verwirrt schüttelte er mit seinem Kopf. Eine Wolke schob sich vor die hell strahlende Sonne und verdüsterte für kurze Momente den Lebensbereich der drei Freunde, die immer noch wie angewurzelt neben dem Gartentor standen und Herrchen und Hund nachschauten. Frank legte schützend seinen Arm um seine Geliebte.

Ein rasender Wildfang stürzte sich mit lautem Gebrüll auf Miranda, umfing ihre Beine und ließ sich von seiner Mutter gerne umarmen und küssen. Frank war furchtbar erschrocken, als der kleine Racker durch das Tor gestürmt kam. Fasziniert und in jedem Fall emotional ergriffen beobachtete er, wie innig das Verhältnis zwischen Mutter und Kind war und er bekam feuchte Augen. Auch Leon blickte zärtlich und gerührt auf die bewegende Begrüßungsszene. Miranda liebte und vergötterte ihren Sohn.

Doch sie sollten nicht zur Ruhe kommen. Eine Minisekunde später sprang Sindra ihren Onkel an, der sie sofort in die Lüfte hob und sich mit ihr zu drehen begann. Das Kind quietschte vor Vergnügen. Mit zwei Kindern bepackt gingen sie ins Haus und wurden mit großem „Hallo" von Peter, Mirabelle und Sabine begrüßt. Sabine strahlte ihren Bruder an. Kein Vorwurf lag in diesem Blick. War er doch gerade auf dem besten Wege, die Beziehung zwischen Oliver und Miranda gefährlich zu unterwandern und sich selbst und damit wahrscheinlich auch Miranda, auf wundervolle Weise zu heilen. Er zerstörte mit seiner Zuneigung zwar eine Partnerschaft, die schon viele Jahre Bestand hatte und aus der ein so nettes Kind wie Johannes hervorgegangen war, die aber mittlerweile wie eine vernachlässigte, eitrige Wunde stank.

Deshalb schien Sabine offenkundig froh und zufrieden zu sein. Ein schlechtes Gewissen Oliver gegenüber stellte sich nicht ein. Zwei unglückliche Menschen hatten sich über Nacht in zwei glückliche Menschen verwandelt. Sabine schwor sich in ihrem tiefsten Inneren, Miranda bei allem zu unterstützen, wenn sie sich entschied, sich von ihrem rücksichtslosen, gewalttätigen Lebensgefährten zu trennen. Sie wusste, ein solches Abenteuer barg vielerlei unbekannte, ungeahnte Schwierigkeiten und Gefahren und würde nicht leicht über die Bühne gehen. Ein Mann wie Oliver ließ sich nicht so einfach die Butter vom Brot nehmen.

Miranda trug Johannes immer noch, der seine Ärmchen um den Hals seiner Mutter schmiegte.

„Onkel Leon bringt uns gleich nach dem Brunch zu Papa nach Hause. Mal sehen, was der so treibt ohne uns", säuselte Miranda ihrem Jungen zu.

Doch statt freudig zu reagieren, zuckte Johannes bei diesen Worten nervös zusammen und presste sich noch enger an sie. Frank sah dies und zog seine Augenbrauen nach oben, doch Miranda schien die negative Reaktion des Kindes nicht bemerkt zu haben. Sie drückte ihm zärtlich noch einen Schmatzer auf die Wange und ließ ihn dann vorsichtig zu Boden gleiten. Johannes krabbelte auf den freien Stuhl neben Sindra und begann kindgerechten Smalltalk zu praktizieren.

Miranda ging hinaus auf die Terrasse, Frank folgte ihr. Er war so unendlich traurig, sich bald von ihr verabschieden zu müssen. Er umarmte und küsste sie, hielt sie fest und sie erwiderte all seine liebevollen Gesten innig. Die hier Anwesenden wussten sowieso Bescheid, warum sollten sie sich vor ihnen noch verstecken? Wieder und wieder gestanden sie sich ein, wie sehr sie einander liebten.

Plötzlich hielt Miranda inne und sah zu dem Geliebten auf: „Frank, ich kann ohne dich nicht leben, nur bitte ich dich, lass mir Zeit, die Situation zu überdenken. Du hast mich so glücklich gemacht. Bestimmt finde ich jetzt die Kraft, mich aus allem zu befreien!"

Frank sah in Mirandas Augen Angst und Verzweiflung aufkeimen, während sie ihn bat, auszuharren, bis sie einen geeigneten, sinnvollen Weg gefunden hatte, sich aus den umklammernden Klauen ihres rabiaten Partners zu lösen. Sie musste schließlich an Johannes denken und die Lage sollte schon seinetwegen so zartfühlend wie möglich angegangen werden. Ihre Furcht vor dem verhassten Mann schnürte ihm die Kehle zu. Er spürte Tränen unter seinen Lidern hervorquellen und blinzelte sie weg. Miranda küsste ihn zärtlich, dankbar, Mitgefühl von ihm zu erhalten, als es im Esszimmer laut wurde: „Kommt ihr bitte, die Spiegeleier werden ja ganz kalt!"

Nur ungern ließen sie voneinander ab und setzten sich an den gedeckten Tisch, um mit den anderen zu brunchen. Eigentlich wollten sie jede Minute, die ihnen noch blieb, mit sich allein verbringen.

Frank nutzte eine Essenspause seines Schwagers aus, ihn über Kaspar Leimas auszufragen. Er hatte Miranda gegenüber die Vermutung geäußert, es könne sich bei dem vermeintlichen Spitzel um diesen Mann handeln. Peter bestätigte seinen Verdacht. Die schwarze Kleidung, das Haar, alles sprach für ihn. Peter meinte nachdenklich, auch er habe den Eindruck gehabt, der schaurige Kerl sei sowohl im Garten als auch um das Grundstück herumgeschlichen. Miranda war dankbar, keiner Verrücktheit aufgesessen zu sein. Furcht stand ihr ins Gesicht geschrieben. Sabine schüttelte angewidert den Kopf bei dem Gedanken, der Bursche könne den Kindern zu nahe gekommen sein. Sie fand diesen Menschen einfach nur absolut abscheulich und beängstigend.

Nach dem Brunch war es nun soweit. Miranda und Johannes mussten sich von Frank trennen. Johannes wackelte auf seinen kurzen Kinderbeinchen zutraulich auf Frank zu, ließ sich auf dessen Schoß heben, schlabberte ihm ein feuchtes Küsschen auf die Nase und sagte:

„Tschüss Farank!"

„Fank heißt der!", verbesserte Sindra ihren neuen Freund entrüstet.

„Sag ich doch, Farank!"

Miranda und Frank lachten. In seinem Herzen ging bei dem Anblick ihrer lachenden Augen die Sonne auf und er schob sie ein letztes Mal sanft von den Gästen und den Kindern fort. Er hatte sich vorgenommen, gleich morgen bei seinem Chef weitere Urlaubstage einzufordern, die ihm die Personalchefin Frau Kruter bereits zugestanden hatte. Wenn er noch bleiben könnte, erhoffte er sich noch etliche Gelegenheiten, Miranda treffen zu können, bevor er seine Geschäftsreise antreten musste.

Diese nahm seinen Vorschlag tränenüberströmt und unendlich dankbar an. Ihr Kummer war sein Kummer. Sein Herz wurde schwer beim Anblick ihres traurigen, doch so schönen Gesichtes. Bei seinen vielen Auslandsreisen war Frank eine kleine, silberne, herzförmige Brosche mit einem winzigen Brillanten in der Mitte, in die Hände geraten. Diese hatte er spontan gekauft, trug sie seitdem stets mit sich herum. Komischerweise war er nie auf die Idee gekommen, sie Marina zu schenken. Jetzt wusste er genau, für wen er dieses Kleinod aufgehoben hatte. Er legte das Herzchen in Mirandas Hand. In ihr erkannte er die Frau, die ihm alles bedeutete, die er mit ganzer Seele liebte und verehrte. Nun umfingen sie sich ein letztes Mal, den Augenblick des Abschieds schmerzhaft fühlend, der sich vorher Minute für Minute herauszögern ließ. Doch jetzt war endgültig der Zeitpunkt gekommen, sich vorläufig zu trennen. Sie wandten sich voneinander ab, schon jetzt quälende Sehnsucht in den Herzen. Johannes und Sindra schauten verwirrt drein, sagten aber kein Wort.

Nachdem sich die Autotür von Leons Porsche geschlossen und dieser sich in Bewegung gesetzt hatte, blickte Frank dem Wagen so lange hinterher, bis er um die nächste Ecke verschwunden war. Nur schwerlich konnte er den Impuls unterdrücken, ihm und seiner Liebe zu folgen. Er kehrte zurück ins Haus, wo Sabine ihn in Empfang nahm und ihn liebevoll an sich drückte.

Sehnsucht

Sehnsucht greift mit kalter Hand,
verwundet schwer und führt
die Seele fort von dem Verstand,
sobald sie sie berührt.

Ein wehes Herz ist tränenschwer,
pocht dumpf im Takt der Trauer.
Gefühle dümpeln hin und her,
das Himmelszelt wird grauer.

Ganz hinten, dort am Horizont
erwachsen schwarze Mauern.
Ein Blick hier rüber sich nicht lohnt,
weil hier die Schrecken lauern.

Frank löste sich von seiner Schwester und erläuterte mit gepresster Stimme den Plan, noch ein paar Tage vor Ort bleiben zu wollen, um Miranda nahe sein zu können.

„Frank, das finde ich richtig toll. Ich schwöre dir, ich werde dir helfen, Miranda zu sehen. Morgen früh, nachdem ich Sindra in den Kinderhort gebracht habe, werde ich sie abholen und zu dir bringen. Oliver muss arbeiten, er wird keinen Verdacht schöpfen!" Tiefstes Mitgefühl schwang in ihrer Stimme.

„Ihr zwei habt dann Gelegenheit in Ruhe zu überlegen, wie ihr es schaffen könnt, zusammenzubleiben. Wichtig ist, mit Johannes äußerst sensibel umzugehen. Oliver ist sein Vater. Er hat ein Recht auf sein Kind und er wird sich auf dem Wege absichtlich immer in euer gemeinsames Leben einmischen und es euch verleiden wollen. Oliver, in seiner Ehre gekränkt, wird sich rächen wollen. Er könnte Miranda, aber auch seinen Sohn schlecht behandeln. Versuchen, ihn aufzuwiegeln, was weiß ich? Alles würde dazu beitragen, euer Zusammensein zu boykottieren. Aber daran könnt ihr denken, wenn es soweit ist! Komisch, Leon erzählte mir, er habe Oliver vor Jahren als ganz besonders netten und liebenswerten Typen kennengelernt. Er meinte, er habe sich irgendwann mit den falschen Leuten abgegeben."

„Ja, das hat er mir auch so gesagt. Wie kriegt man es hin, einen humorvollen, außergewöhnlichen Menschen so sehr zu verändern? Vor allem frage ich mich, wer hat denn ein wahrhaftiges Interesse daran, eine solch menschlich negative Verwandlung herbeizuführen? Was hat Miranda damit zu tun? Sie ist schließlich diejenige, die am meisten darunter zu leiden hat!"

„Ich weiß es auch nicht. Dennoch spukt mir beim Überdenken all dieser Fragen nur ein Name durch den Kopf: Kaspar Leimas! Ich glaube, er wäre in der Lage, Oliver zu beherrschen, aus welchen Gründen auch immer!"

Noch ein Weilchen spekulierten die beiden ohne

nennenswerte Ergebnisse. Mirabelle hatte in der Zwischenzeit die Spülmaschine befüllt. Peter spülte die Pfannen und das Geschirr, welches in der Maschine keinen Platz mehr fand. Mit tatkräftiger Unterstützung von der kleinen Sindra. Sie stand auf einem niedrigen Plastikhocker vor der Spüle und schrubbte gerade einen kleineren Topf mit Unmengen von Spülmittel und dem entsprechenden Schaum. Ihre Fingerchen wirkten aufgeweicht und schrumpelig von ihrer Arbeit im warmen Wasser. Von ihren Ärmchen tropfte es. Nun reinigte sie voller Inbrunst das Waschbecken und hatte offenbar nicht vor, innerhalb der nächsten Minuten damit aufzuhören.

Mirabelle verabschiedete sich. Sie wollte nach Hause fahren, um ein wenig zu schlafen, wie sie mit hübschen rosa Wangen verlegen erklärte. Später würde sie sich noch mit Leon treffen. *Wie unkompliziert sich deren Leben gestaltet,* dachte Frank und konstruktive Energie erfüllte ihn. Auch für Miranda und ihn sollte es über kurz oder lang zu einem Happy-End kommen, dafür würde er sorgen.

Das ganze Haus war perfekt aufgeräumt. Sämtliche Partyrückstände waren beseitigt und auch die Reste des opulenten Frühstücks waren verschwunden. Müde von zu wenigem Nachtschlaf begaben sich Frank und seine Familie hinaus auf die Terrasse und belagerten schläfrig die Liegestühle. Bald schon wurde es still im Garten. Alle duselten irgendwie vor sich hin. Selbst Sindra fielen die Augen zu. Frank verlor sich in der Erinnerung an die vergangene Nacht und die letzten Stunden und beschloss, nochmals aufzustehen, um sofort seinen Boss wegen des geplanten Urlaubs anzurufen. Er musste Miranda nochmals treffen, bevor er nach Hause zurückkehrte, um sich auf die bevorstehende Dienstreise vorzubereiten. Doch der Chef ging nicht an sein Telefon.

Ich werde es einfach später nochmal probieren, nahm er sich vor, spazierte wieder hinaus zu den anderen und ließ sich müde auf seine Liege fallen. Sabine, Sindra und Peter hatte der Schlummer bereits fest im Griff. Frank, dem die Sehnsucht erneut zu schaffen machte, holte sich Mirandas Bild vor sein geistiges Auge. Schon bald driftete auch er ab in das Reich der Träume.

Nach ausgedehntem Mittagsschlaf erwachten sie fast gleichzeitig. Aber nur deswegen, weil Sindra, die als erstes die Augen aufgeschlagen hatte, nichts unversucht ließ, ihre Eltern und Frank aus der wohlverdienten Ruhe in die Wirklichkeit zurückzuholen. Peter stand auf und küsste seine Frau überschwänglich. „Ich muss noch einiges für morgen fürs Büro vorbereiten. Wenn ihr mich einen Augenblick entschuldigt. Dann kann ich das schnell erledigen und wir können anschließend noch ein bisschen spazieren gehen, wenn ihr wollt oder eine Tasse Kaffee trinken."

„Ja, das wäre prima", antwortete Sabine.

„Mama, wo ist denn das Kleid von meiner Puppe, das du mir genäht hast? Das mit den Blumen?"

„Ist es denn nicht in deinem Zimmer?"

„Ich weiß nicht!"

„Komm, wir gucken mal! Danach kochen wir Kaffee!"

Stöhnend und dabei lachend kam Sabine auf die Beine, nahm ihre Tochter bei der Hand und beide verschwanden im Haus. Frank blieb allein auf der Terrasse zurück. Er überlegte sich, die Zeit zu nutzen, es nochmals telefonisch bei seinem Chef, Herrn Thomas, zu versuchen, solange die anderen ebenfalls beschäftigt waren.

Ehe er sein Vorhaben in die Tat umsetzen konnte, zeigte sich die Veranda plötzlich in einer ominösen, gelblichen Düsternis. Er blickte hinauf zum Firmament und sah riesige, ausgedehnte Wolkenfelder, die in unglaublicher Geschwindigkeit, einer Zeitrafferaufnahme gleich, über den eben noch strahlend blauen Himmel rasten und dabei die Sonne verdeckten. Komisch, kein Lüftchen regte sich hier unten und trotzdem musste dort oben wahrlich ein heftiger Orkan toben. Der Garten, das Haus, alles um ihn herum nahm einen schmierigen Farbton an. Die Fensterscheiben schienen zu wabern, als wären sie nicht aus Glas, sondern aus weichem Plastik, das sich durch zu große Hitze ausgedehnt hatte und durch irgendetwas in Bewegung geraten war. Die Bäume um ihn herum bewegten sich offenkundig auf ihn zu.

Seine gesamte Umgebung wirkte mit einem Schlag schmutzig, wie besudelt. Träumte er schon wieder oder wurde er durch die Müdigkeit, die ihn immer noch gefangen hielt, zu Halluzinationen gezwungen? Frank wollte gerade aufstehen, um ins Gebäude zu gehen, als sich zwei Hände eisern, massiv zupackend um seinen Hals legten, seine Gurgel suchten und bestialisch fest zudrückten. Völlig überrumpelt, schaffte er es nicht, den Angriff abzuwehren. Sein ganzer Körper begann zu zittern und seine Beine scharrten haltlos über das Polster seiner Liege. Mit der Schwärze kam die Bewusstlosigkeit und zog ihn fort aus der Welt, die er kannte.

Peter betrat die Terrasse, ein Tablett mit Kaffeegeschirr balancierend, gefolgt von Sindra, die eine Warmhaltekanne trug und von Sabine, die den Kuchen transportierte. Die Sonne brannte vom wolkenlosen Firmament und Peter kurbelte die Markise herunter, um sich und seine Familie vor direkter Sonneneinstrahlung zu schützen.

Gemeinsam deckten sie den Tisch für drei Personen, zogen sich die Liegestühle heran, die sie mit kurzen Handgriffen in eine bequeme Sitzposition brachten. Sindra ließ sich auf ihrem Platz nieder und fragte: „Fank?"

Niemand reagierte. Sabine schnitt den Kuchen an, Peter goss Kaffee ein und Sindra bekam ein Safttütchen. Bald plauderten sie über die Fete, die sie am vergangenen Tag organisiert und mit vielen Freunden gefeiert hatten und äußerten sich wohlwollend darüber, wie gut doch alles gelungen war.

„Die Frau von deinem Kollegen ist echt nett", sagte Sabine.

„Es wäre schön, wenn wir Kontakt halten könnten. Nicht wahr, Sindra? Johannes ist doch auch super, oder?

Ernsthaft nickte Sindra und kicherte.

Der Albtraum beginnt

Ferne / Nähe

Sie blickt hinein in diese wundervollen Augen,
die alles verheißen und ein Versprechen sind.
Lässt sich voll Liebe tief in sie saugen,
glaubt ihnen alles, vertraut ihnen blind.

Sie verehrt dieses Gesicht, das die Lider umgibt,
möchte es zärtlich streichelnd berühren.
Ihr Innerstes weiß, wie sehr sie ihn liebt,
doch ahnt sie nicht, wohin mag das führen.

Und liebend lehnen zwei Körper sich an,
wollen keinen Moment des Glückes versäumen.
Brennende Leidenschaft schlägt sie in ihren Bann,
öffnet versteinerte Herzen, lässt selig sie träumen.

Es gibt nur das Jetzt, doch schon naht die Nacht,
lässt sie in trüber Finsternis stehen.
Entreißt sie einander mit gewaltiger Macht.
Sie ruft ihn verzweifelt, aber er kann nichts sehen.

So bleibt nur die Sehnsucht, die Trauer, der Schmerz,
Flüsse von Tränen werden zu Eis.
Voll Entsetzen erstarrt ein weiches Herz,

das vor Kummer nicht mehr zu hoffen weiß.

Es zog sie auseinander der Dunkelheit Brut,
nahm ihnen jegliches Glück.
Raubte ihnen gewaltsam Stärke und Mut,
schleifte sie grausam in die Trübsal zurück.

Miranda schlug die Augen auf. Gleißendes Licht drang unter ihre noch müden Lider. Sie blinzelte schlaftrunken, versuchte sich zu konzentrieren und sich an die irrisierende Helligkeit zu gewöhnen. Von irgendwoher drangen leise, sachte Geräusche an ihr Ohr. Sie dachte an Frank. Erinnerte sich an seine hingebungsvolle Liebe, seine schützende Anwesenheit und Präsenz, die sie für den Augenblick erleben durfte und die sie nun in der Ganzheit ihres Herzens ausfüllte.

Johannes kam um die Ecke, zog sich auf das Bett hinauf, auf dem Miranda gerade wach geworden war. Er schmiegte sich an sie und blieb ruhig und stumm neben ihr liegen, um ihr Zeit zu geben, sich zu sammeln. Sie liebte ihren Sohn und sein rücksichtsvolles Wesen, liebte diese Momente der innigen Zweisamkeit zwischen ihnen.

„Mama", flüsterte er lauschend. Dann wieder: „Mama, bist du wach?"

„Ja, mein Liebling, jetzt schon!", Sie drückte den kleinen Kerl an sich.

„Hallo, meine Schöne!", tönte es plötzlich aus der Richtung der Schlafzimmertür. Oliver stand im Türrahmen und betrachtete liebevoll die Szenerie. Er sah ausgeruht und gesund aus. Nicht so aufgedunsen und verlebt, wie in den letzten Tagen. Gut gelaunt trat er auf Miranda zu, beugte sich über sie und küsste ihren Mund. Angeekelt zuckte sie zurück. Was sollte das denn? Doch Oliver schien ihre Abscheu nicht zu bemerken. „Na, meine Prinzessin, wie geht es dir heute Morgen?", säuselte er ihr in die Ohrmuschel.

Miranda stockte der Atem. Schauer des Grauens rannen ihr den Rücken herunter und sie begann schlagartig zu schwitzen. Was war denn in Oliver gefahren? Irgendetwas stimmte hier ganz und gar nicht.

„Ich habe für euch Frühstück gemacht. Spiegelei mit Schinken, Toast und Tomaten, Tee für dich und Milch für

Johannes. Alles genau so, wie ihr es gerne mögt. Ich kann leider nicht bleiben. Bin schon spät dran. Die Arbeit ruft! Ich melde mich nachher mal bei dir vom Büro aus, um zu sehen, wie es euch geht!"

Johannes schien die Situation eher unheimlich zu sein. Mit jedem Wort seiner Vaters presste er sich enger an seine Mutter heran. Doch Oliver registrierte das nicht. Gutgelaunt fragte er: „He, was ist los, mein Schatz? Hast du etwa keinen Hunger?"

„Doch, doch!", beeilte Miranda sich zu antworten. „Ich bin nur noch ein bisschen verschlafen. Komm, Johannes, lassen wir Tee und Milch nicht kalt werden! Danke Oliver. Ich weiß gar nicht so recht, was ich sagen soll, wie ich mich für den Verwöhnmoment bedanken kann?"

„Du brauchst gar nichts zu sagen, mein Engel. Ist das nicht in einer Partnerschaft selbstverständlich? Außerdem fällt mir heute Abend schon das Passende ein. Soll ich Wein oder Sekt mitbringen?" Er flirtete sie tatsächlich lasziv an.

Verdammt, was hatte das zu bedeuten? In Miranda tobte ein regelrechter Kampf. *Großer Gott, Oliver ist jetzt vollends durchgeknallt. Ich will hier weg!*, schrie ihr Verstand.

Indem beugte sich ihr Partner über sie, um sie erneut zu küssen.

„Eh, ich habe mir doch noch gar nicht die Zähne geputzt", versuchte sie ihn abzuweisen.

„Das macht doch nichts. Ich liebe dich doch, sollte mich da ein bisschen Mundgeruch abhalten, dir meine Zunge in den Hals zu schieben?", schmeichelte er dreist.

Er drückte seine Lippen auf die ihren und drängte wahrhaftig seine Zunge schlabbernd, suchend in ihren Mund. *Jetzt reicht es aber*, dachte Miranda aufgebracht. Doch ehe sie sich irgendwie zur Wehr setzen konnte, beendete er den unliebsamen Vorgang auch schon und sagte: „Ich muss dann mal los. Du weißt, Peter und der

Boss mögen es gar nicht, wenn man zu spät kommt. Macht euch einen schönen Tag! Wir sehen uns heute Abend. Ich bringe uns einen guten Tropfen mit, was meinst du?"

Nach wie vor völlig überfordert von dem Szenario, das sich hier abspielte, nickte Miranda fast mechanisch. „Ja, prima, also dann bis nachher."

Im nächsten Moment war er auch schon verschwunden. Sie hörte die Tür ins Schloss fallen und richtete sich auf. Blödes Getue. So hatte der Täuberich nicht mal am Anfang ihrer Beziehung gegurrt. Etwas stimmte hier absolut nicht.

Als Oliver von Peter gesprochen hatte, durchströmte Miranda ein angenehmes, warmes Gefühl. Die Erwähnung von Peters Namen trug Erinnerungen an Frank an die Oberfläche ihres Bewusstseins, an all die schönen, verheißungsvollen Stunden, die sie mit ihm verbringen durfte und sicherlich noch verbringen würde.

Rasch umarmte sie ihren Jungen ein weiteres Mal und ging mit ihm in sein Zimmer, wo er sich vor einem Gebäude aus Legosteinen niederließ und eifrig zu spielen begann. Johannes war bereits fertig angezogen und trug eine Jeans und ein helles T-Shirt mit buntem Aufdruck, das Miranda besonders gern an ihm sah. Ihn eine kleine Weile beobachtend, schob sie dann ab ins Bad.

Dort putzte sie sich die Zähne, duschte ausgiebig und schminkte sich. Währenddessen kam auch Johannes dazu. Er stellte sich auf einen Hocker neben dem Waschbecken und betrachtete sich intensiv im Spiegel. Dann griff er, energisch und selbstkritisch schauend, zum Kamm und fuhr damit akribisch durch sein langes, blondes Haar. Miranda lächelte in sich hinein: *Eitler, kleiner Bursche.*

Gemeinsam gingen sie hinüber in die Küche. Inzwischen waren der Tee und die Milch natürlich doch kalt geworden. Das störte Miranda nicht im Geringsten. Sie traute der Freundlichkeit ihres Partners nach all der Zeit der Entwürdigungen und Demütigungen nicht über den Weg.

So gemein er oft zu mir ist, dachte sie voller Sarkasmus, *hat er wahrscheinlich meinem Getränk etwas Unangenehmes beigemischt.*

Außerdem war sie weder hungrig noch durstig. Der Gedanke an Frank ließ in ihrem Bauch tausend lustige Elfen ihr Unwesen treiben. Deshalb entschied sie sich, erst einmal bei ihrem Geliebten anzurufen. Er hatte ihr ja gestern beim Abschied seine Karte gegeben. „Johannes, du kannst schon essen! Mama muss noch mal eben telefonieren."

Das ließ er sich nicht zweimal sagen. Sie half ihm flugs auf seinen Kinderstuhl hinauf, nahm ein Spiegelei von der Warmhalteplatte, legte es auf seinen Teller und er begann zu spachteln.

Miranda huschte in den Flur und griff in alter Gewohnheit nach ihrer Handtasche. Und griff daneben! Sie befand sich nicht an Ort und Stelle. Merkwürdig, sie war sich ganz sicher, sie an den dafür vorgesehenen Haken der Garderobe gehängt zu haben. Aber sie war nicht dort! Hastig schaute sie sich um und entdeckte die schwarze Ledertasche unter dem runden Telefontischchen, welches neben der Eingangstür stand.

Eine eiskalte Hand packte in ihren Nacken und sorgte für kribbelige Schauer, die ihren Rücken herunterrieselten. Ein schrecklicher Verdacht drängte sich in ihr Bewusstsein. Oliver! Er hatte ihre Tasche durchwühlt. Das war ganz klar! Miranda hob sie auf, öffnete sie und holte ihr Portemonnaie heraus. Neben ihrer Scheckkarte, einigen Geldscheinen von geringem Wert und ein paar Münzen war dort nichts zu finden. Die Visitenkarte, die Frank ihr ausgehändigt und auf die er auch die Telefonnummer des Hotels Bellevue notiert hatte, war verschwunden.

Scheiße! Innerhalb einer Zehntelsekunde rannen Ströme kalten Schweißes Mirandas Körper herab und ließ sie frösteln. Eine Welle übelkeiterregender Angst schnürte ihr die Kehle zu. Sie war froh, nichts im Magen zu haben. Die gute Stimmung war verflogen. Mit fliegenden Fingern riss sie an der Schublade des Tisches und machte sie ganz auf, um an das dort befindliche Telefonbuch zu gelangen. Zuerst suchte sie sich die Nummer des Hotels heraus. Mit klopfendem Herzen tippte sie die Zahlen ein und wartete auf Antwort. Schon nach dem ersten Klingeln meldete sich eine freundliche, jedoch unpersönlich, distanziert wirkende Frauenstimme.

„Rezeption Hotel Bellevue. Sie sprechen mit Marlene Kaiser. Was kann ich für Sie tun?"

„Guten Morgen, Frau Kaiser. Mein Name ist Rheit, Miranda Rheit. Ich hätte gerne mit Frank Trinel gesprochen, wenn das möglich wäre. Zimmernummer 33."

„Einen Augenblick bitte, Frau Rheit. Ich habe gerade erst mit meiner Schicht begonnen. Der Name sagt mir im Moment nichts. Ich schaue gerne für Sie nach."

Miranda hörte Papier rascheln, im Hintergrund vernahm sie dumpfe Stimmen von Personen, die sich unterhielten und lachten. Der Kloß, der sich in Mirandas Hals festgesetzt hatte, drohte zu platzen. Jeder Nerv spannte sich an und die Welt um sie herum veränderte sich. Es herrschte hier plötzlich ein übles Chaos und sie wusste nicht, wie es entstanden war und welche Auswirkungen, positiver oder negativer Art, es auf sie haben würde. Sie hatte eine Heidenangst vor dem, was sie jetzt auf sich zukommen sah. Die Beklemmungen, die sie ganz in ihrer Gewalt hatten, wurden mit jedem Moment schlimmer, den sie lauschend und wartend zubrachte! Dann endlich meldete sich Frau Kaiser wieder und Miranda verfluchte das Leben.

„Tut mir Leid, Frau Rheit, einen Gast dieses Namens beherbergen wir hier nicht."

„Aber das kann nicht möglich sein. Ich sagte ihnen grade doch, er bewohnte das Zimmer 33 im dritten Stock. Bitte! Es ist ungeheuer wichtig für mich. Schauen Sie noch einmal nach! Bitte!"

Frau Kaisers menschliche Zurückhaltung wich einem Gefühl weiblicher Solidarität. Sie spürte die Verzweiflung und die Furcht in der Stimme der Anruferin. *Wieder so ein armes Wesen*, dachte sie, *das nach einem One-Night-Stand auf der Suche nach Einhaltungen von Versprechungen und Liebesschwüren ist.* Trotzdem durchforstete sie nochmals die gesamte Kartei mit den Namen der Gäste vom vergangenen Wochenende, fand den Namen Frank Trinel aber nicht. Die Zimmer 33 und 34 waren von einem Mann, namens Kaspar Leimas angemietet worden. Das sagte Marlene ihrer Gesprächspartnerin jedoch nicht. Sie durfte in ihrer Position als Portier keine Namen weitergeben.

„Frau Rheit, es ist mir außerordentlich unangenehm, aber einen Frank Trinel gibt es weder in Zimmer 33 noch im gesamten Hotel. Ich habe alles sorgfältig überprüft."

„Aber er muss bereits am vergangenen Mittwoch bei Ihnen abgestiegen sein." Vollkommen niedergeschlagen griff Miranda nach jedem Strohhalm, doch keiner bot ihr den Halt, den sie so dringend brauchte.

„Leider kann ich nichts weiter dazu sagen, liebe Frau Rheit. Ich würde Ihnen wirklich gerne helfen!" Mit aufrichtigem Bedauern in ihrer Stimme, verabschiedete sich Marlene Kaiser von Miranda, legte den Hörer auf die Gabel und wandte sich wieder ihrer Arbeit zu.

In Mirandas Ohren rauschte zerstörerische Stille.

Verdammnis

Trübsal verdunkelt den blendenden Tag.
Düsternis erblüht in finsterer Trauer.
Dort, wo eben noch die Liebe im Herzen lag,
durchjagen das Innerste grausame Schauer.

Die der Traurigkeit gewidmeten Tränen tropfen
und lassen eine nasse Spur im Kosmos zurück.
Bis dann Gram und Trostlosigkeit die Seele verstopfen,
eine Mauer aus Stein umspannt ehemaliges Glück.

Und schon bald ist kein Jammern mehr zu hören.
Nur die Starre des Wesens knistert leis vor sich hin.
Scheint dem Innersten Schwüre zu schwören,
grausig und hart und ohne Sinn.

Wie heiß die Gedanken der Trauer auch sind,
wandeln sie alles in bohrendes Eis.
Zerren am Leben wie ein zerstörender Wind.
Es gibt keine Hoffnung, alles dreht sich dümpelnd im Kreis.

Mirandas Herz veranstaltete ein nicht zu kontrollierendes dramatisches Trommelfeuer. Entsetzliche Furcht, vor allem aber Hoffnungslosigkeit, hatte sie fest in ihren Klauen. Was sollte das? Seine Liebe, seine Nähe, die Berührungen, sollte das alles nicht wahr gewesen sein? Hatte Frank alle Brücken hinter sich abgebrochen, weil er damit überfordert war, die Zugeständnisse und Liebesschwüre, die er ihr in zärtlichen Momenten geleistet hatte, einhalten zu müssen? War seine Liebe nicht so stark, wie er geglaubt hatte? Vielleicht hatte sie ihm zu viel zugemutet, hatte in ihm den Eindruck erweckt, sich an ihn zu klammern. Doch konnte sie sich so in seiner Zuwendung und Hingabe getäuscht haben, die ihr aus seinen Augen entgegenschimmerten?

Der Himmel, für sie eben noch strahlend blau und hell, verdunkelte sich schlagartig. In Mirandas Innerstes drang eisige Kälte und Finsternis ein. „Ich muss an Johannes denken! Ich muss an Johannes denken!", flüsterte sie sich zum wiederholten Male selbst zu. Sie durfte jetzt nicht durchdrehen. Laut sagte sie: „Ich muss jetzt an Johannes denken!"

Nervös und völlig von der Rolle schlug sie ein weiteres Mal das Telefonbuch auf. In ihr reifte eine Idee! Nun nahm sie sich die Seiten mit „S" vor, dann ging sie weiter bis zu den Buchstaben „Sch". Schreiber, das war der Name, den sie so dringend suchte. Obwohl sie am ganzen Körper bibberte, wurde sie bald fündig. „Schreiber, Peter und Sabine", dort stand klar und deutlich die Angabe, nach der sie so sehr lechzte. Ihre neuen Freunde mit Anschrift und Telefonnummer. Miranda griff erneut zum Hörer und wählte hastig die 587373, nachdem das Freizeichen grell in ihren Ohren aufgeschrien hatte. Sie war fast nicht in der Lage, diesen Anruf zu tätigen. Und während sie wartete, dass jemand dem Klingeln Folge leisten würde, hämmerte es weiterhin in ihrem Kopf. *Ich muss an meinen Johannes denken!* Ungeduldig, einer Panik nahe, trat sie von einem

Fuß auf den anderen. Plötzlich, nach viel zu langer Zeit, sehnsüchtig und ruhelos erwartet und dann doch irgendwie überraschend, meldete sich Sabine endlich: „Schreiber."

„Ach, hallo, Sabine. Hier ist Miranda." Vor Aufregung konnte sie kaum atmen.

„Ja, hi, Miranda. Wie schön, dass du anrufst. Gerade habe ich an dich gedacht. Ist alles klar bei euch? Du klingst so komisch. Hat sich Oliver anständig benommen?"

„Ja, ja, so weit ist alles in Ordnung. Uns geht es gut. Du, ist Frank zufällig bei euch? Ich versuche schon die ganze Zeit, ihn im Hotel zu erreichen. Die Dame an der Rezeption behauptet, er sei nie bei ihnen im Bellevue abgestiegen. Ich verstehe das nicht. Vielleicht hast du ja eine Erklärung dafür?"

Am anderen Ende der Leitung herrschte Totenstille.

„Sabine? Bist du noch dran?", fragte Miranda zaghaft. Ihr wild klopfendes Herz krampfte sich schmerzhaft zusammen und sie bereitete sich ungewollt auf die nächste Hiobsbotschaft vor. Mit einem Male zog Sabine vehement die Atemluft ein: „Was bist du doch für eine gemeine, grausame Kuh!", schrie sie aufgebracht in den Hörer „Sag mal, Miranda, was soll das? Ich dachte, wir wären uns in den letzten zwei Tagen nähergekommen, glaubte, wir könnten Freundinnen werden. Stattdessen spielst du mir einen solch üblen Streich? Wieso tust du das? Ich drücke dich jetzt weg! Ich muss mir das nicht gefallen lassen!"

Tränen überfluteten Sabines Worte. Mirandas Innerstes bestand nur noch aus einem dicken Klumpen öliger Galle, die sich hin und her bewegte und ihr wurde schwindelig vor Angst, vor dem, was sie erfahren würde.

„Nein, nein, lege bitte nicht auf!", flehte sie Sabine an.

Irgendetwas in Mirandas Stimme ließ Sabine aufhorchen und sie hielt abrupt in der Handbewegung inne, die die Gabel nach unten hauen wollte.

„Warum redest du so mit mir?", fragte Miranda leise und

piepsig. Egal, welche Qualen sie in ihrem bisherigen Leben an der Seite ihres grausamen Partners auch erdulden musste, niemals zuvor hatte sie solche Furcht verspürt, wie in diesem Augenblick. Sie riss sich zusammen und sagte: „Erst gestern habe ich mich doch von Frank vor eurer Haustür verabschiedet, bevor Leon mich und Johannes nach Hause gefahren hat. Du hast ihm doch versprochen, mir zu helfen, ihn wiedersehen zu können, wenn sich eine entsprechende Gelegenheit ergeben würde. Aus welchem Grund bist du so böse auf mich?"

In barschem Tonfall, hinter dem ihre Tränen nicht zu verbergen waren, antwortete Sabine unhöflich: „Warum sagst du das? Mein Bruder Frank ist tot. Er wurde vor drei Jahren ermordet in seinem Haus aufgefunden. Du kannst ihn nicht bei uns getroffen haben!", zischte sie.

Vor Mirandas Füßen tat sich die Erde auf. Der Taumel, der sie eben noch gefangen hielt, ließ sie gnädig los. Mit einem hörbaren Stöhnen sackte sie in sich zusammen und erlaubte dem Nichts, sich ihrer anzunehmen.

Was war das? Johannes hob seinen Kopf. Er hatte ein Keuchen und einen Aufprall wahrgenommen, während er sich immer noch intensiv um die Reste seines Frühstücks kümmerte. „Mama, wo bist du?", rief er jetzt.

Keine Antwort! Rasch rutschte er von seinem Stuhl hinunter und lugte vorsichtig aus der Küche heraus, um die Ecke in den Flur hinein. Da lag seine Mutter auf dem Boden, käseweiß im Gesicht. Neben ihr baumelte der Telefonhörer vom Tisch herunter. Jemand sprach darin. Johannes aber hatte nur Augen für Miranda.

„Mama, Mama, was ist los mit dir? Steh doch auf! Steh auf! Ich hab solche Angst!"

Am anderen Ende der Leitung brüllte Sabine in ihren Apparat: „Miranda, so melde dich doch! Miranda!"

Einen Augenblick später öffneten sich flatternd ihre Augenlider. Sie sah einen verängstigten, weinenden

Johannes über sich. „Ach, schon gut, mein Kleiner. Mama ist es nur ein wenig schlecht geworden. Jetzt geht es wieder!", stöhnte sie schwach. Langsam und schwerfällig hievte sie sich in eine sitzende Position und ergriff den herunterhängenden Hörer, aus dem immer noch die aufgeregte Sabine zu hören war. Sie zog ihren Sohn auf ihren Schoß und hielt ihn fest im Arm. Dann erst fühlte sie sich in der Lage, mit Sabine zu sprechen.

„Was ist mit dir passiert, Miranda?", erkundigte sich die Freundin vorsichtig. Ihre Wut auf Miranda wandelte sich mit einem Schlag in bohrende Besorgnis um.

„Ich bin ganz okay!", beruhigte Miranda sie und fing an zu weinen. Was Sabine ihr verkündet hatte, konnte doch gar nicht wahr sein: „Sabine, bin ich etwa verrückt? Ich kann mir doch den Samstagnachmittag, den Grillabend mit euch allen, nicht bloß eingebildet haben. Gestern habe ich bei euch noch neben deinem Bruder gesessen und du hattest einen köstlichen Brunch vorbereitet, mit jeder Menge leckerer Delikatessen. Du selbst hast mir Frank am Samstagnachmittag vorgestellt."

Johannes kletterte vom Schoß seiner Mutter, gab ihr einen Kuss und verschwand im Bad. Miranda erklärte derweil atemlos und weinerlich: „Es war Liebe auf den ersten Blick. Frank bescherte mir eine wundervolle Nacht, die schönsten, innigsten anderthalb Tage meines ganzen Lebens. Ich spüre noch seine Lippen auf den meinen und du behauptest, er sei nicht mehr am Leben. Ich fasse es nicht!"

„Beruhige dich erst einmal, mein Liebes!", Sabine hörte deutlich den Schmerz aus Mirandas Stimme heraus. Hier stimmte etwas ganz und gar nicht. Dieser Sache musste sie auf den Grund gehen. Sie wollte nicht Sabine heißen, wenn sie jetzt ihre neue Freundin im Stich ließe! Neben wiedergefundenem Mitgefühl keimte auch unverhohlene Neugierde und Erbarmen in ihr auf. „Ich mache dir einen Vorschlag. Schaffst du es, angespannt wie du bist, Auto zu fahren? Dann komm mit Johannes vorbei und wir reden in Ruhe über die Geschichte!"

„Ich habe kein Auto und ich kann auch gar nicht fahren", schluchzte Miranda leise. Sie fühlte sich wie gelähmt. Diese schrecklichen Eröffnungen über Franks Tod hatten in ihr eine tiefe, schrinnende Wunde geschlagen, deren Schmerz sie nicht nur körperlich, sondern auch seelisch verspürte und den sie kaum aushalten konnte. „Sabine, ich bin völlig durcheinander und weiß überhaupt nicht, wie ich reagieren soll."

„Ich hole dich ab!", entschied die junge Frau am anderen Ende der Leitung energisch. „Macht euch in Ruhe fertig, Sindra und ich sind in circa fünfzehn Minuten bei euch. Ich stelle uns eine Flasche Sekt kalt. Wir beide müssen versuchen, uns ein wenig zu stabilisieren. Ich bin zwar entsetzlich schockiert, aber ich fühle auch deine Trauer. Lass uns darüber reden! Ist das in Ordnung für dich?"

In Miranda war innerhalb dieser letzten Minuten der größte Teil ihres Lebenswillens verschwunden. Sie fühlte sich eigentlich außerstande, sich und ihrem Kleinen die Schuhe überzustreifen. Diese normale alltägliche Handlung überforderte sie außerordentlich. Wie in Trance agierte sie, innerlich völlig zerrissen von den Enthüllungen, die auf sie eingestürmt waren. Wenn Frank wirklich tot war, ergab auch die Erklärung von Frau Kaiser aus dem Hotel einen Sinn. Frank hatte ganz offensichtlich nie im „Bellevue" eingecheckt.

Nicht einmal zehn Minuten später hupte Sabine bereits vor dem Haus. Miranda schnappte sich ihre Handtasche, hob Johannes auf den Arm und rannte die Treppe herunter. Sie musste weg von diesem Ort und mit jemandem reden. Fast fühlte es sich an, als befände sie sich auf der Flucht. Sie schlug hinter sich die Haustüre zu und beide stiegen in das Auto. Geistesgegenwärtig hatte Sabine ein dickes Kissen mitgebracht, auf das sich Johannes setzen konnte, in

Ermangelung eines zweiten Kindersitzes. Miranda hatte in ihrer chaotischen Lage an so was gar nicht gedacht. Ihr Kopf platzte vor irrationalen Überlegungen. Rasch schnallte Sabine den Jungen an, während sich Miranda vollkommen erschöpft auf den Beifahrersitz fallen ließ.

Die Fahrt legten sie weitgehend schweigend zurück. Nur die Kinder brabbelten im Hintergrund, lachten leise und tuschelten miteinander. Daheim angekommen, schloss Sabine die Tür auf, führte die Kinder ins Haus, die wortlos, dafür um so lauter polternd, die Treppe hinauf in Sindras Zimmer stürmten. In diesem Moment brach die Fassade der beiden Frauen zusammen, die sie vor ihren Kleinen krampfhaft aufrechterhalten wollten. Weinend fielen sie sich in die Arme. Grausam und unvorbereitet wurden sie durch Ereignisse erfasst, die ihnen unverständlich und unrealistisch erscheinen mussten. Dann schob Sabine die Freundin liebevoll von sich.

„Geh doch schon mal auf die Terrasse! Ich hole den Sekt und die Gläser und sage den Kindern, wo sie uns finden. Vielleicht wollen sie auch lieber in unserer Nähe spielen."

Minuten später war sie zurück. Sindra und Johannes schoben sich direkt hinter Sabine durch die Terrassentür, wetzten los und verschwanden spurlos in Sindras buntem Holzhäuschen. Sabine setzte sich auf einen freien Liegestuhl neben ihre Freundin, schenkte die Gläser ein und reichte Miranda eines voll mit dem perlenden Getränk. Sie blickte in deren trostlose Augen. Was sie da sah, erschreckte sie zutiefst. Bis ins Mark erschüttert realisierte sie, was die junge Frau offenbar durchleben musste. Niemals zuvor hatte sie einen Menschen gesehen, der so müde, so traurig, so allen Illusionen beraubt aussah, wie Miranda. Sabine konnte natürlich nicht begreifen, was mit ihr über Nacht geschehen sein konnte. Am gestrigen Tag noch hatten sie sich herzlich voneinander verabschiedet und heute erzählte sie Geschichten, die es so gar nicht geben durfte.

Geschichten, die ebenso absurd wie unmöglich waren. Doch in Mirandas Bewusstsein schienen sie allemal real.

„Möchtest du mir erzählen, was mit dir passiert ist, mein Liebes?", ging sie sanft auf Miranda ein. Einem Impuls folgend, stand sie auf und nahm die verwirrte Frau noch einmal in den Arm. „Sprich mit mir! Sage mir, was so schrecklich ist!", forderte sie sie zaghaft und gleichzeitig mitfühlend auf.

In dem Südpol, der in den letzten Stunden in Mirandas Seele entstanden war, brach und schmolz das Eis eines uralten Gletschers. Dicke Tränen schossen unter ihren gesenkten Lidern hervor, flossen die Wangen hinab und versickerten in Sabines leichter Sommerbluse, wo sie feine Spuren ihres dezenten Make-ups hinterließen. Es dauerte eine ganze Weile, bis der Strom versiegt war und zu einem schmaleren Rinnsal geschrumpft, ihr somit die Möglichkeit bot, endlich zu reden. Über den Mann zu reden, den sie beide liebten. Die eine als Schwester, die andere als Geliebte. Aber beide offensichtlich so grässlich betrogen um eine gemeinsame, familiäre Zukunft mit Bruder und Partner.

Miranda stürzte ihren Sekt mit einem regelrecht aggressiven Zug die Kehle hinunter, schnäuzte sich kräftig in ein Taschentuch und begann zu erzählen. Viel half es nicht, die beklemmende, dumpfe Leere, die empfundene Zerrissenheit, die sich wie eine schwere körperliche Erkrankung anfühlte, mit den Gesprächen zu überbrücken. Dieses Gefühl, vom Schicksal mal wieder verarscht worden zu sein, wollte nicht weichen. Aber das Quatschen lenkte sie zumindest ein wenig ab. Während Sabine ihre Gläser neu füllte, berichtete Miranda, die so einsam, verletzlich und derartig verzweifelt vor ihr saß: „Wir waren doch am Samstag auf eurer Gartenparty eingeladen, Oliver, Johannes und ich." Sabine nickte.

„Nachdem wir zwei uns kennengelernt hatten, hast du

mir das Haus gezeigt, wir haben uns um die Kinder gekümmert und so weiter. Neue, mir fremde Gäste kamen und ihr habt uns miteinander bekannt gemacht, wie das eben auf Feten nun mal so ist. Dann hast du mir plötzlich deinen Bruder Frank vorgestellt."

Bei dem Gedanken an den glücklichen Augenblick wurde die verwirrte Miranda erneut von heftigem Schluchzen geschüttelt. Sabine wartete geduldig, bis die junge Frau sich beruhigt hatte. In ihr selbst tobte ein taumelnder Orkan aus verstörenden Emotionen, die sie mit Macht im Zaum zu halten suchte. Nachdem Miranda sich ein wenig gefangen hatte, konnte sie weitererzählen. Sie teilte Sabine mit, wie sehr sie sich zu dem attraktiven Mann hingezogen gefühlt hatte. Wie intensiv sie bereits in diesen ersten Augenblicken spürte, dass auch er ebenso empfand wie sie. Sie schämte sich nicht, sich entschlossen zu haben, ihm gleich an diesem ersten Abend ins Hotel Bellevue zu folgen, nachdem Leon und Mirabelle sich entschieden hatten, die Nacht gemeinsam in Schreibers Gartenpavillon zu verbringen.

Sabine runzelte die Stirn. Erstaunt unterbrach sie die Freundin: „Leon und Mirabelle? Was soll denn das jetzt wieder heißen? Schatz, die beiden sind doch schon lange ein Paar!"

Verblüfft blickte Miranda mit rot umrandeten Augen auf: „Bin ich denn wirklich verrückt? Ich habe doch mit eigenen Augen gesehen, wie Leon und Mirabelle eng umschlungen miteinander getanzt haben, wie sie sich Stück für Stück näher gekommen sind. Leon hat mich ziemlich verlegen gebeten, Frank mit im Wohnzimmer übernachten zu lassen, da er sich mit Mirabelle das Gartenhaus teilen wollte. Sabine, was geschieht nur mit mir? Ich sehe doch auch, wie sehr dich meine Geschichte verletzt, aber alles ist wirklich so geschehen, wie ich es sage!"

Betrübt schaute Sabine auf. Es konnte tatsächlich kein

Schwindel sein, den Miranda von sich gab, dazu verfügte sie über zu viel Insiderwissen. Also äußerte sie: „Ich verstehe auch nicht, was hier mit dir und mit uns passiert? Bevor wir weiterreden, möchte ich dir einen Vorschlag machen. In unserem Wintergarten habe ich eine ganze Menge Fotos aufgehängt. Weißt du, Peter fotografiert so gerne und das macht er auch wirklich sehr professionell. Weil mir seine Fotografien so gut gefallen, habe ich eine regelrechte Galerie eingerichtet, um seine Arbeiten zu würdigen. Bilder von Frank, von vielen Freunden und Verwandten, hängen hier wild durcheinander. Wenn du Frank dazwischen erkennst, muss ich dir wohl glauben. Übrigens, ich halte dich, weiß Gott, nicht für verrückt. Auf mich wirkst du einfach total durcheinander und schrecklich traurig."

Sie tranken ihren Sekt aus, der eine angenehme, beruhigende Wärme in Miranda und Sabine hinterließ, die nicht minder daneben war. Für den nun folgenden Moment gestärkt, betraten sie neugierig und entsprechend nervös den Wintergarten. Miranda nahm dankbar die besänftigende und stabilisierende Wirkung des Alkohols in sich auf und spürte mit einem Male eindeutige Tendenzen in ihrem Körper, mehr davon genießen zu wollen. Sie drängte diese Empfindungen zurück und marschierte tapfer hinter ihrer Freundin her.

Wahrhaftig, Sabine hatte nicht zu viel versprochen. Dieser Raum hatte etwas von einer Fotogalerie. Zwei gläserne Wände dieses Raumes eröffneten einen wunderbaren Blick in den angrenzenden, atemberaubend schönen Garten. Die zwei anderen bestanden aus weiß getünchtem Mauerwerk, bei dem man ganz auf Tapeten verzichtet hatte. Sie waren über und über mit Fotografien unterschiedlicher Größe bedeckt. Auf den rustikalen, im Landhausstil gehaltenen Möbeln standen Bilder in hübschen, schlichten Holzrahmen. Alle waren vom Holzton aufeinander abgestimmt und passten perfekt zueinander.

Miranda schlenderte mit klopfendem Herzen auf eine Wand zu und betrachtete die auf Zelluloid festgehaltenen Gegenstände und Landschaftsaufnahmen. Die Portraits schienen sie von oben herab lächelnd zu beobachten.

Ihr stockte der Atem. Dort drüben, inmitten all der Gesichter, die sie von den Wänden und der Kommode aus anstarrten, strahlte Frank ihr geradewegs ins Gesicht. Wie sie nun feststellte, war er auf vielen Bildern verewigt, entweder allein oder mit seinen Familienangehörigen. Sie ging auf eine größere Aufnahme von ihm zu, streckte zaghaft die Hand aus und berührte das kühle Glas. Frank zeigte sein charmantes Lächeln. Zärtlich streichelte sie über seine Lippen, seine Nase, seine Augen und spürte als Erwiderung nur die Abwesenheit seiner Wärme. Kälte floss durch ihre Fingerspitzen in ihre Kapillargefäße und mit ihrem Blut in ihren ganzen Körper hinein. Dort vergiftete sie die vor etlichen Stunden beglückte Seele mit unendlichem, grenzenlosen Kummer und Schmerz. Es war eindeutig der Frank, den sie vorgestern Nachmittag kennenlernen durfte. Doch sah er ein wenig verändert aus.

„Hier, Sabine, das ist Frank!", brachte sie traurig, mit gepresster Stimme hervor. „Aber er sieht ein bisschen anders aus. Er hatte am Samstag keine Brille auf und trug sein Haar lockiger, nicht in der Mitte gescheitelt und hinter die Ohren gekämmt, wie auf dem Foto hier."

Sabine stand staunend in der Tür zum Wintergarten. Sie hatte von dort aus verblüfft beobachtet, wie zielsicher Miranda auf Franks Bild zugesteuert war und mit welcher Sanftheit sie seine Gesichtszüge abtastete. Tatsächlich hatte Frank, der unter Kurzsichtigkeit litt, kurz vor seinem Tod auf Kontaktlinsen umgestellt. Daraufhin ließ er seine Frisur umstylen, weil er glaubte, ohne sein Nasenfahrrad würde sein Gesicht zu unscheinbar, zu nichtssagend ausschauen. Also ließ er seine Haare wachsen. Je länger sie wurden, desto mehr lockten sie sich. Sabine fand das richtig klasse. Er sah mit der neuen Frisur einfach umwerfend aus.

„Ja", antwortete sie mit Tränen in den Augen. „Das ist mein großer Bruder Frank!" Sie erzählte Miranda von dem Wechsel von der Brille zu den Haftschalen und der damit verbundenen Änderung der Haartracht. Leise führte sie weiter aus: „Einige Monate später fand man ihn mit zerquetschter Kehle in seinem Haus. Na ja, eher draußen in seinem Garten. Die Polizei nahm an, seine Exfreundin Marina habe ihn möglicherweise aus Eifersucht erwürgt. Der Verdacht gegen Marina konnte sich allerdings nicht bestätigen, denn zum Zeitpunkt von Franks Ermordung hatte sie bereits einen Job in Italien angenommen und war meilenweit vom Tatort entfernt. Ich konnte mir das sowieso nicht vorstellen, denn Marina hatte wegen einer Affäre mit ihrem derzeitigen Chef mit Frank Schluss gemacht und er nicht mit ihr.

Außerdem erklärte uns Kommissar Kräutner, der den Fall bearbeitete, der Mord sei sehr kraftvoll und brutal ausgeführt worden. Man könne davon ausgehen, eine Frau von Marinas Kaliber sei körperlich nicht dazu in der Lage gewesen. Weißt du, sie ist so eine kleine, zarte Person, von höchstens fünfundvierzig Kilo. Sie hätte wohl nicht die Kraft gehabt, eine solche Tat zu begehen." Kurz ging Sabine auf die Trennung von Frank und Marina ein, ohne den Vorfall zu werten.

„Das ist alles Schnee von gestern!", beendete sie niedergeschlagen ihre Erklärungen. „Weißt du, mein Bruder war ein wundervoller Mensch. Als du vorhin am Telefon nach ihm fragtest, dachte ich, du spielst mir einen bösen Streich. Jetzt aber, nachdem du ihn sofort auf den Fotos erkannt hast, obwohl es eigentlich nicht sein kann, wird mir klar, dass du die Wahrheit über deine Erlebnisse vom vergangene Wochenende sagst. Mit welchem verrückten Traum bist du bloß genarrt worden? Ich finde die Prozesse, die da mit aller Macht in unseren Alltag eingreifen, grausam, unheimlich und vor allem unerklärlich."

Die Tränen waren für den Moment getrocknet, aber in ihren Herzen brannte verzehrender Schmerz um den Verlust eines geliebten Menschen.

Sabine hatte in der Küche bereits einen Teller mit Keksen und eine Karaffe mit Saft vorbereitet. Als sie sich ein wenig beruhigt hatten, trug Miranda das Tablett mit der Erfrischung und den Leckereien hinaus zu den Kindern, die noch immer in der lauschigen Ecke des Gartens in dem Häuschen spielten. Darin war es ziemlich heiß und Johannes und Sindra wirkten arg verschwitzt. Also stellten sie die Kindermöbel, Tisch und Stühle, auf die winzige Veranda, die Peter dort angelegt hatte. Das Puppengeschirr wurde liebevoll auf dem Tischchen drapiert. Das zweite Frühstück konnte beginnen.

Ohne Vorwarnung verdunkelte sich der eben noch blaue Himmel. Eine Wolkenwand schob sich massiv über die Wärme spendende Sonne. Miranda verspürte jählings wieder dieses heftige, unerklärliche Brennen zwischen ihren Schulterblättern, welches sie mehrfach am letzten Wochenende gequält hatte. Die Hitze zweier flammender Augen bohrte sich vehement in die Haut ihres Rückens. Blitzschnell drehte sie sich um. Und dann sah sie ihn.

Kaspar, ganz in Schwarz gekleidet, trotz der Hitze eine schwarze Kapuze über den Kopf gestülpt, wirkte er fast wie ein Autonomer, der nicht erkannt werden wollte. Doch Miranda wusste es besser. Er wollte sehr wohl erkannt werden, als das, was er war. - Eine schwarze, Tod bringende Seele! Schon am Samstag hatte er sich ihr auf diese fiese Art und Weise genähert, sie in Angst und Schrecken versetzt. Nun grinste sie dieses tückische, freche Gesicht unverblümt an, halb verborgen hinter einem Apfelbaum, aber dennoch gut sichtbar. Diese unbewegliche, mystische Gestalt, die keinerlei Anstalten machte zu verschwinden, trieb Miranda in eine entsetzliche Schwäche hinein. Sämtliche verbliebenen Kraftreserven wurden aus dem fast erschöpften Reservoir ihres Körpers gesogen und es fiel ihr furchtbar schwer, sich dem hypnotischen Blick des gespenstischen Mannes zu entziehen. Johannes schüttelte plötzlich an ihrer schlaff nach unten hängenden Hand und brach damit den Bann. Aus der ungewollten Trance erwachend, schrie sie laut auf und riss die Kinder schützend in ihre Arme.

Sabine, die mit besorgter Miene, den sich verdunkelnden Himmel betrachtet hatte, hörte das Spektakel und war sofort zur Stelle. „Was ist denn los, Miranda? Ist etwas passiert?"

Miranda schlotterte, Johannes und Sindra fest an sich gedrückt. „Ich habe einen Mann hinter dem Apfelbaum dort gesehen!", brachte sie krächzend hervor. Sie befand sich am äußersten Rande der Hysterie.

Sofort schaute Sabine in die gezeigte Richtung und stellte ihre Augen auf scharf. Nichts! Nichts war zu erkennen, außer dem Stamm dieses Baumes, dessen Zweige sich bereits unter der Last rotbackiger Herbstäpfel leicht nach unten bogen. Obwohl sie dort nichts Ungewöhnliches ausmachen konnte, überkam sie ein jähes Unbehagen entsetzlichen Ausmaßes. Sabine spürte die Anwesenheit einer bösen, aggressiven Präsenz, von der sie sich regelrecht vergiftet glaubte. In ihrem eigenen Garten, in wohlbehüteter Atmosphäre ihres Heimes, fühlte sie sich bedroht, hinterlistig eingeschüchtert und besudelt. Sabine zweifelte keine Sekunde an Mirandas Aussage. Zum einen befand sie sich selbst in dieser unheilvollen Schwingung, zum anderen erlebte sie die ängstliche Reaktion der Kinder.

Mit einem Mal schien sich hinter dem Baum eine undurchdringliche Wolke zu bilden, die sich schnellstens verzog. Sabine zwinkerte, um das Trugbild wegzublinzeln. So rasch, wie dieses Phänomen vor ihren Augen entstanden war, so prompt verflüchtigte es sich wieder. Schließlich leuchtete alles um sie herum hell und freundlich, wie zuvor.

Die Sonne gewann ihre Kraft zurück, konnte jedoch die Kälte, die die beiden Frauen erzittern ließ, nicht verhindern.

„Ich halte es für das Beste, wenn wir direkt ins Haus zurückkehren!", orderte Sabine äußerst konsequent. „Ich möchte unsere beiden Racker nicht allein in dieser Gartenecke spielen lassen. Gleich heute Abend rede ich mit Peter. Hier ist etwas oberfaul!", kommentierte sie den eben erlebten Vorfall.

Dieses lauschige Plätzchen auf dem Grundstück hatte seine Unschuld verloren und sie beeilten sich, diesen Teil des Gartens zu verlassen. Erst als sie sicher ins Haus zurückgekehrt waren und die beiden Terrassentüren fest verschlossen hatten, glaubten sie, wieder normal atmen zu können. Sabine zog trotz des herrlichen Wetters sogar die Vorhänge zu, um sie vor den neugierigen und furchteinflößenden Blicken des Unbekannten zu bewahren. Dann endlich glaubten sie sich und die Kleinen in Sicherheit.

„Mama, dürfen wir in mein Zimmer hinaufgehen und mit Johannes Spielfiguren spielen, die er mitgebracht hat?", fragte Sindra die Mutter. Sabine, die die Kinder jetzt am liebsten in ihrer Nähe wusste, schaute zu Miranda hinüber, die bejahend mit dem Kopf nickte. Hier im Hause sind wir geschützt, schien diese Bewegung zu signalisieren. „Ja, geht nur!", sagte sie daraufhin. „Wenn was ist, könnt ihr ja rufen, nicht wahr?"

Auf das Sofa gekuschelt, mit einem großen Kissen auf ihrem Bauch, weil sie trotz der Hitze Wärme suchte und etwas brauchte, an dem sie sich festhalten konnte, begann Miranda nun erneut von den Erlebnissen der beiden vergangenen Tage zu erzählen. Sie schwärmte von Frank, von dem herrlichen Mondspaziergang, nachdem sie sich vom ersten Augenblick an sicher waren, füreinander geschaffen zu sein. Sie erwähnte die leidenschaftlichen

Küsse, die sie tauschten, denen die glückseligen Momente im Hotel folgten.

„Schon auf eurer Party fühlte ich mich mehrmals beobachtet", endeten ihre Ausführungen. „Frank sprach Peter daraufhin an und der Name Kaspar Leimas fiel, der sich angeblich auf eurem Grundstück herumgetrieben haben soll." Sabine erbleichte, schwieg aber für den Moment.

Miranda legte den Kopf auf die Rückenlehne der Couch, Tränen, die sie nur schwer zurückhalten konnte, quollen ihr unter den müden Lidern hervor. Sehnsüchtig dachte sie an den geliebten Mann, an seine zärtlichen Annäherungen, an das Erlebte, von dem nun Sabine offensichtlich mit Recht behauptete, dies alles könne gar nicht stattgefunden haben. Und egal, wie die Wahrheit letztendlich aussah, sie wusste um ihre Emotionen. Sie war von diesem wundervollen Menschen geliebt und gehalten worden. Sie hatte die Chance bekommen, Franks Hingabe in sich aufzusaugen und jeden gemeinsamen Augenblick als großes Geschenk zu betrachten. Wie konnte das nicht wahr sein?

„Frank war ein sehr herzlicher, selbstloser Mann", sagte Sabine plötzlich in die Stille hinein und Miranda nickte zustimmend. „Was ist denn passiert, nachdem Johannes und du gestern mit Leon von uns weggefahren seid?", fragte jene.

Miranda erzählte der Freundin von ihrer Heimkehr am Sonntagnachmittag: „Als wir in der Wohnung eintrafen, kam uns ein gutgelaunter, scheinbar nüchterner Oliver entgenen, der sich sofort mit Johannes ins Kinderzimmer zurückzog. Im Wohnzimmer saß dieses Schreckgespenst, namens Kaspar Leimas, den ich endlich persönlich kennenlernen konnte. Weißt du, der Kaspar, von dem Peter vermutete, er habe sich bei euch im Garten versteckt. Offenbar hat er auf mich gewartet. Und wie es scheint, wusste er von der gemeinsamen Nacht mit Frank im Hotel

Bellevue, denn er machte recht klare Andeutungen, uns in der Nacht und am Morgen beobachtet zu haben. Ich glaube nicht, dass er mit Oliver darüber gesprochen hat. Dazu wirkte der zu ausgeglichen und nett. Wenn er nämlich nur die leiseste Ahnung von Frank und mir gehabt hätte, hätte er mich windelweich geprügelt. Im Nachhinein habe ich den Eindruck, Kaspar wollte mich mit seinen Vorwürfen verunsichern oder sogar erpressen. Wobei ich mich frage, was er sich davon verspricht?"

„Sag mal, Miranda, was hast du denn da an deinem Hals?", unterbrach Sabine ihre neue Freundin. „Du siehst aus, als wärst du stranguliert worden."

„Ich weiß auch nicht, was das ist." Miranda tastete die Stellen ab, auf die Sabine sie hingewiesen hatte. Erneut spürte sie deutlich einige Hautempfindlichkeiten. Die waren ihr schon morgens beim Schminken aufgefallen. Diese Rötungen traten jetzt etwas klarer hervor, weil sie sich von innen her fiebrig und heiß fühlte und die Hitze die Haut dort stärker durchblutete.

„Mmh", grübelte sie, „ich trage ja immer diese Silberkette, die ich zur Konfirmation von meiner Mutter geerbt habe. Sie ist uralt und wurde von Generation zu Generation an diesem besonderen Ehrentag an die älteste Tochter der Familie weitergegeben. Vielleicht hat sie sich im Schlaf zu eng um meinen Hals gelegt."

Wieder schwieg Sabine. Das waren eindeutig Handabdrücke und bestimmt keine Kettenglieder, die sich an Mirandas Kehle abzeichneten. Scheinbar wusste Oliver doch mehr, als Miranda ahnte.

„Ich muss wohl gestern Abend sehr früh zu Bett gegangen sein. Obwohl ich den ganzen Tag keinen Tropfen Alkohol getrunken habe, kommt es mir beinahe so vor, als hätte ich einen Filmriss. Ich kann mich an gar nichts mehr erinnern. Ist doch ziemlich eigentümlich, oder?"

Sabine nickte bloß. Mit jedem Satz der Freundin wurde

sie nachdenklicher. „Also, wie gesagt", begann Miranda erneut, „ich habe mich offensichtlich zeitig schlafen gelegt, denn nach dieser aufregenden Nacht muss ich sehr müde gewesen sein", schweifte sie mit einem melancholischen Lächeln ab, das sowohl ihr Glück wie auch unendliche Traurigkeit widerspiegelte. „Und als ich heute Morgen aufgewacht bin, kam ein ganz reizender Oliver in mein Schlafzimmer. Er war bester Laune, hatte für Johannes und mich tatsächlich das Frühstück zubereitet. Er küsste mich sogar. So richtig, verstehst du? Nicht nur einfach flüchtig auf Mund beziehungsweise die Wange, sondern irgendwie verliebt. Das sind Verhaltensweisen, die mir seit Ewigkeiten fremd geworden sind. Nach allem, was er mir angetan hat, lege ich auf zu viel Nähe überhaupt keinen Wert mehr. Ehrlich, in dem Maße, in dem ich seine fiesen Attacken verabscheue, in dem Maße ekelt er mich mittlerweile körperlich an. Ich weiß nicht, ob du das verstehen kannst?"

In ihrer fragenden Mimik schwang Irritation und Frustration mit. Erschöpfung breitete sich auf ihren Zügen aus. Allerdings spürte Sabine auch so etwas wie Entschlossenheit, als ihre Freundin, ohne eine Antwort abzuwarten, weitersprach. Nach der langen Zeit der Schmach musste sie reden, um ihrem Herzen endlich Luft zu machen.

„Oliver holt sich von mir, was immer er braucht, wenn es sein muss, sogar mit Gewalt", erläuterte sie sachlich, ohne besondere Betonung. „Oft geht er zu irgendwelchen Frauen, die ihm freiwillig geben, wonach ihn gelüstet. Zärtliche Küsse habe ich am Anfang unserer Beziehung zwar erlebt, doch ist das lange vorbei. Darum habe ich die Stunden mit Frank auch so besonders intensiv genossen, habe seine Zuwendung regelrecht in mich aufgesogen, wie ein trockener Schwamm das Wasser. Wie lange habe ich kein freundliches Wort mehr von Oliver gehört. Und Frank redete von Liebe und ich? Ich bin mir ganz sicher, er meinte es aufrichtig. Verzeih, Sabine, ich rede und rede. Aber ich musste das alles einfach loswerden. Wie fühlst du dich denn mit dem ganzen Durcheinander?"

Sabine schwieg weiterhin, nahm Mirandas Hand und streichelte sie voller Mitgefühl. Sie führte eine glückliche, ausgeglichene Ehe, die auf Gleichberechtigung und Respekt aufgebaut worden war. Ihre liebevollen Empfindungen Miranda gegenüber zwangen sie, die Freundin mit tränendem Herzen aufrichtig zu bedauern. Nichts desto weniger hatte ihr Miranda mit ihrem frühmorgendlichen Telefonanruf ganz schön zugesetzt. Das war ein ordentlicher Schreck gewesen, so kurz nach dem Erwachen. Die aufrüttelnden Fragen nach ihrem Bruder Frank, den sie noch heute so sehr vermisste, als sei der Mord erst gestern geschehen, hatten sie furchtbar mitgenommen.

Nach wie vor redete Miranda über die Nacht mit Frank, als hätte sie wahrhaftig stattgefunden. Wahrscheinlich hatte sie die wundervollen Details nur geträumt und die Realität mit der Traumwelt verwechselt. Aber warum war es ihr dann möglich, sein Gesicht, das sie nie zuvor gesehen hatte, auf den Fotos anstandslos wiederzuerkennen? Wegen des herrlichen Wetters war am Samstag und Sonntag die Tür des Wintergartens für die Gäste verschlossen geblieben. Niemand wollte bei dem schönen Sonnenschein im Hause feiern. So hatte Miranda keine Gelegenheit gehabt, sich die Bilder anzuschauen. Eine ziemlich verfahrene Situation, in der sie gerade steckten. Sabine hatte Miranda am Wochenende zum ersten Mal getroffen und zu diesem Zeitpunkt war ihr Bruder bereits seit drei Jahren tot. Das waren Fakten, die auch Miranda nicht einfach ignorieren durfte. Bizarrer ging es ja wohl nicht.

Sabine sah ihre neue Freundin an. Kameradinnen in Freud und Leid würden sie von nun an auf jeden Fall sein. Dieser Punkt stand nicht mehr zur Debatte, denn die Chemie zwischen ihnen stimmte. Egal wie sehr sie die

Probleme auch schmerzten, die Miranda ihr zumutete, sie würden sie gemeinsam durchstehen. Beide hingen noch eine Weile ihren eigenen Grübeleien nach. Die Kinder tobten im Obergeschoss. Plötzlich hörten sie das Stapfen kleiner Füße auf der Treppe. Johannes kam angelaufen und fragte: „Dürfen wir wieder hinausgehen?"

Sabine und Miranda schüttelten gleichzeitig den Kopf.

„Im Moment nicht, Schatz", erwiderte Miranda. „Lass uns noch ein Weilchen hier sitzen, später dann können wir überlegen, ob wir uns noch ein wenig in den Garten legen wollen", unterstützte sie Sabine.

Sie standen auf und wechselten hinüber in die Küche. Dort stand noch das schmutzige Puppengeschirr herum. Sabine füllte heißes Wasser in die Spüle, gab etwas Spülmittel hinzu und kühlte die Lauge ab, bis sie eine handwarme Temperatur aufwies. „Ihr zwei könnt jetzt mal euer Geschirr abwaschen!", sagte sie. Sie schob einen hölzernen Hocker vor das Becken, auf dem beide Kinder Platz fanden. Sofort voller Begeisterung krabbelten Johannes und Sindra hinauf und begannen akribisch im Schaumwasser zu plantschen.

„Die hätten wir erst einmal beschäftigt."

Mirandas unheimliches Erlebnis mit Kaspar auf dem Grundstück ließ Sabine immer wieder unsicher und besorgt nach draußen blicken. Die Anwesenheit dieses undurchsichtigen Typen hatte die Unschuld, die Heiligkeit diese Ortes, regelrecht mit Schmutz beworfen. Auch sie hatte eindeutig eine beängstigende Präsenz in der Nähe des Apfelbaumes registriert und sie erschauderte bei dem Gedanken daran. Sie konnte keinerlei glaubhaften Beweis für seine Existenz hinter dem Stamm erbringen, dennoch verließ sie sich auf Mirandas Aussage, ihn dort erspäht zu haben. Sie vertraute genauso auf ihr eigenes Gefühl und sie hatte Gänsehaut erzeugende Kälte und existenzielle Angst verspürt, als die Freundin sie auf Kaspar aufmerksam machte.

Für sie und ihre Familie war der Garten an schönen Sommertagen wie ein zweites Wohnzimmer. Jetzt traute sie der wundervollen Atmosphäre ihres Außengeländes nicht mehr. Dafür, solche irrationalen Gefühle in ihr ausgelöst zu haben, hasste sie den schwarzgekleideten Mann geradezu.

Noch einmal überprüfte Sabine, ob alle Türen und Fenster verschlossen waren und atmete auf. Es war alles in Ordnung! Die Kinder rannten in Sindras Zimmer hinauf, um sich ein kleineres Piratenschiff und ein paar Piraten aus Plastik zu holen, mit denen sie sich im Spülwasser Kämpfchen liefern wollten. Johannes grölte, während er zwei der Seeräuber, die mit Augenklappe und Holzbein versehen waren, aufspritzend ins Schaumbad plumpsen ließ.

Miranda lächelte. Was machte sie nur ohne ihren Johannes? Mit einem frischen Schluck prostete sie Sabine zu und ging mit ihr zusammen ins Wohnzimmer zurück. Langsam setzte die berauschende Wirkung des Sektes ein. Sie hatten ja bereits ein Fläschchen des schmackhaften, gleichzeitig beruhigenden Getränkes geleert. Träge nahm sie auf dem Sofa Platz. Für einem kurzen Moment schloss sie erschöpft die Augen.

Normalerweise hasste sie die Müdigkeit, die ihr Alkohol bescherte, wenn sie ihn am helllichten Tag konsumierte. Dieser Zustand verdammte sie dazu, schläfrig vor sich hinzusäuseln. Sie trank auch wegen Johannes generell bei Tage nicht. Erst, wenn sie ihn schlummernd in seinem Bett wusste, genehmigte sie sich ab und zu ein Gläschen Wein zur Entspannung. Zu ausufernden Trinkgelagen ließ sie sich seit der Schwangerschaft nicht mehr hinreißen. Heute aber war sie unheimlich froh, in diesem ausgleichenden Zustand zu schweben, denn die beißende Realität war auf anderem Wege für sie momentan nicht zu ertragen.

Unvermittelt begann Sabine zu sprechen und riss damit

Miranda aus ihren Überlegungen und ihrer Trägheit heraus.

„Ich weiß nicht, Miranda, was das alles zu bedeuten hat? Ich vermisse meinen Bruder so entsetzlich, ich kann das gar nicht in Worte fassen. Frank war ein so lieber Mensch. Ich bedauerte immer, dass Sindra ihn nicht kennenlernen durfte. Sie war gerade mal fünf Monate alt, als er starb. Wenigstens ist er noch ihr Patenonkel geworden, denn die Taufe fand vier Wochen vor seinem Tod statt. So viele Menschen mochten ihn und niemand konnte sich auch nur im Entferntesten vorstellen, warum ausgerechnet ihm das widerfahren ist. Wer begeht eine solch grausame Tat an einer patenten Person? Die Polizei hat sich beileibe alle erdenkliche Mühe gegeben, diesen verzwickten Fall aufzuklären, ist aber bis heute zu keinem vernünftigen, einleuchtenden Ergebnis gekommen. Es ist wirklich schrecklich!"

Miranda und Sabine hatten beide Furchtbares zu verarbeiten. Sie waren einander nähergekommen über diesen Schmerz hinaus, dennoch konnte Miranda überhaupt keine Ruhe finden.

Gegen Mittag machten sie sich und den Kindern etwas zu essen. Müde und matt vom Sekt und vom Verzehr des Nudelgerichtes, das sie sich mit Hilfe der Kinder zubereitet hatten, setzten sie sich mit Johannes und Sindra auf das Sofa, jeder in eine Ecke, und versuchten ein wenig zu schlafen. Die beiden Kleinen hatten die Pause dringend nötig, denn sie hatten sich gehörig ausgetobt. Alsbald schlummerten sie friedlich, eng an ihre Mütter gedrückt.

Kaspar Leimas

Albtraum

Zitternd in der Dunkelheit
regt sich finstere Gestalt.
Treibt vor sich her die Traurigkeit,
Bosheit, Grauen und tödliche Gewalt.

Und in den liebenden Herzen,
verwandelt sich Glück in Leid.
Bringt den Menschen Kummer und Schmerzen,
macht jede Tür für die Schwärze weit.

All die traurigen Seelen, sie weinen,
leben in Gram und leben doch nicht.
Existieren im Raum, umgeben von Steinen,
erkennen das Böse, obwohl es ohne Gesicht.

Die Sehnsucht jedoch wächst von Tag zu Tag.
Schwelt unentdeckt, aber seltsam real.
Alle Liebe, die das Innere barg,
wird unerträglich, wird zur sehnenden Qual.

Angekommen im Land der Träume konnten sie in der realen Welt natürlich die heraufziehende Dunkelheit nicht erkennen, die sich vor den Fenstern der eigentlich hellen und farbenfrohen Fassade breitmachte. Eine schwarze Gestalt, verborgen im finsteren Nebel seiner eigenen Energien, drückte sich an der Terrassentür die Nase platt, die mit einem Vorhang verdeckt worden war. Dennoch schaute er zu ihnen herein, ein eingefrorenes, eiskaltes Grinsen auf den blassen Lippen. Das Gesicht schien das eines Toten zu sein, maskenhaft und blutleer, doch Kaspar war alles andere als hinüber. Er erfreute sich bester Gesundheit und vortrefflicher Stimmung. Die letzten Stunden hatte er die beiden jammernden Frauen belauscht. Seine Abhöreigenschaften, die ihm sein weltlicher Körper zur Verfügung stellte, ebenso die technischen Hilfsmittel, die er in der Jetztzeit zu nutzen wusste, halfen ihm, seinen Plan voranzutreiben. Was er heute hören wollte, musste er für niemanden aufzeichnen. Die empfangenen Daten waren allein für ihn wichtig. Die Power, die er erlangte, wenn er sich das winselnde, leidende Geschwätz der Weiber anhörte, die sich der Kinder wegen fast flüsternd unterhielten, sorgte dafür, ihn anzuregen bis ins Mark. Diese Kraft bildete einen großen Teil seiner Nahrung, derer er sich seit ewigen Zeiten bediente. Sie unterstützte sein gutes Aussehen, seine körperliche Kompetenz, seinen jugendlichen Schwung und Elan. Sie umfing ihn und ließ ihn dynamisch auftreten.

Wie sehr sie auch versuchten, leise zu sprechen, er hörte jedes einzelne Wort. Weder Fenster noch Türen oder das dicke Mauerwerk hinderten ihn, sein abscheuliches Werk fortzusetzen, sich saugend und schmatzend an ihre augenblickliche Schwäche anzudocken und sich lustvoll an ihrem Kummer zu stärken.

An die Kinder kam er nicht heran. Ihre Seelen waren zu rein, zu unverdorben, fröhlich und frei. Hier gab es keinerlei Ansatz für sein teuflisches Werk. Er benötigte sie jetzt nicht. Noch konnte er warten, hatte Zeit, sie wachsen zu sehen, um sich dann bei der erstbesten Möglichkeit, die ihre reifenden Körper boten, in sie einzuklinken. Diesbezüglich übte er sich demütig in Geduld.

Außerdem hatten die leidenden Frauen genügend labiles, wankendes Potential in sich, seine Gewohnheiten und Vorlieben zu unterstützen. Durch seine Art, sich nur halbherzig zu verstecken, löste er in ihnen eine Menge Angstenergie aus, die ihm das Leben erleichterte und das ihre erschwerte. Sabine allerdings war für Kaspar nur schmückendes Beiwerk. Sie erweiterte seinen dunklen Horizont deshalb, weil sie die Freundin seines Opfers Miranda war und er verhindern musste, dass sie die junge Frau konstruktiv aufbaute und stärkte. Kaspar brauchte dringend die körperlichen und seelischen Folgen, die unheilvolle Angst, Sorge, Trauer und auch Lebensfrust spendeten, wenn er die Zeiten überdauern wollte. Alles Komponenten, die die betroffenen Lebenden an den Rand von Depressionen und Todessehnsucht trieben. Auf Dauer wollte er Miranda isolieren, der eine größere Rolle in seiner Inszenierung gebührte. Sein Plan ging eindeutig auf. Die Weiber hockten da und schliefen, weil sie von Furcht und Trauer erschöpft waren und von seiner Fähigkeit, sie ihrer Kraft zu berauben. Sie wagten sich nicht mehr in den Garten hinaus. Dabei ahnten sie nicht, dass er ihnen auch von hier draußen aus schaden konnte.

Heute Abend würde er sich mit Oliver treffen. Einer weiteren sprudelnden Quelle in seinem Ernährungsplan, dessen geerbtes Charakterproblem Alkohol und die dadurch ausgelöste, nützliche Aggressionsbereitschaft, Kaspar sehr dienlich war. Schon viele Jahre hatte er mit ihm getrunken, unbemerkt für Miranda, der er sich erst jetzt langsam näherte. Denn der Boden musste zunächst bereitet werden. Der eingebrachte Samen keimte bereits.

Langsam aber sicher hatte er Oliver an den hirnverbrennenden Saft herangeführt. Er hatte den in dieser Beziehung jungen, eher labilen Mann immer mehr in die Abhängigkeit getrieben. Ihm selbst konnten weder Wein, Bier, noch die sogenannten harten Getränke etwas anhaben. Das Gefühl von Sucht und Abhängigkeit kannte er nicht. Literweise vermochte er ständig die gemütsverändernden Flüssigkeiten zu konsumieren, ohne auch nur den geringsten Schwips davonzutragen. Sein Lebenselixier bestand aus einer Mischung vieler mangelhafter menschlicher Regungen, wenn er seinen jugendlichen, verführerischen Status weiter aufrechterhalten wollte. Er genoss die kranken, süchtigen Züge, die ein verirrter Mensch aufwies, nachdem er von Alkohol, Drogen oder Zigaretten nicht mehr lassen konnte.

In diesem Moment setzte Kaspar seine Kräfte ein. Der süchtig Gewordene arbeitete ihm zu. Einer Marionette gleich hing dieser an den Fäden, die der Bösewicht in seinen Händen hielt. Wohltuend empfand er es, von Ängsten, Gewaltbereitschaft, Inkonsequenz und jeglichen Schwachpunkten der menschlichen Rasse umgeben zu sein. In ihnen sonnte er sich und tankte auf. Ohnmacht verlieh ihm Macht. Kraft dieser Strategien lebte Kaspar schon lange und dieser Zustand sollte auch weiterhin so bleiben. Zu all diesen Nutzungsmöglichkeiten, denen er sich unterwerfen musste, gesellten sich eine Vielzahl magischer und übernatürlicher Eigenschaften. Mit ihnen aufs beste ausgestattet, erleichterten sie ihm seine irdische Arbeit sehr. Wer oder was er eigentlich war, wusste Kaspar genau. Auch, was er hier, ausgerechnet bei diesen Familien zu erreichen suchte. Woher er kam? Gläubige, die über sich als höchste Instanz ihren liebenden Gott sahen, würden behaupten, er entstamme in direkter Linie dem Gegenpol, dem Teufel, also von der Höllenbrut ab. - Gläubige!

Oliver war bisher ein hervorragender Erfüllungsgehilfe

für ihn gewesen, um sich an Miranda heranzupirschen. Dieser würde ihm auch weiterhin dienen. Faden um Faden hatte Kaspar um ihn herum gesponnen und inzwischen hielt er ihn in seinem giftigen, betäubenden Netz gefangen. Durch seine Abhängigkeiten, nicht nur vom Alkohol, sondern auch von Kaspar selbst, hatte dieser in Oliver ein massives Aggressionspotential erarbeitet, welches sich alsbald dazu eignete, Miranda, die ach so Starke, in die Knie zu zwingen. Olivers Einsatz entwickelte sich zum Selbstläufer und langsam aber sicher würdigte er seine Partnerin zu einem weinerlichen, emotionalen Wrack herab. Die Folgen der Ängste, die Oliver in ihr auslöste, aber auch die, der vielen Enttäuschungen, die sie durch ihn erleiden musste, trank Kaspar genüsslich in sich hinein. Daraus folgten wohltuende Gelassenheit und ein immenses, nicht zu unterschätzendes Sättigungsgefühl. Jedenfalls für einen gewissen Zeitraum.

Vielleicht konnte man ihn im weitesten Sinne mit einem blutsaugenden Vampir vergleichen, nur er tötete die Personen nicht, mit denen er es zu tun hatte, indem er ihnen das Blut aus den Adern zog, sondern er bediente sich ihrer Lebensenergie. Dank Ollis gelebter Grausamkeiten Miranda gegenüber, seiner körperlichen, seelischen, wie sexuellen Missbrauchspraktiken, die er ständig an ihr verübte, ging Tag für Tag immer mehr ihrer angeborenen, normalerweise unerschöpflichen Kraft an ihn über. Eines schönen Tages würde sie einer Krankheit erliegen, die bis dahin ihren geschwächten Körper unausweichlich heimsuchen würde. Vielleicht nähme sie sich dann ganz banal das Leben. Und er hätte nach langer, erquickender Arbeit wieder einmal einen Teil seiner Jugend zurück. Doch das hatte aus bestimmten Gründen noch Zeit.

Miranda

Angst

Klopfendes Herz, Angst, die nie endet,
schweißiges Sein, Furcht wird gesendet.

Miranda träumte von der einzigen Nacht, in der sie zum ersten Mal seit langer, langer Zeit Glück erleben durfte. Bereits im Traum wusste sie, dass sie träumte. Selbst in dieser anderen Welt, im umhüllenden Universum des Schlummers, spürte sie tränenfeuchte Traurigkeit, die sie umfing wie eine Qual. In solchem Schlaf fand sie keine wirkliche Ruhe. Hände, bestehend aus Kummer und Leid, griffen mit eiserner Klaue nach ihrem Herzen. Ihr war klar, die süßen Momente würden nicht von Dauer sein, die das Unterbewusstsein in verwirrenden Fetzen an die Oberfläche brachte, in ihr verwundetes Bewusstsein spülte und ihr eine heile, kitschige, romantische Welt vorgaukelte.

Gleich werde ich wach, dachte sie. Und dann würde sie die Sehnsucht wieder packen, unerbittlich, mit heißen Händen und nicht zu lösenden Fesseln. Trotzdem konnte Miranda die Liebe genießen. Ihr Körper, ihr Geist, ihre Seele existierten in einer anderen Dimension, einem leeren Raum, der beiden Emotionen Platz einräumte. Für den einzigen träumenden Augenblick tauchte sie in die Arme ihres Geliebten ein, der ihr real erschien, weil sie ihn fühlte, weil sie sein Rasierwasser zu riechen glaubte, weil... Er war da! Er sprach mit ihr!

Kaum regte sich in ihrem Schlaf diese Vorstellung, da legte sich kalte Dunkelheit über sie wie ein schwarzes Tuch, dick, dicht und schwer. Es schob sich über ihr Gesicht, bedeckte Mund und Nase und verstopfte beide Organe. Miranda drohte zu ersticken. Ihr Hals wurde enger. Irgendetwas übte gewaltigen Druck auf ihn aus.

Wild fuchtelte Miranda mit ihren Armen, versuchte die brutalen Fänge, in die sich die Schicht verwandelte, von ihrem Schlund zu reißen. Diese versuchten vehement und barbarisch, alles Leben aus ihr herauszuquetschen.

„Miranda!", rief Frank ihr mit leiser werdender Stimme zu.

Sie blickte aus unklaren, verschwommenen, von Nebeln

verhangenen Augen zu ihm herüber. Einer Ohnmacht nahe, konnte sie gerade noch erkennen, wie er ebenfalls in gleicher Weise um sein Leben kämpfte. Auch er drohte den unbarmherzigen Erstickungstod sterben zu müssen. Sein Bild verflüchtigte sich und sie gewahrte nur noch, wie eine Schwäche, eine nahende Bewusstlosigkeit, von ihr Besitz ergreifen wollte. Eine plötzlich aufsteigende Wut, die sie zwang, sich dem Moment zu stellen, setzte in ihr ungeahnte Kräfte frei. Wer wagte es eigentlich, ihrem Geliebten so etwas anzutun?

„Ich träume!", rigoros und konsequent riss sie sich aus ihrer furchterregenden Traumwelt in die Realität zurück und es gelang. Schweißgebadet erwachte sie in Sabines Wohnzimmer, den kleinen Johannes so fest an sich gepresst, dass er sie unter schreckgeweiteten Lidern verstört ansah.

„Mama, alles gut?", fragten angstvolle Kinderaugen.

„Ja, mein Herz, alles gut!", antwortete sie, schnell den Griff lockernd und in eine leichtere, liebevolle Umarmung umwandelnd. Sie strich ihm über das süße Kindergesicht und küsste ihn zärtlich. „Ich habe dich so unbeschreiblich lieb", flüsterte sie ihm ins Ohr.

Auf dem Sofa regten sich Sindra und Sabine. Die Kleine rieb sich die Augen und lachte dann Johannes an. Von null auf hundert waren beide Kinder vollends wach, sprangen auf die Erde und jagten im gleichen Moment aus dem Zimmer hinauf ins Kinderzimmer.

Sabine dagegen wirkte verwirrt, beinah entkräftet.„Puh, das ist mir schon seit Jahren nicht mehr passiert, dass ich am helllichten Tag eingeschlafen bin. Aber ich habe bisher auch äußerst selten mit einer Freundin eine ganze Flasche Sekt am Vormittag verputzt. Du meine Güte, was habe ich bloß für einen Blödsinn geträumt."

„Erzähle mal, ich hatte auch so wirre Traumbilder!", neugierig schaute Miranda zu Sabine hinüber.

„Ich möchte eigentlich nicht so gerne darüber sprechen. Ich bin kein Traumdeutertyp, bin in solchen Dingen eher pragmatisch. Na ja, was soll das, allein werde ich mit dem Schlamassel sowieso nicht fertig. Also, ich hatte das eigenartige Gefühl, meine Seele und mein Geist befänden sich zum Zeitpunkt seiner Ermordung in Franks Körper. Es war grässlich, denn ich musste praktisch seinen Todeskampf durchstehen. Dieses furchtbare Empfinden, nicht mehr atmen zu können. Mein Gott, was hat mein Bruder bloß durchgemacht. Ich redete mir in dieser Vision immer wieder ein, ich schlafe nur und kann jederzeit aufwachen. Trotzdem war ich vor Angst und Atemnot wie gelähmt. Wie ich mich aus der Lage befreien konnte, weiß ich nicht so genau. Etwas weckte mich. Vielleicht ein Geräusch oder Sindra hat sich bewegt, keine Ahnung. Jedenfalls fand ich mich völlig verpennt hier auf dem Sofa wieder. Ich bin jetzt richtig groggy und erschöpft."

Mitfühlend, aber auch verwundert, schaute Miranda Sabine an, sagte jedoch nichts. Wie es schien, waren sie beide in ihrem Schlummer den gleichen beunruhigenden und wunderlichen Hirngespinsten ausgesetzt gewesen. Gewisse Gegebenheiten wollte sie lieber für sich behalten, denn sie fürchtete, die Freundin zu überfordern. Sie ahnte, wie sehr Sabine unter ihrem Anruf am Morgen, aber auch generell unter ihrer momentanen Anwesenheit zu leiden hatte. Deshalb schwieg sie. Auch Miranda fühlte sich im Augenblick wie ausgeknockt. Als hätte man sie jeglicher Energien beraubt.

Die Mütter riefen ihre Kinder und gingen mit ihnen ins Badezimmer, um sich den Schlaf aus den Gesichtern zu waschen und verwuschelte Haare zu kämmen. Sindra und Johannes verschwanden anschließend erneut lärmend irgendwo im Haus. Sabine und Miranda frischten rasch ihr Make-up auf. Danach fühlten sie sich etwas besser.

Mittlerweile war es beinahe 16.00 Uhr. Bald würde Peter

nach Hause kommen. Während Miranda in der Küche stand, um Tee und Kakao zuzubereiten, probierte Sabine, ihren Mann vor seinem Feierabend noch telefonisch zu erreichen. Verwirrt hatte sie ihn morgens mit Mirandas verletzenden, schmerzhaften Behauptungen konfrontieren müssen. Peter hatte sehr verärgert reagiert, weil er merkte, wie qualvoll sich die Ausführungen von Olivers Partnerin auf seine Frau auswirkten. Nun wollte sie rasch dafür sorgen, sein aufgebrachtes Gemüt zu besänftigen. Nach ihren endlos langen Gesprächen im Laufe des Tages erlebte Sabine ihre Freundin als sehr trauriges Wesen, dem auf unerklärliche Art und Weise mehr als übel mitgespielt wurde. Der Fototest bewies, sie kannte ihren Bruder Frank!

Sie wählte Peters Büronummer, setzte sich für den Moment in den zu dem Telefontisch gehörenden Sessel und lauschte auf die Geräusche, die aus der Küche kamen. Zufrieden lehnte sie sich entspannt zurück. Miranda schien beschäftigt.

„Peter Schreiber, Firma ComTec", meldete sich ihr Mann.

„Hallo Peter, ich bin es, Sabine. Ich will nicht lange stören", fügte sie rasch hinzu.

„Du störst doch nicht. Wie geht es dir jetzt?", erkundigte sich Peter besorgt.

„Soweit ganz gut. Aber deswegen rufe ich nicht an!" Sie berichtete von dem traurigen, Sekt umnebelten Vormittag, von den offenen Unterhaltungen, die zwischen ihnen stattgefunden hatten. Sabine erklärte ihm allerdings auch ausdrücklich, dass sie Miranda glauben müsste, da sie Frank auf den Bildern im Wintergarten erkannt hatte. „Miranda wollte mir mit ihren Fragen über Frank nichts Böses antun. Sie ist selbst überaus verwirrt und unendlich verunsichert und verstört. Sie sagt, Frank und sie haben sich ineinander verliebt. Er sei für sie der wichtigste Mensch in ihrem Leben, neben Johannes, obwohl sie sich am Samstag das allererste Mal getroffen haben wollen."

Plötzlich reagierte Peter sehr eigenartig. „Sabine, Schatz, Oliver ist gerade reingekommen. Wir haben Wichtiges zu bereden. Danke für deinen Anruf. Ich bin in einer Stunde zu Hause und bringe uns einen leckeren Wein mit. Grüß Sindra von mir! Ich liebe dich!"

Miranda stand neben Sabine am Telefon. „Ich denke ich fühle mich ein bisschen besser, obwohl der Sekt eine brauchbare Grundlage darstellte, das ganze Durcheinander nicht so stark an mich heranlassen zu müssen.

„Mir geht es ebenso", unterstützte sie Sabine. Sie fügte hinzu: „Bleibe doch mit Johannes einfach zum Essen. Ich habe genügend Schnitzel. Wir können uns gemeinsam einen Salat zaubern und die Kinder freuen sich sicher über Pommes frites. Peter bringt später eine Flasche Wein mit. Ich habe gerade mit ihm gesprochen.

„Danke, meine Liebe, du weißt gar nicht, was mir das bedeutet. Mir ist zwar momentan nicht nach essen zumute, aber in eurer Gesellschaft schmeckt es mir sicherlich, auch wenn ich einen Knoten im Magen habe. Es ist ein großes Geschenk für mich, dich gefunden zu haben. Du hörst mir zu, glaubst mir meine verrückten Geschichten, obwohl ich dich geradewegs in diese Misere mit hineinziehe."

Nach dem Tee verbrachten sie den restlichen Nachmittag damit, altersgerechte Gesellschaftsspiele mit den Kindern zu spielen. Den Weg nach draußen in den Garten erlaubten sie immer noch nicht. „Vielleicht gleich, wenn Papa da ist", ermunterte Sabine ihre Tochter, „dann können wir ja auf der Terrasse essen."

Die Kinder begriffen allerdings nicht, warum sie heute bei dem schönen Wetter im Hause bleiben mussten, aber sie ergaben sich stillschweigend in das Unvermeidliche. Sie hatten den Vorfall am späten Vormittag aus ihrer kindlichen Erinnerung herausgestrichen und damit längst vergessen. Die beiden Mütter, die zufrieden und glücklich beobachteten, wie gut sich Johannes und Sindra verstanden, verkürzten ihnen die Zeit, bis Peter kam.

Für Sabine stellte sich Johannes als eine Art Offenbarung dar. Er war ein lieber Junge. Jeder seiner Charakterzüge keimte aus der liebevollen Weise, in der Miranda sich um ihr Kind kümmerte. Ebenso aufmerksam, reizend und zärtlich trat sie Sindra gegenüber auf. Miranda musste eine wunderbare Mutter sein, denn trotz Olivers boshafter, aggressiver Art, glänzte sein Sohn mit einem ruhigen und ausgeglichen Wesen.

Statt um 17.00 Uhr tauchte Peter um 18.30 Uhr auf. Die Frauen hatten bereits den Salat geputzt, Pommes aus frischen Kartoffeln bruzzelten in der Fritteuse. Johannes und Sindra standen mit von Ei und Paniermehl verklebten Fingern auf ihrem Hocker vor der Anrichte und panierten Berge von Schnitzeln. Oder vielleicht eher den Fußboden? Mister Glitschig, ein zerbrochenes Ei, floss langsam sirupartig die Anrichte herab und verklebte den Untergrund. Sehr zum Vergnügen der Kinder.

Was für ein Bild stellte sich Peter dar, als er in die Küche kam? Einfach herrlich, er konnte sich das Lachen nur mit Mühe verbeißen. Er trat neben seine Frau und küsste sie leidenschaftlich zur Begrüßung. Erst dann widmete er sich aufmerksam Miranda und Johannes, indem er sie mit einem sympathischen Lächeln begrüßte. Danach aber war Sindra dran. Er hob sie hoch in die Luft und schmuste sie, ohne sich daran zu stören, dass auch er hinterher beinahe aussah, wie ein mit Brotkrümeln bestäubtes Schnitzel.

Miranda beobachtete diese Szenerie mit gemischten Gefühlen. Tränen wollten sich mal wieder einen Weg bahnen und sie konnte es nicht verhindern.

Was habe ich nur in meinem Leben falsch gemacht?, dachte sie unglücklich. *Warum ist mir und meinem Sohn ein solches Leben verwehrt geblieben?*

Sie blinzelte die Tränen weg und versuchte, sich wieder

ganz dem Alltäglichen hinzugeben. Nämlich den Pommes, die aus dem heißen Fett gehoben werden mussten. Der Vorfrittiergang war beendet. Sabine gab Miranda eine große Pfanne, in der sie Butterschmalz ausließ, um die Schnitzel darin zu braten.

Inzwischen deckte Peter den Tisch und nachdem alles fertig gegart war, setzten sie sich zu einem fröhlichen, abendlichen Mahl. Miranda schwelgte regelrecht in dieser Atmosphäre, die ihr im Kreise lieber Menschen geboten wurde. So fühlte sie sich nicht mehr so einsam und ausgelaugt, wie am Morgen, als sie diese Tatsachen vom Tode ihres geliebten Frank erfahren hatte. In diesen Augenblicken war sie in einem liebevollen Zuhause angekommen und sie genoss die dargebotene Ruhe und Zuwendung voller Dankbarkeit.

Bevor Peter Miranda und Johannes nach Hause fuhr, nahm er die neue Freundin seiner Frau allein bei Seite und sprach sie offen an: „Mir tut sehr leid, was da offenbar mit dir geschehen ist", sagte er lahm. Es klang, als könne er Mirandas Geschichte überhaupt nicht akzeptieren.

Er denkt, ich bin vollkommen durchgeknallt, dachte sie und Hitze schoss ihr ins Gesicht. *Er glaubt mir nicht und meint, ich sei total verrückt!* Peter sprach weiter: „Wenn ich mir auch die Ungereimtheiten um dich und Frank herum nicht erklären kann, so hoffe ich trotzdem für dich, dass du es ehrlich mit Sabine meinst. Wenn du solche Sachen erzählst, um Aufmerksamkeit zu erlangen, bist du bei mir an der falschen Adresse. Für derartige Faxen ist mir meine Frau zu schade. Merk dir das!"

Miranda schwieg, senkte aber ihren Blick nicht, sondern hielt dem prüfenden Ausdruck Peters stand. Der schaute ihr forschend in die Augen. Und was er dort erkannte, beschämte ihn zutiefst! Absolute Aufrichtigkeit blickte ihn an, aber auch ungeheure Trauer, Bestürzung und Schwermut erreichten seine Seele. Schockiert, ihr

Unehrlichkeit unterstellt zu haben, bat er sie in Gedanken bereits um Verzeihung für seine haltlosen Unterstellungen.

„Ich würde doch Sabine niemals etwas Böses antun!", schluchzte Miranda verzweifelt auf. „Zu niemandem wäre ich so derartig grausam, selbst nicht zu jemandem, den ich abgrundtief hassen könnte. Das musst du mir glauben, Peter! Ich habe euch drei lieb gewonnen, ziemlich bald, nachdem ich euch zum ersten Mal sah. Sabine war mir heute eine besonders gute und aufmerksame Freundin. Und das möchte ich ihr zurückgeben. Solch grausame Scherze liegen mir nicht."

„Verzeih mir, Miranda!", antwortete Peter zerknirscht. „Ich hätte das nicht sagen dürfen. Nur, wenn es um Sabine geht, da sehe ich rot. Ich kann es nicht ertragen, sie traurig zu erleben. Doch das hätte mir jetzt nicht passieren dürfen. Eigentlich habe ich eine ganz gute Menschenkenntnis.

„Ist schon in Ordnung, Peter. Ich verstehe das. Ich wünschte, jemand würde für mich mal so in die Bresche springen, wie du für Sabine. Ich hatte geglaubt, Frank wäre dieser Jemand gewesen." Miranda straffte ihre Schultern. Sie wollte und sie konnte sich nicht hängen lassen. Doch ihre Worte klangen unsagbar unglücklich. Peter ging auf sie zu und nahm sie freundschaftlich in den Arm.

„Was eure Familie mir in diesen letzten Tagen zu geben bereit war, werde ich euch nie vergessen", flüsterte Miranda mit tränenerstickter Stimme.

„Am besten ist, wir setzen uns noch auf einen Schluck Wein hin und ihr zwei erklärt mir ganz genau, was es mit dem Wochenende und Sabines Bruder Frank auf sich hatte. Ich kenne bis jetzt nur die telefonische Kurzversion von Sabine. Ich trinke allerdings dabei ein Gläschen Wasser, denn ich will euch ja gleich noch mit dem Auto sicher nach Hause kutschieren. Miranda, auf uns kannst du dich immer verlassen!"

„Warum bist du heute eigentlich so spät gekommen?"

Sabine betrat das Zimmer und ergriff ihr Rotweinglas, an dem sie vorsichtig nippte.

„Dieser Kaspar Leimas, den Oliver uns vermittelt hat, ist zum wiederholten Male nur sporadisch zum Dienst erschienen. Deshalb mussten wir anderen Mitarbeiter seine Aufgaben mit erledigen. Ich habe schon vor zwei Wochen unseren Chef angesprochen und ihm geschildert, wie oberflächlich Herr Leimas unsere Firmenbelange vertritt. Sein fehlender Einsatz in wichtigen Geschäftsfragen ist mittlerweile sprichwörtlich. Eigentlich ist er gar nicht tragbar für einen solchen Konzern, vor allem in dieser verantwortungsvollen Position.

Was Kaspar betrifft, ist unser Herr Bäumler wie vernagelt. Er hat mich angelächelt und meinte, so schlimm könne es doch nicht sein. Ich müsse auch mal ein Auge zudrücken. Früher hat er meinem Urteil immer vorbehaltlos vertraut, wenn es um Personalfragen ging, aber jetzt stoße ich bei ihm auf taube Ohren, ja direkt auf Ablehnung. Dazu kommt noch die bodenlose Unverschämtheit: Oliver und Kaspar haben dem Boss glaubwürdig versichert, dieser habe ganz pünktlich an seinem Schreibtisch gesessen. Ich kam mir richtig dämlich vor. Keiner von den Kollegen konnte diese Aussage definitiv bestätigen. Schließlich haben wir alle für ihn Überstunden machen müssen. Trotzdem hat mich von denen keiner unterstützt. Die wichtigen terminierten Aufträge, die Leimas zu bearbeiten hatte, waren alle nicht fertig. Tja, und als treuer Angestellter von ComTec musste ich eben in den sauren Apfel beißen und meine Süßen hier warten lassen."

Zur Bestätigung küsste er seine Süße, und die sah Miranda vielsagend an. Mit Peters Aussage stand eigentlich fest, sie hatten sich nicht in der Annahme getäuscht, Kaspar Leimas morgens im hinteren Teil des Gartens gesehen zu haben. Miranda war fest davon überzeugt, er hatte ihnen aufgelauert und sie möglicherweise sogar belauscht. Als hätten sie sich abgesprochen, schwiegen beide Frauen jedoch zu diesem Zeitpunkt zu dem Thema. Warum auch immer?

Der Name „Kaspar Leimas" fiel und eisiges Wasser durchströmte Mirandas Adern. Diese innere Kälte konnte auch von dem leckeren Wein nicht in Wärme umgewandelt werden. Dieser Mann drückte bei der jungen Frau alle Knöpfe und sie panzerte sich für die Freunde und vor allem für ihren Sohn. Der Schmerz, der ihrem Herzen so nachhaltig eine Wunde nach der anderen zufügte, traf sie ohne Vorwarnung immer wieder neu. Und die Erwähnung Kaspars sorgte für eine ungeheure Schwäche, gegen die sie nur mit Mühe anzukämpfen verstand. Aber tapfer gab sie ihr Bestes, sich diese Verwundbarkeit nicht anmerken zu lassen.

Sie unterhielten sich noch eine Weile über die Eigentümlichkeiten des vergangenen Wochenendes, danach fuhr Peter Miranda und Johannes nach Hause. Im Auto redete keiner viel. Der Kleine war müde und ausgepumpt und sie selbst grübelte ununterbrochen über Frank nach. Noch während der Fahrt betrauerte sie den Abschied von der liebenswerten Familie, deren Nähe ihrem trüben Gemüt etwas Ruhe zu geben verstand. Jetzt erwartete sie wieder die lähmende Kälte ihres Zuhauses, der Geruch von Disziplinlosigkeit und roher Gewalt. Die Hoffnung, dieser menschlichen Hölle für immer entrinnen zu können, die ihr Franks Liebe offenbart hatte, war mit dem heutigen Tag für immer verloren.

Eventuell würde sich Oliver noch etwas von seiner unerwarteten guten Laune des frühen Morgens erhalten haben. Allerdings, wenn sie ehrlich mit sich war, glaubte sie bereits seit Jahren nicht mehr an solche Wunder. Mit Wundern wurden andere beschenkt, aber nicht sie, Miranda! Tatsächlich, kaum hatte sie den Schlüssel in die Tür ihrer Wohnung gesteckt, riss Oliver diese schon von innen her auf. Geifernd baute er sich vor ihr auf.

„Verdammt, weißt du eigentlich, wie spät es ist? Wo kommst du denn jetzt erst her?" Trotz ihres Sekt- und Weinkonsums konnte sie seine widerliche, säuerliche Schnapsfahne drei Meilen gegen den Wind riechen, die er ihr mit jedem Wort ins Gesicht schrie. „Ich rede mit dir, antworte mir!"

Ein Sprühregen feinster Spucketröpfchen traf ihren Mund, die Nase, die Augen, machten vor den Wangen nicht halt. Angeekelt zuckte Miranda zurück und schwieg. Entsetzen kroch ihren Rücken hinauf, als sie sich mit Johannes an ihm vorbeischob, um geradewegs ins Kinderzimmer zu gehen. Sie fürchtete, ihm den Rücken zuzukehren, denn er hatte eine feste Hand, die sie schon mehrmals im Genick zu spüren bekommen hatte. Das kribbelnde Gefühl lauernder Gefahr in ihrem Nacken verstärkte sich und ebbte erst ab, als sie die massive Kinderzimmertür zwischen sich und Oliver wusste.

Erstaunlicherweise blieb er zurück und schickte sich an, seinen Platz vor dem Fernseher wieder einzunehmen. Wenige Sekunden später ertönte ein leises Klirren, als der Hals der Schnapsflasche gegen sein Glas stieß. Seine Sucht gewann in diesem Augenblick die Oberhand. Sie und der Kleine waren erst einmal in Sicherheit. Nur wie lange? Immer dieselben quälenden, unbeantworteten Fragen, immer die gleiche permanente Furcht, die aus einem Leben eine Tortur machte und aus einem selbstbestimmten Menschen einen unterwürfigen Sklaven.

Die Minusgrade, die ihre sommerlich warme Wohnung in diesem Augenblick erkalten ließen, waren kaum zu ertragen. Sie paarten sich mit feuriger Aggressionshitze, die dieser böse, gefühllose Mensch aussendete. Eine explosive Mischung.

Johannes zuliebe versuchte sie, sich ganz ruhig zu geben, brachte den Jungen ins Badezimmer, wo sie ihm beim

Ausziehen und Waschen half. Danach schickte sie ihn ins Bett, deckte ihn liebevoll zu und begann, ihm seine Lieblingsgeschichte vorzulesen. Ihr war ganz und gar nicht danach zumute in die Märchenwelt einzutauchen. Am liebsten wäre sie in Tränen ausgebrochen. Doch Johannes konnte für das Gefühlschaos nichts, das in ihr, aber auch in ihrer jetzigen Umgebung begann, unausgegorene Kämpfe auszutragen. Also nahm sie sich zusammen. Der Junge schien ihre Traurigkeit sehr wohl zu spüren, denn er sah sie irgendwie verständnisvoll an, während sie sich mit der Lektüre beschäftigte. Tröstend legte er seinen Kopf an ihre Schulter und sie streichelte ihn dankbar. Kurze Zeit später sank er in seine Kissen zurück. Johannes war von seiner Müdigkeit überwältigt worden. Ein ebenso schöner, wie anstrengender Tag mit Sindra lag hinter ihm.

Mit jedem Schluck, den Oliver sich gönnte, mit jedem Tropfen Gift, das sein Hirn erreichte, verwandelte sich seine eben noch Gelassenheit ausstrahlende Haltung in brüllende Wut. Oliver glühte inzwischen vor Zorn, als seinem vernebelten Schädel klar wurde, mit welcher Dickfälligkeit und Ignoranz ihm Miranda vorhin gegenübergetreten war. Sie hatte ihn am Wochenende schon hintergangen und erdreistete sich glatt, einen Tag danach zu spät nach Hause zu kommen.

Woche für Woche leistete er sich sexuelle Eskapaden, kam heim, wann immer es ihm passte, doch konnte er ihr die Freiheit, die er sich wie selbstverständlich nahm, nicht zugestehen. Um die innere Glut zu bekämpfen, gönnte er sich weitere Schlucke „Löschwasser". Jetzt sah er deutlich „klarer". Doch statt die Lohe zu löschen, entfachte der Schnaps in ihm ein zerstörerisches Feuer, welches die Gitterstäbe zum Schmelzen brachte, die ein Tier namens Brutalität gefangen hielten. Der Weg, weitere bestialische Erziehungsmaßnahmen an seiner Partnerin durchzuführen, wurde geebnet.

Kaum hatte Miranda das Licht in Johannes Raum abgedunkelt, ihm Küsschen um Küsschen auf seine im Schlaf entspannten Wangen gegeben, da überkam sie eine ungeheure Sehnsucht. Die Leere, die sie spürte, nachdem sie Sabine und ihre Familie verlassen hatten, verstärkte sich um ein Vielfaches. Und Frank fehlte ihr so sehr. Sie würde ihn niemals wiedersehen. Von ihm hatte sie Wärme und Liebe erfahren und ausgehungert, wie ihre Seele, ihr Herz und ihr Körper nach diesen Emotionen waren, wollte sie einfach mehr davon. Doch statt in seinen Armen zärtlich gehalten zu liegen und glücklich zu sein, hatte ihr das Schicksal einen grausamen Streich gespielt. *Nichts mehr fühlen, nichts mehr sehen und hören,* bettelten Stimmen in ihrem Kopf. Mit dieser Bitte wuchs ihr Verlangen nach Stille und Dunkelheit. Die Gedanken, die ihr unaufhörlich den Namen Frank präsentierten, schmerzten so sehr. Wie sollte sie die Qual nur aushalten? Wie das sich ständig kreisende Karussell in ihrem Hirn zum Stillstand bringen? Schon jetzt war sie unendlich abgekämpft und wusste doch, heilender Schlummer würde sich nicht einstellen. Nicht in dieser Nacht und keiner Nacht danach.

Zögerlich begab sie sich ins Fernsehzimmer zu dem wutschäumenden Mann und entriss dem Überraschten das Wasserglas, welches er, soeben nachgefüllt, in seiner Hand trug. Verdutzt und entrüstet sprang er auf und hob seine Faust, um sie zu schlagen. Sie aber zuckte geschickt zurück, setzte das Glas an und jagte sich die brennende Flüssigkeit mit einem einzigen Satz die Kehle hinunter. In diesem Moment beruhigte Oliver sich. Er fing laut an zu lachen. Er lachte und lachte, bis ihm die Tränen liefen. Der Schnaps tat sofort seine Wirkung, deshalb konnte Miranda das grausame gackernde Gelächter einer schwarzen Gestalt, die sich in der Küche versteckt hatte, nicht wahrnehmen. Sie war bereits völlig zugedröhnt von dieser riesigen Dosis Feuerwasser, die sie bisher nicht gewöhnt war. Außerdem floss bereits neben Sekt und Wein eine riesige Portion Schwäche durch ihren Kreislauf.

Kaspar jedoch triumphierte: Der Weberknecht seiner Gedankenkraft begann sein nächstes Opfer in ein Netz aus Lug, Trug und Abhängigkeit einzuspinnen. Miranda hatte eines der Ziele erreicht, welche er für sie gesteckt hatte. Sie war der Realität entflohen und die Klammer der Sehnsucht, die ihr Herz umspannte, lockerte sich. Diesen Zustand würde sie sich von diesem Augenblick an täglich wünschen. Denn er versprach ihr zärtlich, ihr den nagenden Kummer leichter zu machen.

In Oliver erwachte plötzlich ehrliche Freude. Miranda hatte nie wirklich an seinem ausschweifenden Leben teilgenommen. Er selbst nannte es natürlich nicht ausschweifend, in dieser Hinsicht fühlte er sich sowieso zumeist von ihr missverstanden. Er empfand sich als lebenslustig und temperamentvoll. Ein Gourmet und Genießer jedweder Fröhlichkeit, die sich ihm lustvoll darbot. Hätte seine Partnerin nur ein wenig mehr von seinem glorreichen Ego wissen wollen, statt immer nur auf seinen, wie sie meinte, charakterlichen Missständen herumzuhacken, wäre es in ihrer Beziehung nie zu solchen maroden Bedingungen gekommen. Miranda trank hin und wieder mal ein Gläschen, selten eines zu viel. Sie trieb Sport, wann immer es ihr Zeitplan und die Erziehung ihres Sohnes zuließ und sie ernährte sich sehr gesund. Für Oliver wies dieser Lebensstil nur Gräuel auf. Er verlangte Selbstbeherrschung und verbot jeglichen Spaß.

Sein Lebensmotto lautete, stets auf die Pauke zu hauen und seine Feierpotentiale richtig ausnutzen. Das Leben bot so viel, da hieß es zugreifen. Die Arbeit verlangte dauerhaft Disziplin von ihm, also sollte die Freizeit schon in einer exzessiven, exklusiven Art und Weise ablaufen. Dafür zeigte seine Partnerin bisher leider nur wenig Bereitschaft und schon gar kein Verständnis. Sie war eine Matrone, wie sie im Buche stand. Mütterlich, ständig mit ihrer blöden Handarbeit klimpernd, eher langweilig und dumm als sexy zu nennen.

Ihr Verhalten Johannes gegenüber kritisierte er allerdings nur bedingt. Sie sorgte wirklich vorbildlich für den Jungen. Trotzdem war sie nur ein schlaffes Weib ohne Selbstbewusstsein, das ihm und seiner Karriere, die er in einigen Etablissements pflegte, dauernd im Wege stand. Hoffentlich erzog sie Johannes nicht zu einem Weichei. Seine mögliche Rolle, als unterstützender Vater in der Erziehung des Kindes zu agieren, ignorierte er lieber geflissentlich.

Jedoch, was da soeben geschehen war, ließ ihn hoffen. Wie sie den Schnaps da gerade weggesoffen hatte, wahrlich eine glanzvolle Meisterleistung. Das hatte Potential. Selbst er schaffte das nicht besser. Vielleicht konnten sie nun doch wieder zusammenkommen! Gleiche Interessen, gleiche Gesinnung, boten möglicherweise die Chance, wieder gemeinsam an einem Strang zu ziehen! Eine Welle positiver Emotionen erreichte sein Herz. So glücklich hatte er sich lange nicht mehr gefühlt; seit er neun Jahre alt gewesen war... Blitzartig schossen ihm Gedanken an die Zeit mit seiner Mutter durch den Kopf, der Frau, die ihn liebte und ... Scheiße, was ging nur in ihm vor? Rasch trank er aus der Flasche, den Weg über das Glas sparte er sich, bevor ihn sein Innenleben weiter überrumpelte.

Miranda saß, während dieser Überlegungen Olivers, mit glasigen Augen in ihrem Sessel. Das Strickzeug lag achtlos auf dem Boden. In gewisser Weise hatte sie in wenigen Augenblicken erreicht, was sich ihre Seele so sehnlichst gewünscht hatte: Sie sah und dachte nicht mehr klar. Alles lag in einem betäubenden Nebel. Watteweich und mit unsichtbaren Schaumpolstern wurde ihre Physis, aber auch ihre Psyche in die verblendende, wärmende Atmosphäre des Alkohols eingepackt. Geräusche, die sie hörte, konnte sie schon nicht mehr einordnen. Willenlos nahm sie ihren Platz in der Dimension trügerischer Ruhe ein. Sie sank dahin und ließ sich freudig fallen, genoss ihren momentanen Zustand und wusste gleichzeitig, wie falsch die Entscheidung gewesen war, sich selbst in diesen hineinzumanövrieren. Doch der Zug war längst abgefahren, mit dem sie die Möglichkeit gehabt hätte, den Raum zu verlassen. Diesen Raum, der ihr alles versprach und der sie doch ausspucken würde wie ein Stück Dreck, wenn der entsprechende Zeitpunkt gekommen war.

Oliver ging froh gestimmt in die Küche und holte eine neue, gut gekühlte Flasche aus dem Kühlschrank. Er achtete immer darauf, dass der Korn richtig temperiert war. Man mochte ihn mit Fug und Recht einen Menschen nennen, der gerne Alkohol trank, aber er wahrte auch stets die Etikette. Nie wäre bei ihm ein Bier zu warm. Selbst der Wein wurde immer in der richtigen Temperatur kredenzt, sogar, wenn er ihn für sich alleine beanspruchte. Und Schnaps hatte immer eiskalt zu sein. Also machte er sich sogar häufig die Mühe, die Flasche nach dem Einschenken wieder zu kühlen. So viel Zeit musste sein. Er war kein Säufer, der stets sein Getränk in der Hand halten musste, um sich die brennende Flüssigkeit bei jeder Suchtregung in den Hals schütten zu müssen. Er bereitete sich mit jedem Gang zum Kühlschrank hin schon zufrieden auf seinen nächsten Schluck vor. Er war eben ein richtiger, absoluter Feinschmecker. Dies alles erzählte er der fast ohnmächtigen Miranda, während er seinen nächsten Coup vorbereitete. Nicht, dass er ihre wahre Konstitution bemerkt hätte. Er erklärte ihr dies, um ihr zu zeigen, wie glücklich er war, sie in seiner Gefolgschaft zu sehen. Allerdings in der Wahl seiner Gläser ähnelte er keinem Gourmet. Diese konnten nicht groß genug sein, um seinem unbändigen Durst gerecht zu werden.

In der Küche wischte sich gerade Kaspar die letzten

Lachtränen aus dem Gesicht, als sein Freund das Zimmer betrat. Sie gaben einander Fünf, indem sie ihre gespreizten Handflächen gegeneinanderklatschen ließen. Dann holte Oliver ein weiteres Glas aus dem Schrank, nahm den Fusel und kehrte damit zurück zu seiner Lebensgefährtin. Er brauchte jetzt dringend auch noch einen Drink.

Nach einem weiteren Schluck, den ihr Oliver höchstpersönlich einschenkte und ihr brutal in den Hals schüttete, vegetierte Miranda mit glasigem Blick nur noch so vor sich hin. Oliver aber redete mit ihr, wie mit einer seiner Geliebten. Ihn schien ihre Verfassung nicht weiter aufzuregen. Ganz im Gegenteil. Er fand sie einfach hinreißend, wie sie da im Sessel mehr lag als saß, die Augen inzwischen geschlossen, mit dem Kopf wackelnd, da sie ihn nicht mehr in aufrechter Position zu halten wusste.

Hin und wieder flößte er ihr einige Tropfen ein und zwang sie mit hartem Griff, den er liebevoll nannte, diese zu schlucken. An diesem Abend schluckte sie. Unglücklich trank sie sich die grenzenlose, nicht zu überwindende Leere, Sehnsucht und Traurigkeit aus der Realität und schickte sich selbst fort in eine unbekannte Welt, an die sie sich am nächsten Morgen nicht mehr erinnern sollte.

So bekam sie nicht mehr mit, wie Oliver sie zu vorgerückter Stunde grob packte, sie in sein Schlafzimmer zerrte, sie auszog und auf sein Bett warf. Er verging sich an diesem Abend nur einmal an ihr. Zu mehr reichte es in seinem benebelten Dasein nicht. Dazu war er zu besoffen. Dann schlief er ein. Johannes wimmerte in seinem Bett, ohne zu erwachen.

Kaspar aber verließ die Küche, hob Miranda beinahe zärtlich von Olivers Bett und verfrachtete sie in ihr Zimmer, um sie dort abzulegen. Er versicherte sich, dass Oliver und Johannes auch wirklich in tiefsten Schlaf gefallen waren. Dann zog er sich ganz langsam aus. Als er seine Unterhose herunterzog, setzte er ein Gemächte von unglaublicher

Größe frei, hart und steif, von den stöhnenden Geräuschen, die Oliver zuvor von sich gegeben hatte, stark erregt. Er missbrauchte Miranda mehrere Male, die in ihrem alkoholischen Koma lag und offensichtlich nichts von dem Szenario mitbekam. Er nahm sich zärtlich und liebevoll, wonach ihm gelüstete. Längst nicht so grob und brutal wie Oliver. Während des Übergriffs liefen ein paar Tränen zwischen ihren Wimpern hindurch ins Freie, doch diese konnten auch von einem Traum herrühren, mit dem sie sich beschäftigte. Danach zog sich Kaspar sorgfältig wieder an, strich sich mit gespreizten Fingern durch die Haare, schloss leise die Wohnungstür und verschwand lautlos. Draußen verschmolz er mit mit dem Rest der Nacht zu dem Schatten, der er eigentlich war.

Tatsächlich registrierte Mirandas Bewusstsein die mehrfache Vergewaltigung nicht, die ihr erst durch Oliver, dann durch Kaspar aufgezwungen wurde. Jedoch ihre Seele wurde mitleid- und erbarmungslos angegriffen. Sie litt in einem nicht zu verhindernden, unvorstellbaren Ausmaß, den der normale Menschenverstand nicht mehr realisieren konnte und kapselte das Geschehen in den Tiefen ihrer Gehirnwindungen ab.

Miranda schlief ihren Rausch aus! Vergiftet, wie sie war, spürte sie nicht, dass der Morgen graute. Fühlte nicht, wie sich ein kleiner Junge, der sich in dieser Nacht unruhig und verschwitzt auf seiner Matratze herumgewälzt hatte, zu ihr legte und sich an sie kuschelte. An ihren Körper gepresst, schlummerte er sofort ein: „Farank, Farank"; wisperte er immer wieder in seinem Traum. Miranda hörte es nicht. Oliver aber, der durch irgendein Geräusch geweckt worden war, (es handelte sich um das vorsichtige Schließen der Eingangstür von Seiten seines Freundes) stand neben ihrem Bett und kochte bei den geflüsterten Worten seines Sohnes vor unbarmherziger Wut. Sein Zorn war wahrlich unbändig. Wäre er nicht von Kaspar so vollkommen überzeugt gewesen, hätte er nicht dessen klaren Anweisungen Folge zu leisten, würde er jetzt ein zweites Mal seine Hände um den Hals der Nutte legen und sie würgen, bis ihr die Augen aus den Höhlen tropften. Das nächste Mal, so schwor er sich, gäbe es kein Entrinnen für diese Schlampe.

Dann verschwand der Name Frank plötzlich aus seinem Gedächtnis. Zurück blieb nur der Gedanke an Mirandas Betrug, den er zu ahnden gedachte. Namenlos.

Tristesse

Weine nur, mein Herz, lasse deine Tränen fließen.
Wangen feucht, von Kummer zerfurcht, kein Augenblick ist zu genießen.
Trauere nur, du meine Seele, lass dich doch ein auf diesen Weg.
Geh forsch voran und klage, steig hinauf den Leidenssteg.

Träume nur, mein Herz und fühle dich für alle Zeiten wohl.
Wenn der Schlaf dich eingefangen, die Gedanken übervoll.
Ruhe nur, du meine Seele, wenn die Kraft dich einst verlässt.
Sammle dich in gutem Denken, wenn das Leid in dich gepresst.

Jammere nur, mein Herz, gewöhn dich an verlorenes Glück.
Tröste dich und schau nach vorne, gehe niemals mehr zurück.
Schreie nur, du meine Seele, alles aus dem Innern fort.
Wenn du wandelst in die Ferne, findest du den Ruheort.

Traurigkeit nimmt nie ein Ende, weil das Leben grausam ist.
Zukunft fühlt sich an wie Schwärze, denn die Liebe wird vermisst.
So weine nur, mein Herz, da die Sehnsucht dich erschlägt.
Trauere nur, du meine Seele, Schlimmeres hat dich geprägt.

Verkatert wachte Miranda Stunden später auf und öffnete ihre Augen. Ihr Kopf drohte zu zerspringen, ihr Magen rebellierte. Sie fühlte den schlafenden Johannes neben sich und zog ihn in ihren Arm. Bald jedoch ließ sie ihn wieder los. Ihr kleiner Junge hatte es nicht verdient, von einem Menschen gehalten zu werden, der sich in diesem widerlich, dreckigen Zustand befand. Noch dazu war sie seine Mutter. Sie schämte sich in Grund und Boden, hatte ein entsetzlich schlechtes Gewissen. Ihr ging es hundeelend. Ein ganz furchtbarer Geschmack entströmte ihrem Mund und ein noch scheußlicherer Geruch sickerte unter ihrer Bettdecke hervor. Diese übelriechenden Ausdünstungen kannte sie von all den vielen sexuellen Attacken ihres Partners her und ihr ging es nur noch miserabler. Was war hier los? Geriet ihr Leben jetzt vollends aus dem Ruder?

Die Schuldgefühle, so viel getrunken zu haben, stachen wie Nadelstiche nun vermehrt zu und eine ungesunde Hitze schoss wellenartig durch ihren Körper. Im Nu war sie schweißgebadet, ihr stinkendes Hemd nass. Im Bereich des Sonnengeflechtes verkrampfte sich ihr geschundener Magen und wurde zu Stein. Eine lähmendes Unwohlsein nahm Überhand. Hinter all dem körperliche Grauen drängte sich der Name Frank hervor.

Die Nähe zu ihrem Sonnenschein kam einer Demütigung seiner Person gleich. Er lag so frisch und rein neben ihr. Sie beschlich das starke Empfinden, ihren Liebling mit ihrer Anwesenheit regelrecht zu entweihen, so schmutzig, so benutzt und elendig kam sie sich vor. Um sie herum war alles still. Oliver schien das Haus verlassen zu haben und zur Arbeit gegangen zu sein. Sie atmete ein paarmal tief durch, um die Übelkeit, die sie ans Bett fesselte, in den Griff zu kriegen. Ganz langsam und vorsichtig stand sie auf, strich ihr T-Shirt glatt und schleppte sich ins Badezimmer. Wie eine Schwerkranke konzentrierte sie sich auf jede ihrer Bewegungen. Die Vergiftung, die der Alkohol in ihrem Körper angerichtet hatte, ließ ihr Herz heftig gegen die Wand ihrer Rippen schlagen. Mit Hilfe dieses scheinbar ausgleichenden Trommelfeuers versuchten ihre Organe, die gefährliche Schwäche und die Toxine gleichermaßen zu kompensieren. Umsonst! Hin und wieder zwangen Schwindelanfälle sie dazu, sich hinzusetzen. Völlig fertig nahm sie auf dem geschlossen Toilettendeckel Platz, streckte den Kopf weit nach unten, damit Blut in ihr Gehirn fließen und den Kreislauf ein wenig stabilisieren konnte. Dabei überfiel sie ihr eigener Körpergeruch erneut. Von Ekel angetrieben, richtete sie sich rasch auf und löste damit eine weitere Kopfschmerzwelle aus.

Als es ihr etwas besser ging, putzte sie sich akribisch die Zähne, fuhr mit der Zahnbürste über ihre weiß belegte Zunge, um den alkoholischen Nachgeschmack des Schnapses in ihrem Mund zu bekämpfen und die Papillen von den Resten des gestrigen Gelages zu befreien. Am Leibe zitternd wie Espenlaub, im Innersten aufs Schwerste deprimiert, stellte sie sich unter die Dusche. Verdreckt und beschmiert, wie sie vorkam, wusch sie sich gründlich, verbrauchte Mengen an Shampoo und Duschgel und ließ anschließend noch für mindestens zehn Minuten das heiße Wasser auf sich herniederprasseln, bevor sie sich etwas sauberer fühlte.

Hierbei handelte es sich jedoch nur um ein rein äußerliches Gefühl. Ihre Seele war beschmutzt und solange der Klare ihre Blutbahn nicht verlassen hatte, würde sie sich unrein vorkommen. Das hämmernde Herzjagen verstärkte sich mit jeder Handlung, die sie ausführte. Vorsichtshalber ließ sie sich zwischen zwei Tätigkeiten erschöpft auf dem Rand der Badewanne nieder, um zu Kräften zu kommen. Eigentlich gehörte sie ins Bett. Doch bald würde Johannes aufstehen und er brauchte sie. Also erhob sie sich und starrte in den vom Wasserdampf trüben

Badezimmerspiegel. Dicke, aufgedunsene Augen blickten ihr aus der von leichten Nebelschwaden überzogenen Oberfläche entgegen. Noch einmal sank sie auf den zugeklappten Toilettendeckel, denn die Kraftlosigkeit überkam sie mit voller Wucht. Tränen schossen unter ihren verquollenen Lidern hervor. Warum, um alles in der Welt, hatte sie sich so maßlos volllaufen lassen?

Obwohl sie intensiv in ihrer Erinnerung kramte, fiel ihr nicht mehr ein, wie sie ins Bett gekommen war. Was genau Oliver mit ihr angestellt hatte, konnte sie nur ahnen. Der ihm so eigene eklige, sexuelle, Geruch, der diesmal noch widerwärtiger stank als sonst, bewies, dass er sich an ihr mehrfach vergangen haben musste, während sie in ihrer selbstgewählten Trance lag. Selbst schuld, schalt sie sich in Gedanken. Sie hatte die Kontrolle verloren; dafür war sie bestraft worden; dafür musste sie büßen. Andrerseits, sogar wenn sie vollkommen klar im Kopf war und nichts getrunken hatte, missbrauchte er sie unter Einsatz von roher Gewalt und machte nicht Halt vor ihrem hilflosen Flehen. Ihre gestrige Ohnmacht hatte er eben besonders gründlich ausgenutzt; triumphal und herrschend überschritt sein gestörtes Wesen wieder eine Schwelle mehr, die sie weiter in die Würdelosigkeit trieb. Je tiefer sie fiel, desto höher kletterte er in sein verkommenes Ego hinein.

Plötzlich hörte sie ein Geräusch aus ihrem Schlafzimmer. Johannes regte sich in dem verschmutzten, verschwitzten Bett. Schnell ging sie hinüber und lächelte ihn an, obwohl sie sich nicht danach fühlte. Dann drehte sie sich zu ihrem Schrank herum, entnahm ihm frische Kleidungsstücke und zog sich an. Diese automatisierten, alltäglichen Handlungen kosteten sie heute enorme Kraft und Überwindung.

„Mutti, ich habe Hunger", gähnte der Kleine und streckte sich.

„Ich mache uns sofort Frühstück!", antwortete Miranda. Der Gedanke daran, Essen vorbereiten zu müssen, schwemmten die Wogen der Übelkeit wieder an die Oberfläche bewussten Denkens. Trotzdem verschwand sie in die Küche, nachdem sie sich die Haare geföhnt und sich geschminkt hatte. Ein wenig wohler fühlte sie sich jetzt schon, nachdem sie feststellte, wie ein bisschen Make-up ihr Äußeres aufwertete. Davon profitierte auch das Innere.

Johannes verzog sich in sein Zimmer, um sich anzuziehen. Das Ergebnis konnte sich durchaus sehen lassen. Lediglich das bunte T-Shirt trug er verkehrt herum. Das Schildchen mit der Größenangabe lugte unter seinem Adamsapfel hervor. Sie lachten und er rutschte wieder aus den Ärmeln heraus. Mit immer noch zitternden Händen drehte Miranda das Hemd herum und er schlüpfte nun auf der richtigen Seite hinein.

„Was wünschen Euer Gnaden, der Prinz, denn an diesem Morgen zu speisen?"

„Spiegelei!"; lautete die prompte Antwort.

„Zu Befehl! Eigentlich könnt Ihr aber nicht jeden Tag mit dem Essen von Spiegeleiern mit Speck beginnen, Euer Hochwohlgeboren", alberte Miranda.

„Doch, ich kann das! Das weißt du doch."

„Sicher weiß ich das, mein Liebling. Ich setze ja sofort die Pfanne auf den Herd und dann geht es auch gleich los."

Nach dem Frühstück, an dem sich Miranda ganz zaghaft mit einer Tasse heißen Tees beteiligt hatte, rief sie Sabine an und erzählte ihr von ihrem schrecklichen Fehltritt des vergangenen Abends. Die vermuteten Übergriffe Olivers verschwieg von Scham und Schuldgefühlen gepeinigt. Mit einem Mal überfiel sie ungeheure Sehnsucht nach dem Mann, den sie liebte, während sie mit dessen Schwester telefonierte. Von Frank hatte sie sich in ihrer verfahrenen Situation Hilfe erhofft und sie verlor ihn, noch ehe sie die geringste Chance auf ein zukünftiges Glück erhielt. Frank war tot! Er hatte sie für immer verlassen! Nichts konnte ihn zu ihr zurückbringen!

Sabine reagierte sehr mitfühlend und verständnisvoll. Der liebevolle Umgang seitens ihrer neuen Freundin trieb der seelisch angegriffenen Miranda mehr und mehr Tränen in die Augen. „Sabine", weinte sie bitterlich: „Ich weiß mir keinen Ausweg mehr. Ich kann nicht mehr mit Oliver leben. Deinen Bruder vermisse ich ohne Ende, obwohl ihr mir glaubhaft versichert habt, dass ich ihn gar nicht kennen kann."

„Hör mal, mein Liebes. Du hast uns ebenso glaubhaft versichert, ihn bei uns getroffen zu haben. Peter hat das alles auch sehr mitgenommen. Er ruft heute Vormittag bei dem Kommissar an, der den Fall damals bearbeitet hat und bittet ihn, ihm die Fakten nochmals zu erläutern. Vielleicht bekommen wir dann noch ein paar andere Antworten."

„Was soll das nützen!", begehrte Miranda gequält auf und fuhr dann immer sarkastischer werdend fort: „Das bedeutet doch lediglich, wir haben am Samstag unterschiedliche Partys besucht. Vielleicht in einem Paralleluniversum, wenn es das gibt. Ich tanzte auf einem Fest mit deinem wunderbaren und attraktiven Bruder Frank, während ich mich gleichzeitig auf der gleichen Fete, allerdings auf einem anderen Planeten, mit euch amüsierte. Nur diesmal ohne ihn, da er ganz offensichtlich zu diesem Zeitpunkt gar nicht mehr lebte. Selbst die entwürdigende Szene, in der Oliver Regie geführt hat, fand wahrhaftig statt. Denn wie du erzähltest, hat Leon ihn danach wirklich nach Hause gebracht. Zwei ganz gleiche, identische Filme; nur eine der Hauptaktionen fehlt in dem einen Streifen. Die glückselige Liebe zwischen Frank und mir hat es nie gegeben. Für mich sieht es in diesem Kinostreifen verdammt schlecht aus, meiner großen Liebe nochmal zu begegnen. Was soll das also bringen, mehr über den Tod von Frank herauszufinden? Definitiv nichts! Tot ist tot!", endete sie frustriert und von einem Schmerz erfüllt, der sie ungerecht werden ließ.

Sabine blieb ganz ruhig: „Du hast ja recht, Miranda. Aber es macht es mir leichter, die verkorkste Situation schneller verarbeiten zu können."

„Verzeih mir!", beschämt entschuldigte sich Miranda und wischte sich die Tränen fort. *Auch Sabine hat ihre Probleme,* ging es der Unglücklichen durch den Kopf.

„Hör mal, Liebes, heute habe ich nicht viel Zeit. Was hältst du denn davon, wenn wir uns morgen Nachmittag treffen? Ich hole euch dann wieder ab. Sindra freut sich schon auf Johannes und sendet ihm durch den Hörer lauter dicke Küsschen."

Das Schmatzen im Hintergrund war nicht zu überhören.

„Johannes schickt ihr ebenso viele zurück. Alles klar! Wann passt es dir? Vielleicht gegen drei Uhr?"

„Das ist perfekt. Also dann, bis drei Uhr!", antwortete Sabine jetzt froh gelaunt. Miranda nahm ihren Sohn bei der Hand. Sie wollte einen kleinen Spaziergang mit ihm machen. Für den Kindergarten war es zu spät und die Hausarbeit konnte warten, bis sich ihre schlechte Verfassung wieder normalisiert hatte. Jetzt brauchte sie den Wald, erfrischenden, kühlenden Wind, jede Menge Sauerstoff und ihr geliebtes Kind.

Johannes hatte seit jeher viel Spaß an ihren kleinen Ausflügen. Er marschierte fröhlich neben seiner Mutter her, die Augen meist fest und staunend auf den Boden gerichtet. Regenwürmer, Käfer, Ameisen, Getier aller Art, welches sich auf dem Waldboden tummelte, krabbelte und kroch, faszinierte ihn ungemein. Flatterte ein Schmetterling vor ihm her, löste dies Stürme der Begeisterung in ihm aus. Interessant fand er aber auch Pilze, Mooskissen und vor allem bizarr geformte Zweiglein, die sich am Wegesrand häufig nach stürmischen Tagen sammelten. Richtig spannend gestalteten sich diese kleinen Wanderungen auch deshalb, weil sich Miranda nie an die Wegführungen hielt. Sie trabten quer durch den Wald, denn hier fand man die wesentlichsten Anschauungsmaterialien. Da sie Johannes nicht auf jede Frage eine Antwort geben konnte, kaufte sie ihrem Sohn altersgerechten Lernstoff, den sie ihm nach Bedarf und auf Anfrage gerne vorlas.

Johannes hüpfte glücklich von einem Baumstumpf zum nächsten. Miranda, die noch immer sehr niedergeschlagen war, musste trotz ihres Unbehagens dauernd über den Jungen lachen. Beide streckten ihre Gesichter der Sonne entgegen und ließen die warmen Strahlen tief in die Poren der Haut eindringen, während sie auf einer hell beschienenen Lichtung strandeten. Miranda spürte die wohlige Wärme und die Energie, die ihren vergifteten und geschundenen Körper zu neuen Empfindungen aufforderte.

Auf der Hälfte ihrer Hausstrecke verließen sie das faszinierende, abwechslungsreiche Dickicht und traten zurück auf den Weg. Eine Bank wartete an einer Stelle auf sie, die einen herrlichen Ausblick über das angrenzende, grüne Tal eröffnete. Die zwei setzten sich und genossen die Ruhe. Johannes lehnte seinen blonden Schopf an ihren Arm. Seine Mutter schloss völlig ermattet ihre Lider. Sie war so unendlich müde. Der von Alkohol geschwängerte Schlaf hatte nicht wirklich für die nötige Erholung gesorgt, die sie so dringend brauchte.

„Mama, Mamaaa!", angstvoll rüttelte Johannes sie wach. Seine panischen Rufe gellten laut in ihren Ohren. Sie riss die Augen auf und wollte nach ihm greifen, doch er hatte sich schon zitternd an sie gedrückt.

„Liebling, was ist denn?" Entsetzt schaute sie sich um. Das eben noch hell strahlende Sonnenlicht wurde von einer dichten Wolke verdeckt, die bewegungslos vor dem gelb leuchtenden Feuerball zu verharren schien.

„Mama, guck mal, dort hinter dem Baum, da versteckt sich was, oder?", verstört blickte er zu ihr auf. Miranda folgte seinem kleinen Fingerchen und tatsächlich. Hinter einer uralten Eiche war deutlich eine Gestalt auszumachen, die sich mehr und mehr, mittlerweile beinahe kriechend, ins Unterholz zurückzog. Durch die komische, groteske Haltung, die das Wesen einnahm, um sich vor ihnen offensichtlich zu verbergen, wirkte es fast wie ein verwachsenes Tier. Richtig klar waren seine Konturen bald nicht mehr auszumachen. Ein weißer Film unbekannten Ursprungs umhüllte diesen merkwürdigen Körper.

Ihrem ersten Impuls zu folgen, die Person zur Rede zu stellen, die ihren Sohn derartig erschreckt hatte, lehnte sie innerlich ab. Einerseits dachte sie an Johannes. Seine Angst kam einer Panik gleich und er wollte offenbar so schnell es ging von hier verschwinden. Er zerrte an ihrer Hand, wollte sie schnell wegziehen. Andererseits verlangte sie nach Aufklärung. Was war das nur für ein Mensch, der sie in Angst und Schrecken versetzte? Egal, auch in Miranda löste diese bizarre Figur Horror aus und sie fühlte sich mit einem Male lediglich in der Lage, Johannes auf den Arm zu nehmen und so schnell wie möglich nach Hause zu laufen. Der Junge war vollkommen außer sich! So aufgeregt hatte sie ihn bisher noch nicht erlebt.

„Mama, er kommt hinter uns her! Beeile dich! Ich hab Angst, lauf schneller!" Für den Bruchteil einer Sekunde wurde die körperlich ausgelaugte Miranda an eine Schulstunde erinnert, in der sie während des Deutschunterrichtes die Ballade „Der Erlkönig" analysieren mussten. Im Gegensatz zum Vater in diesem lyrischen Werk würde sie ihren Sohn heil und lebendig nach Hause bringen. Darauf konnte sich der Typ im Wald, wer immer er auch war, verlassen! Das schwor sie sich!

Mirandas wenige Ressourcen schwanden. Entkräftet zwar, wuchs sie dennoch über sich hinaus, hinter sich die schnaufenden Atemgeräusche ihres Verfolgers hörend. Manchmal glaubte sie sogar, den heißen Luftstrom aus dem Mund des vermeintlichen Peinigers im Nacken zu spüren. Sie rannte und rannte, ihre Lungen schmerzten und

Johannes wurde auf ihrem Arm immer schwerer. Erst als sie die ersten Häuserreihen ihrer Siedlung unbeschadet erreicht hatten, wagte sie es, anzuhalten und sich umzusehen. Hinter ihnen war nichts. Miranda blieb in Fluchtstellung, für den Fall, weiterhin davonlaufen zu müssen. Sie blickte auf ihren Sohn herab, den sie wie ein Baby in ihren krampfenden Armen trug. Johannes Gesichtszüge war verzerrt, die Augen hielt er fest verschlossen.

„Schatz, wann hat sich der komische Kerl aus dem Staub gemacht?", japste sie, völlig aus der Puste.

„Ich weiß nicht. Er war auf einmal weg. Ich hab auch nicht immer hingeguckt. Das war so gruselig! Wenn ich ihn nicht sehe, kann er mich bestimmt auch nicht sehen, denke ich", erklärte der Kleine ernsthaft mit unwiderlegbarer Kinderlogik, immer noch vollkommen schockiert.

Wenn doch alles nur so einfach wäre, dachte Miranda wehmütig. *Bald schon wirst du dich von solchen Theorien verabschieden müssen, mein Liebling. Bis dahin, gebe Gott, dass sie noch oft in deinem Leben Anwendung finden und dich vor dem Schlimmsten bewahren.*

Die Wolkendecke über ihren Köpfen verdichtete sich weiterhin. Die Luft nahm einen gelblichen Farbton an, als gäbe es in Kürze ein Gewitter, dabei war es gar nicht schwül. Miranda, von Atemnot gepeinigt, stellte Johannes auf seine Beinchen und inspizierte nochmals die Strecke des Waldweges, die von hier aus gerade noch einzusehen war. Von einem plötzlich auftauchenden, ockerfarbenen Nebel wurde sie nach und nach verschluckt. Niemand verfolgte sie. Unglücklich und verängstigt reflektierte Miranda den aufreibenden Vorfall. Dieser tägliche Spaziergang hatte ihr und ihrem Sohn seit jeher so viel bedeutet. Durch diese Attacke verlor das liebgewordene Ritual seine Reinheit und Geborgenheit, wie so vieles in den letzten Jahren, Monaten und vor allem in den beiden vergangenen Tagen. Niemals mehr würde ihr kleiner

Racker fröhlich, unbeschwert und voller Vertrauen in seinen Wald marschieren, den er von Geburt an kannte, denn schon im Kinderwagen schob Miranda ihn die Wege entlang.

Griff ihr verkorkstes Leben jetzt schon auf ihren süßen Liebling über? Das würde sie sicher zu verhindern wissen. Hand in Hand gingen sie, unbehelligt von weiteren Vorkommnissen, nach Hause. Johannes bleiches Aussehen verflüchtigte sich kaum. Ängstlich krallte er seine Fingerchen in die ihren. Erst später, nach einer Tasse heißem Kakao und einer ablenkenden Zeichentrickserie im Kinderfernsehprogramm, beruhigte er sich endlich.

Währenddessen putzte Miranda die Wohnung, so gut es ging. Doch ihre Bewegungen waren nach wie vor fahrig. Ab und zu wurde ihr ganzer Körper von schweißigen Schwächeattacken heimgesucht. Unter Aufbietung all ihrer Kräfte, stellte sie sich zu gegebener Zeit an den Herd, um das Abendessen für die Familie zu kochen.

Spät am Abend kam Oliver nach Hause. Beschwipst, wie immer, setzte er sich an den gedeckten Tisch und nahm das Bier entgegen, das Miranda aus dem Kühlschrank geholt hatte, kaum, dass sie seinen Schlüssel im Türschloss wahrnahm. Mit einem Plastikfeuerzeug hebelte er flink und geschickt den Kronkorken vom Flaschenhals, so wie es eigentlich unter Bauarbeitern Sitte war, und trank in vollen Zügen dreiviertel der Flasche aus. Anschließend rülpste er ausgiebig.

„Bitte, Oliver, lass das doch!", bat sie ihn. „Und dann auch noch vor dem Kind. Deine schlechten Gewohnheiten sollte er sich wirklich nicht aneignen", fügte sie hinzu.

„Ach, halt deine Klappe! Ich rülpse, wann ich will! Ich furze, wann ich will! Upps, ich habe gerade einen richtigen Kracher auf Lager." Den Worten folgten Taten. Angewidert verzog Miranda das Gesicht.

„Uiii, Papa, du stinkst aber", lachte Johannes auf.

„Siehst du, meinem Sohn gefällt, was sein Vater so treibt", äußerste sich der Freak mit stolzgeschwellter Brust.

Miranda antwortete nicht. Sie schaufelte das Essen aus Töpfen und der Schmorpfanne in Schüsseln und auf eine Servierplatte. Danach bediente sie zuerst Johannes, dann ihren Partner. Achtlos, ob der Mühe, die sich Miranda gegeben hatte, futterte Oliver den Schweinegulasch, die Knödel, das Gemüse in sich hinein.

„Mein Bier ist alle, geh schon und hole mir ein neues!", befahl er. Miranda erhob sich von ihrem Platz, doch Johannes rief: „Mama, lass mich das bitte machen!"

„Du bleibst sitzen, Sohn! Es ist Frauenarbeit, uns Männer zu bedienen. Je eher du lernst, mit den dusseligen Weibern richtig umzugehen, umso besser!"

Miranda knallte ihm die Flasche so heftig vor die Nase, dass das Bier herausströmte, als Oliver den Deckel anhob.

„Dämliche Kuh!", kommentierte er den Zwischenfall zornig und erhob drohend die Faust. Miranda ignorierte diese Geste und räumte schweigend den Tisch ab, während ihr Partner die Zeit nutzte, eine Pulle nach der anderen vor dem laufenden Fernseher zu konsumieren. Danach brachte sie Johannes zu Bett, schmuste mit ihm und ließ ein paar Mal eine nachgeahmte Schnüffelratte über sein Gesicht laufen. Sie beschnupperte ihn, biss ihm ab und zu zärtlich in die Wange und behauptete dabei immer wieder krächzend und schnüffelnd, ihn fressen zu wollen, da er so gut und lecker rieche. Johannes lachte laut und fröhlich und bettelte immer wieder darum, erneut für ihn die Ratte zu sein, wenn sie sich von ihm verabschieden wollte. Erst als es an der Wohnungstür Sturm schellte, kam sie von ihm und ihrem abendlichen Spiel los, allerdings nicht, ohne sich küssend von dem Jungen zu verabschieden.

Oliver lag bereits vor dem Bildschirm. Vor sich auf dem Tisch ein Wasserglas mit klarer Flüssigkeit. Er genoss inzwischen die härteste Alkoholvariante. Seinem glasigen

Blick nach zu urteilen, war er bereits in einer fortgeschrittenen Phase seines allabendlichen Besäufnisses angekommen.

„Mach auf!", lallte er befehlend, mit einem aggressiven Unterton in seiner ansonsten eher lahmen Stimme. Sein Hemd hatte den angestammten Platz in seiner Stoffhose verlassen und offenbarte hochgerutscht seinen weißen, schwabbeligen Bauch. *Igitt,* rasch wandte sie ihren Blick in Richtung des nervenden Gebimmels. Miranda, die keinen Besuch erwartete, ging in den Flur und schaute zuerst vorsichtig durch den Spion der Tür. Kaspar grinste sie durch das kleine Guckloch an, das sein Gesicht zu einer Froschmaske entstellte. Angriffslustig bleckte er die Zähne. Zögerlich ließ sie ihn ein.

„Was willst du?"

„Geht dich nichts an, ich bin mit Oliver verabredet!"

„Der hat nichts davon gesagt", antwortete Miranda frech.

„Seit wann würde dir Olli denn was erzählen?", kam die Antwort Kaspars prompt zurück.

„Wieso wusste ich jahrelang nichts von dir und nun stehst du dauernd vor meiner Wohnung?", konterte Miranda.

„Die Frage habe ich dir bereits beantwortet. Seit wann würde dir Olli...?" Sie gab ihm keine Gelegenheit, den Satz zu beenden, sondern führte den Störenfried resignierend ins Wohnzimmer. „Komm, Miranda, sei kein Spielverderber, setze dich zu uns und trinke eine Kleinigkeit mit uns!", schmeichelte er mit sanfter Stimme.

Ungehalten und übellaunig holte sie den Schnaps aus dem Kühlschrank, entnahm dem Küchenschrank ein weiteres Glas und schenkte Oliver und Kaspar einen ein. Sie hatte vom Vorabend genug und wollte auf gar keinen Fall Alkohol zu sich nehmen, nach diesem schrecklichen, von körperlicher Schwäche und Übelkeit gezeichneten Tag. Außerdem musste sie noch den Abwasch machen. Doch sie hatte nicht mit der Dreistigkeit und Brutalität der beiden Männer gerechnet.

„Los komm, du Schlampe, du hörst doch, was mein Freund gesagt hat. Er hat gesagt, setze dich! Also setze dich gefälligst!"

Olivers Angriff traf sie völlig unvorbereitet. Mit enormer Schnelligkeit sprang er aus seinem Sessel. Eine solche Handlung hätte sie dem besoffenen Kerl gar nicht zugetraut, der gerade noch wie in Trance schläfrig vor sich hingedämmert hatte. Gewaltsam schubste er sie mit einem kräftigen Ruck auf den nächstgelegenen Sitz.

„Außerdem hat mein Freund noch gesagt, trink einen mit uns! Also trinkst du verdammt nochmal einen mit uns, du ignorante, arrogante Ziege!"

Als hätten sie die Szene einstudiert, war Kaspar an Olivers Seite. Er hielt die wimmernde Frau fest, riss ihr an den Haaren den Kopf nach hinten und Oliver begann, das brennende Gesöff in ihren Mund zu kippen. Miranda spuckte und prustete. Die beiden Männer grölten vor Begeisterung.

Johannes schlief, dem Himmel sei Dank. Er bekam die grauenvollen Schandtaten seines Vaters und dessen Spießgesellen nichts mit. Irgendwann war auch Miranda weit weg. Die Menge an Alkohol, die in ihren Magen floss und ihr gesamtes System betäubte, bescherte ihr eine Ohnmacht, der sie hilflos, aber unendlich dankbar entgegensank. Unter Kaspars lüsternen Blicken befriedigte sich Oliver nun wieder an ihr. Er vergewaltigte sie und ihre Seele aufs Neue, selbst nicht mehr bei klarem Verstand.

Wäre Miranda in diesem Moment bei Bewusstsein gewesen und hätte sie in den vergangenen Jahren ein wenig mehr von ihrem Selbstwertgefühl aufrechterhalten können, würde sie wohl glauben, Oliver traue sich nur noch an sie heran, wenn sie nicht bei sich war. Auf herkömmlichem, liebe- und lustvollem Wege mit ihr zu schlafen, schien ihm inzwischen Angst zu machen. Angst vielleicht, ihr nicht gerecht zu werden. Ein Stück weit Macht über sie zu verlieren, ohne die er nicht leben konnte. Denn der Alkoholiker war tatsächlich mittlerweile zu einem armen, abhängigen Würstchen mutiert, das nur noch im Beisein seines bösen Komplizen zu diesen widerlichen Handlungen fähig war.

Aber Miranda war weit weg. Sie spürte etwas von der Gewalt, die ihr angetan wurde. Aber es handelte sich um überschattete Schemen, die ihr Nebel umwölktes Gehirn nur am Rande registrierte.

Kaspar fand seinen Spaß an den Handlungen seines Freundes. Sexuelle Ambitionen waren ihm durchaus nicht fremd, doch der gestrige Abend hatte ihm vollends zu einer länger andauernden Befriedigung gereicht. Zuschauen allein bereitete ihm wildes Vergnügen.

Der Alkohol schaffte es nicht, das Leid, das diese Frau empfand und das sich auf ihren Gesichtszügen widerspiegelte, ganz zu verbannen. Und dieser abgründige Kummer war ihm Glück und Nahrung genug. Sie hatten Miranda nackt ausgezogen und nachdem Oliver mit ihr fertig war, brachten sie sie rüber in ihr Bett und ließen sie entblößt und entwürdigt dort liegen.

Grenzstein

An einem kleinen Ort, gleich hinter der Grenze,
die Angst und Mut voneinander trennt,
wartet ein Licht, warten die Schatten.
Jeder denkt und glaubt der Erste zu sein,
doch der Verstand ist anders organisiert.
Er vertraut nicht dem Mut und fürchtet die Angst.
Er glaubt nicht dem Licht und scheut die Schatten.

Bis er sich fragt, wieso?
Wieso ist dies das Leben?
Wieso ließ ich mich darauf ein?

Gibt es einen Ausweg oder einen Pfad,
der Licht und Schatten miteinander vereint,
um der Angst mit Mut zu begegnen?

Wenn ja, wer wird der Führer sein?
Wenn nein, wohin verliere ich mich?
Im Nichts?
In der von Gräueltaten besetzten Dunkelheit?

Nach diesem verheerenden Abend begann Miranda, täglich Alkohol zu konsumieren. Sie war angepiekst. Ein Tropfen Sucht hatte sich durch ihre Adern treiben lassen. Hatte sich dort rasch vermehrt, ausgebreitet und ihr ganzes System kontaminiert. Körper, Geist und Seele forderten nun drastisch die flüssige Nahrung ein. Diese Aufforderung wollte befriedigt werden und versprach, bei Einhalten des wortlosen Vertrages, Ruhe und Gelassenheit. Auch, wenn sie die letzten Freveltaten Olivers und Kaspars nicht real miterlebte, ihre Anima verlangte nach Vergessen und dieses Vergessen erreichte sie mit Hilfe eines guten Tropfens der verherrlichenden Flüssigkeit. Nach wenigen Wochen wurde ihr bewusst, wie unsinnig sich der Glaube anfühlte, der Schnaps könne ihr helfen, dem Desaster in ihrem verwirrten Kopf Einhalt zu gebieten. Doch da war es bereits zu spät, umzukehren. Ihre neuen, dabei völlig minderwertigen Überlebensstrategien verlangten ihren Tribut. Die Devise „Nicht denken" ließ sich sicherlich für die Momente der Alkoholaufnahme verwirklichen, aber wenn der Morgen graute, nach unruhig verbrachter Nacht, musste sie dafür bezahlen. Dennoch soff sie jeden Abend. Soff sich für kurze Zeit in einen zweistündigen, wohlverdienten Schlaf. Danach dämmerte sie schweißtriefend und süchtig dem kommenden Tag entgegen.

Obwohl es ihr richtig schlecht ging, agierte sie tagsüber wie eine Maschine. Sie kümmerte sich um ihren Sohn, machte den Haushalt und traf sich regelmäßig mit Sabine. Ihr Leben verlief nach einem gut einstudierten, präzise organisierten Schema, dem sie sich äußerst diszipliniert unterordnete. Denn sie wollte in gar keinem Fall irgendjemanden auf ihre wahre Verfassung aufmerksam machen. Um ihr mittlerweile an einigen Stellen ziemlich aufgedunsenes Gesicht zu verbergen, verfeinerte sie ihre Schminktechniken in gleicher Weise, wie sie sie einzusetzen wusste, wenn Oliver die Hand ausrutschte.

Waren die Alltäglichkeiten erledigt, Johannes sicher und geborgen in seinem Bettchen, dann endlich konnte sie sich ihre Dröhnung verpassen, die sie vor allem die quälende Sehnsucht nach ihrer Liebe verschmerzen ließ. Dann tat ihr nichts mehr weh.

In den paar Augenblicken tiefen Schlummers träumte sie fast ausschließlich von Frank. Sie sah ihn vor sich stehen, versuchte ihn zu berühren, jedoch war er längst verschwunden, noch ehe sich ihre Hand seiner Gestalt nähern konnte. Schon frühmorgens sehnte sich Miranda nach der Nacht, weil sie hoffte, mit ihrem Liebsten wenigstens im Schlaf vereint zu sein.

Bereits während der morgendlichen Dämmerung begannen die Symptome eines ausgewachsenen Katers vehement in ihr aufzubegehren. Mit heftigen, kaum zu ertragenden Entzugserscheinungen begann ihr Körper sich zu wehren: Kopfschmerzen, Herzklopfen und physische Schwäche, die von triefendnassen Schweißausbrüchen begleitet wurden, gehörten von nun an zu jedem Tagesbeginn dazu. Jedes Mal aufs Neue erlebte sie den akuten Prozess. Denn, solange Johannes um sie war, sie einkaufen musste, sich mit Sabine oder anderen Bekannten verabredete, rührte sie niemals auch nur das kleinste bisschen Alkohol an, um ihren grässlichen Beschwerden entgegenzuwirken. So viel Würde besaß sie, sich nach außen nicht als Alkoholikerin zu präsentieren. Niemals lief sie tagsüber mit einer Schnapsfahne herum. Eine gründliche Zungenreinigung war stets vonnöten, damit sich der Restalkohol nicht durchsetzen konnte, der manchmal vom Magen her wieder zur Oberfläche aufsteigen wollte. Das alles kostete sie und ihr gesamtes körperliches, wie auch seelisches System enorme Kraft. Miranda schwor sich immer wieder, mit der leidigen Sauferei aufzuhören. Sie schaffte es nicht!

Sie fing an zu beten, hielt Zwiesprache mit Jesus und

den Engeln, rief Gott, den Vater der Liebe an, ihr beizustehen und sie aus dem grausamen Kreislauf zu befreien. Sie wurde nicht erhört!

Irgendwann gab sie sich auf, auch wenn sie sich noch nicht ganz verloren glaubte. Aber, sobald es draußen dunkelte, Johannes schlief, ihre Aufgaben erledigt waren, fand sie sich mit einem Glas Wein oder Korn in der Hand wieder, schlürfte sich die quälenden Gedanken aus dem Kopf und hoffte auf eine von glücklichen Träumen erfüllte Nacht. Das einzige Geschenk, welches ihr eine höhere Macht ab und zu gönnte. Den lieben langen Tag hatte sie sich mit ihren Problemen beschäftigt, musste vor Johannes die ausgeglichene Mutter sein, abends konnte sie nicht mehr. Dieses ungesunde Verfahren praktizierte sie in der Regel solange, bis sie sich am nächsten Morgen nicht mehr erinnern konnte, wann und wie sie zu Bett gekommen war.

Oliver half ihr voller Freude dabei, sich krank zu saufen. Kaspar war nun häufiger Gast in ihrem Wohnzimmer. Miranda störte diese Tatsache schon längst nicht mehr. Was diese impertinente Person betraf, lebte sie in einem Stadium, das man als Phlegma bezeichnen könnte. Die gnadenvolle Geistesträgheit erlaubte es ihr, sich nicht einmal mehr vor ihm gruseln zu müssen. Ihre Ängste rutschten in eine andere Dimension und bekamen eine neue Struktur. Sie wandelten sich. Sie fürchtete sich nicht mehr vor Schlägen, vor sexuellen Übergriffen oder seelischer Gewalt. Ihr graute nur noch vor dem Sonnenaufgang, den vielen Stunden, die sie ohne ihre flüssige Ablösung verbringen musste. Einfachste alltägliche Arbeiten entarteten zu qualvollen Verbindlichkeiten, die sie unter Einsatz all ihrer verbliebenen Disziplin mit klopfendem Herzen und zittrigen Fingern zu erledigen wusste. Schon in der Aufwachphase glaubte sie nicht, den Tag überstehen zu können. Am schlimmsten aber empfand sie die Ruhelosigkeit, die mehr und mehr Besitz von ihr ergriff, die es ihr nicht ermöglichte, sich zu entspannen.

Nach und nach distanzierte sie sich von ihren Eltern, mit denen sie bis dahin den Kontakt gehalten hatte, der ihr bei dieser Entfernung möglich war. Früher hatte sie sich häufiger mit Johannes in den Zug gesetzt und besuchte Vater und Mutter, um mal wieder auszuschnaufen. Nun versuchte sie lieber, sich den prüfenden Blicken ihrer Eltern zu entziehen. Sie telefonierte nur noch ganz selten mit ihnen, denn sie schämte sich nicht nur wegen ihres derzeitigen Verhaltens, sie wollte ihnen auch keine Sorgen bereiten.

Bald sah man ihrem Gesicht ähnliche Spuren der Verwitterung an, wie man sie schon vor Jahren bei Oliver entdecken konnte. Diese überschminkte sie einfach, soweit es ging. Jede Schwierigkeit, die ihr der Alltag bot, jede Furcht, gab ihr Anlass genug, den Abend verbittert mit ihrem verlässlichen Freund, dem Alkohol zu verbringen. Nur Sabine blieb sie auf die einzige ihr mögliche Weise treu. Mit ihr pflegte sie regelmäßigen Umgang.

Sabine merkte seit Langem die furchtbare, negative Veränderung der Freundin. Miranda hatte Grausames erlebt! Ein schrecklicher Streich des Schicksals hatte ihr die Liebesnacht mit einem Toten vorgegaukelt. Sabine saß momentan, was Miranda betraf, auf der Wartburg. Sollte sie jedoch nur das kleinste Merkmal einer weiteren, niederschmetternden Veränderung an ihr feststellen, würde sie sofort zugreifen und Miranda an den Haaren aus der Misere herausholen. Im Augenblick waren ihr die Hände gebunden. An die Seele ihrer Freundin kam sie nicht heran. Zu hoch war die Granitmauer, die Miranda inzwischen um sich herum errichtet hatte. Doch irgendwann würde es einen Angriff geben, einen Kugelhagel vielleicht, der die Möglichkeit bot, ein massives Loch in diese Wand zu schlagen. Auf diesen einen so elementaren Moment setzte Sabine. Sie lenkte ihre ganze Aufmerksamkeit darauf, den so wichtigen Zeitpunkt auf keinen Fall zu verpassen. Wenn es sich für Miranda und für Außenstehende auch nicht auf den ersten Blick zu erkennen gab, keine Sekunde ließ Sabine die verhärmte, junge Frau im Stich.

Mirandas Herz glich einer riesigen, offenen Wunde. Dass sie überhaupt noch in der Lage war, Sabine zu vertrauen, verdankte sie der einfühlsamen Art ihrer Freundin, die niemals Mirandas selbstgesteckte Grenzen überschritt. Sehr selten zwar, aber ihr gegenüber konnte sie sich öffnen und für kurze, melancholische Momente in ihrem segensreichen Zusammensein mit Frank schwelgen. Sie traute Sabine, weil diese sie verstand! Weil sie ihr niemals Vorwürfe machte oder sie gar dazu bewegen wollte, von ihrem Trugbild zu lassen, welches auf der absonderlichen Sommerparty gezeichnet worden war.

Das Ereignis, die Liebe, die Freude, die Leidenschaft, die sie für wenige Stunden mit Frank genießen durfte, vor allem aber die Hoffnung, die seine Nähe in ihr aufflammen ließ, war ihr über Nacht im wahrsten Sinne des Wortes geraubt worden. Damit schmolz auch der größte Teil ihres Lebenswillens dahin. Nur das Stück von ihr, welches ganz ihrem Sohn Johannes gehörte, blieb ihr erhalten und zwang sie, weiterzuleben.

Miranda wäre gern frei gewesen, frei von Oliver, frei vom Alkohol, in gewisser Weise auch frei von Kaspar, doch es gelang ihr nicht. Sie unterlag in dem Kampf und glaubte, sich nicht auf Hilfe verlassen zu können. Außer bei Sabine fand sie weder im Außen, noch in ihrer eigenen inneren Stärke, geschweige denn in göttlicher Präsenz, die sie die Religion einst lehrte, die Unterstützung, die sie so dringend gebraucht hätte. Sie war gewiss da. Doch Miranda sah dieses Geschenk nicht, also konnte sie es auch nicht annehmen. Scheinbar sendete sie ihre Hilferufe in falscher Frequenz in den Kosmos hinein und niemand hörte ihre Klopfzeichen und SOS–Mitteilungen. So kam es ihr vor!

Also focht sie ihre Kämpfe allein aus!

Nur ihre Träume führten sie nach wie vor in ein Leben mit dem geliebten Mann hinein, doch waren diese nächtlichen Reisen von sehr kurzer Dauer. Schon während sie sich träumend in Franks sanften Umarmungen wähnte, wusste sie, die Zeit des Erwachens stand unweigerlich, unmittelbar bevor und damit auch das Ende der süßen Momente und der erneute Beginn der Qual ihres elenden Daseins.

Sie wurde mit jedem beginnenden Tag zu einer mehr und mehr verbitterten und frustrierten Person, unnachgiebig ihren Mitmenschen gegenüber. Aus der liebenswerten, zuverlässigen Miranda wurde eine harte, abweisende Frau, die beißend kritisch und vergrämt auf ihr Umfeld reagierte. Nur wenige konnten mit ihrer neuen, grimmigen Art etwas anfangen.

Kaspar genoss den Wandel. Er sonnte sich in ihrem Hass, ihrer Unbeugsamkeit und ihrer Unzufriedenheit. Er manipulierte sie mit Hilfe seines Erfüllungsgehilfen Oliver und dem Flaschengeist und beförderte sie in Raten hin zu einem schmerzlichen, unwürdigen Tod. Ein paar Jährchen gab er ihr noch. Währenddessen würde er sich an ihrem wachsenden Irrsinn laben.

Allen in ihrer Umgebung mutete sie inzwischen ihre boshaften Eigenschaften zu, außer ihrem Sohn. Ihre Liebe zu ihm war und blieb einzigartig. Johannes gedieh unterdessen entsprechend prächtig. Der kleine Mann brachte es fertig, Mirandas weiche, zärtliche Seite hervorzulocken. Dennoch spürte er natürlich auch, dass sich seine Mutter verändert hatte. Er war nur noch zu jung, um die Zeichen richtig deuten zu können. Solange seine Mutter ihn liebend umsorgte, war für ihn die Welt in Ordnung. Der Einzige, der einen Schlüssel zu ihrem Herzen besaß, war eben Johannes.

Und so verging die Zeit, die Miranda mehr und mehr in

diese Finsternis führte, die ihr den Blick auf die Schönheiten des Lebens vollends verwehrte. Gab es wohl noch Hoffnung für einen Menschen, der sich so tief im Abgrund befand? Wer reichte ihr die Hand, um sie aus dem selbstgewählten, saugenden Morast herauszuziehen, bevor die wabernde Schmiere sie ganz umhüllte und den letzten Rest ihrer Würde erstickte? Schwarze Momente und keine Aussicht auf Licht.

Fortsetzung folgt

Danksagungen

Ich danke all denen, die mich liebevoll unterstützten, die mir Mut machten, wenn mich Zweifel an meiner wundervollen Arbeit überkamen.

Ich danke aber auch denen, die mich nicht ernst nahmen, mich für verpeilt hielten. Die mir durch ihre Ignoranz die Kraft gaben, mich meinem eigenen, wohlmeinenden Irrsinn zu stellen und ihn in Worte zu fassen.

Band II: Fluch der Vergangenheit
Band III: Seelenwanderung

Alle in diesem Buch geschilderten Handlungen und Personen sind frei erfunden. Ähnlichkeiten mit lebenden oder verstorbenen Personen wären rein zufällig und nicht beabsichtigt.